RIMBAUD

Ouvrages parus dans la même collection :

Balzac : *Écrits sur le roman.* Anthologie de Stéphane Vachon.

Michel Décaudin : *Apollinaire.*

Hugo Friedrich : *Structure de la poésie moderne.*

Marc Fumaroli : *Le Poète et le roi : Jean de la Fontaine en son siècle.*

Paul Hazard : *La Crise de la conscience européenne (1680-1715).*

Étienne-Alain Hubert : *Le Surréalisme* (à paraître).

Hugo : *Écrits politiques.* Anthologie de Franck Laurent.

Jean-Nicolas Illouz : *Le Symbolisme* (à paraître).

John E. Jackson : *Baudelaire.*

Jean-Claude Larrat : *André Malraux.*

Claude Millet : *Le Romantisme* (à paraître).

Jean-Thomas Nordmann : *La Critique littéraire française au XIXe siècle (1800-1914).*

Jean Sgard : *Le Roman français à l'âge classique. 1600-1800.*

Michel Zink : *Introduction à la littérature française du Moyen Âge.*

PIERRE BRUNEL

RIMBAUD

LE LIVRE DE POCHE

Pierre Brunel est professeur à la Sorbonne et membre de l'Institut Universitaire de France. Il a consacré de nombreux travaux à Rimbaud dont il a par ailleurs édité les œuvres pour Le Livre de Poche et la Pochothèque.

AVERTISSEMENT

1. Rimbaud est cité dans les éditions suivantes :

a) *Poésies complètes (1870-1872)*, édition établie par Pierre Brunel, Paris, Le Livre de Poche n° 9635, Classiques de poche, 1998 (abrégé LP I).

Une saison en enfer, Illuminations et autres textes (1873-1875), édition établie par Pierre Brunel, Paris, Le Livre de Poche n° 9636, Classiques de poche, 1998 (abrégé LP II).

b) Pour les autres textes, nos références sont à l'édition des *Œuvres complètes*, texte établi, présenté et annoté par Pierre Brunel, Paris, Le Livre de Poche, La Pochothèque, 1999 (abrégé OC suivi du numéro de la page).

c) Pour l'*Album zutique*, auquel Rimbaud a collaboré, nous renverrons à l'édition complète de Pascal Pia, deux volumes dont le premier est constitué de facsimilés, Paris, Le Cercle du livre précieux, 1961 (désigné par AZ).

2. Trois volumes contenant des informations, des documents ou des prolongements serviront d'accompagnement :

— une biographie : *Arthur Rimbaud*, par Jean-Jacques Lefrère, Paris, Fayard, 2001 (sigle JJL) ;

— un album : *Passion Rimbaud*, par Claude Jeancolas, Paris, Textuel, 1998 (sigle PR) ;
— une anthologie de textes d'écrivains consacrés à Rimbaud : *Cahier de l'Herne Arthur Rimbaud*, dirigé par André Guyaux, Paris, L'Herne, 1993 (sigle H).

3. « *He must try again* », il doit de nouveau essayer, écrivait W.H. Auden dans un beau poème intitulé « Rimbaud », qui a été mis en musique par Hans Werner Henze. Ainsi le poète anglais explique-t-il qu'il ait recherché une pureté toujours plus grande, échappant à l'enfer de l'enfance (« *the hell of childhood* ») pour galoper en Afrique et y rêver d'un autre lui-même. Je remercie Michel Jarrety de m'avoir généreusement donné la chance de me pencher sur ce départ toujours recommencé, et pour cela de reprendre mon travail sur Rimbaud d'une manière nouvelle. J'ai tenu compte des ouvrages les plus récents, en particulier de la remarquable biographie de Jean-Jacques Lefrère. J'ai eu la chance d'être accompagné dans cet effort par Frédéric Mancier qui a assuré la mise au point technique et la relecture attentive du manuscrit dans une amicale et précieuse complicité. Claude Brahimi a veillé à la réalisation éditoriale avec une bienveillance et une précision exemplaire que connaissent bien tous ceux qui ont la chance de collaborer au Livre de Poche.

INTRODUCTION

Y eut-il deux hommes en Rimbaud ? Déjà une différence apparaît entre la première photographie d'Étienne Carjat et le portrait d'Henri Fantin-Latour, *Un coin de table.* Sur la première, comme le note Claude Jeancolas, « c'est un enfant qui a l'air d'avoir douze ans malgré les dix-sept ans qu'il annonce en mentant » (PR, 45). Sur l'autre, les cheveux longs sont d'un artiste qui a échangé pour la mode de la bohème parisienne la coupe stricte sans doute imposée par sa mère (voir PR, 84). Peu de temps sépare pourtant ces deux images. Le peintre a achevé en mars 1872 son tableau, exposé en mai-juin au Salon ; quant à la photographie, elle se situe entre le mois de septembre 1871 et le début de l'année 1872 : Verlaine avait très tôt conduit à l'atelier de Carjat le « poète, / De Charleville s'arrivé » (Cabaner, AZ, 205) ; c'est le 2 mars 1872 qu'eut lieu l'altercation entre Carjat et Rimbaud, mettant fin à sa présence aux dîners des Vilains Bonshommes.

Jean-Jacques Lefrère oppose même les deux clichés de Carjat : celui où le regard fixe l'objectif et celui où il se dirige vers ailleurs. S'il est vrai qu'ils datent tous les deux d'octobre 1871, et peut-être du même jour, comme le croyait Paterne Berrichon, « on ne peut même plus parler d'évolution physique rapide, mais d'un phénomène à propos duquel les noms du docteur Jekyll et de Mr Hyde sont d'ordinaire évoqués » (JJL, 349). Mais que dire des dessins d'Ernest Delahaye, le camarade de Charleville, qui le représentent porteur

Photographie de Rimbaud, par Étienne Carjat, ou venant de l'atelier du grand photographe, qui fut aussi un écrivain, et fit partie du groupe des Vilains Bonshommes. Voir notre commentaire p. 7.

d'une toison agressive (PR, 80) ou complètement rasé, cigarette aux lèvres, avec cette légende : « la tronche à Machin » (PR, 117) ?

Ce dernier document date, semble-t-il, de 1875. L'« homme aux semelles de vent » ne s'est pas encore envolé, mais cette année-là, il a séjourné entre février et mai à Stuttgart, et il y a revu pour la dernière fois Verlaine sorti de prison. A-t-il temporairement renoncé à son abondante chevelure en signe de deuil, moins à la suite de cette séparation définitive qu'après la mort de sa sœur Vitalie, le 18 décembre ? Elle venait d'avoir à son tour dix-sept ans et, cette fois, on était *sérieux*.

Plus que d'autres, et sans doute mieux que d'autres, Victor Segalen a réfléchi sur l'apparente opposition entre le Poète et l'Explorateur. Il n'a pas connu Rimbaud, son aîné de vingt-quatre ans, mais, depuis 1898, les « puissantes syllabes » du « Bateau ivre » le « hantent » ; il est aussi fasciné par son « silence » et, passant par Djibouti, en janvier 1905, il note dans son *Journal* : « Pourra-t-on jamais concilier en lui-même ces deux êtres l'un à l'autre si distants ? Ou bien ces deux faces du Paradoxal relèvent-elles toutes deux d'une unité personnelle plus haute et jusqu'à présent non manifestée ? » La longue étude qu'il fait paraître dans le *Mercure de France* du 15 avril 1906 est intitulée *Le Double Rimbaud*. Qui croire, qui suivre, l'artiste ou « le vagabond inlassable qui prévalut ensuite » ? « Mais », continue Segalen, « celui-ci désavoua l'autre et s'interdit toute littérature. Quel fut, des deux, le vrai ? Quoi de commun entre eux ? Pouvait-on, les affaires bâclées et fortune faite, espérer une floraison, un achèvement ou un renouveau des facultés créatrices ? Cela reste inquiétant. »

Rimbaud ne fit jamais fortune, même s'il est arrivé au Caire en août 1887, « port[ant] continuellement dans sa ceinture seize mille et quelques cents francs d'or » : « Ça pèse une huitaine de kilos, et ça me flanque la dysenterie », confiait-il à sa mère et à sa seconde sœur, Isabelle (OC, 669). Venant d'Abyssinie, il est passé par Massaouah, un port de la mer Rouge, et, le 5 août, le consul de France a signalé à son collègue d'Aden le passage d'« un sieur Rimbaud, se disant négociant à Harar et à Aden » : les carabiniers l'ont arrêté, sans passeport (OC, 981). Mais c'est son patron, Pierre Bardey, qui déclinait pour lui-même l'identité de « négociant à Aden » quand il signait un contrat pour engager ou réengager « M. Rimbaud » (OC, 967).

« Duplicité » : André Guyaux a repris le mot de Segalen quand il a regroupé quelques-unes de ses études sous le titre *Duplicités de Rimbaud*. Il voulait en 1991, l'année du centenaire, « déplacer le point de vue de l'homme vers l'œuvre » et étudier « les ruses du texte », « ruses de l'art » ou « ruses de l'œuvre ». Qu'il le veuille ou non, c'est toujours de la duplicité, sans qu'il soit question pour autant de porter un jugement moral, qui serait déplacé dans tous les cas de figure.

Rimbaud s'est dérobé à son entourage dès le temps de ses fugues, à la fin d'août 1870 et encore en octobre. Il s'est surtout dérobé à lui-même. « Le Cœur volé » (LP I, 184) a pu lui être volé par les autres, par une société à laquelle il aurait voulu ne pas appartenir. Mais lui-même il a favorisé ce vol-là en se faisant « cyniquement *entretenir* ». Le « dérèglement de tous les sens », pratiqué en mai 1871 comme un exercice douloureux (d'où cet autre titre du même poème : « Le Cœur supplicié »), l'a laissé sur une question (LP I, 145). « Le Cœur du pitre », selon une nouvelle variante (LP I, 164-165), est celui d'un Triboulet plus jeune ou d'un Rigoletto qui se serait vidé de lui-même pour faire des grimaces à la galerie...

« Je est un autre », cette formule, galvaudée il est vrai, recuite dans le brasier surréaliste ou angélisée par la critique spiritualisante, n'est ni un inexorable principe ni le clou d'une théorie de l'inspiration. Redoublée d'une lettre à l'autre, du 13 mai au 15 mai 1871 (LP I, 144, 149), elle est pour le double Rimbaud le terme provisoire d'une prise de conscience de sa dualité plus que de sa ou de ses duplicités. À chaque instant, il se découvre autre qu'il n'est, autre que celui qu'il croyait être. Et c'est pourquoi, dans la première de ces deux lettres dites « du Voyant », adressée à Georges Izambard, son ancien professeur de Charleville, protecteur qui a couvert ses deux fugues, mais dont il secoue maintenant la décevante tutelle, il illustre cette formule décisive par l'une des trois versions du « Cœur volé », du cœur dont il a été le premier voleur.

Faut-il s'étonner que dès lors le sens se dérobe au lecteur, et tende à se dérober de plus en plus ? Les premiers poèmes du collégien de Charleville n'avaient rien d'obscur. Mais quand il propose à ses correspondants des échantillons de sa nouvelle manière, en mai 1871, il croit devoir prévenir un doute à cet égard : « Ça ne veut pas rien dire », souligne-t-il à Izambard à la suite du « Cœur supplicié », pour désamorcer la critique du maître de naguère (LP I, 146). « Ne vous fâchez pas », demande-t-il à l'avance à Paul Demeny, le destinataire de l'autre lettre, avant de lui livrer « Le Cœur du pitre » dans une autre lettre du 10 juin 1871 (LP I, 164). Il sait qu'il va surprendre sans doute, décevoir peut-être ceux qui jusqu'ici l'ont encouragé à écrire. Mais c'est qu'il est le premier étonné, assistant à lui-même comme Artaud écrira qu'il assiste à Antonin Artaud.

Artaud : un pitre, lui aussi, un souffrant. En 1923-1924, il parlera de son « mal » dans ses lettres à Jacques Rivière, sachant pertinemment que le directeur de *La Nouvelle Revue française* a consacré à Rimbaud de pénétrantes études. « Un homme se possède par éclaircies », lui écrira-t-il, « et même quand il se possède, il ne s'atteint pas tout à fait. » Quelque chose fuit devant lui, se dérobe à lui, qui n'est plus son cœur — un « cœur chevelu », nouvelle variante équivoquée ajoutée par Artaud à celles de Rimbaud —, mais le bonheur (« *Ô saisons, ô châteaux !* », LP II, 76), une création nouvelle de pierres précieuses et de fleurs (« Après le Déluge », dans les *Illuminations*, LP II, 91), le Génie, avec « ses souffles, ses têtes, ses courses ; la terrible célérité de la perfection des formes et de l'action » (LP II, 151).

La *fuite* n'a pas d'*heure*, pour Rimbaud. Elle est *de toutes les heures*, de tous les instants. Et il n'est pas artificiel de rapprocher les « illuminations » de ces « éclaircies » dont parle Artaud, de remarquer, dans cette même lettre à Jacques Rivière du 25 mai 1924, le retour du mot « fragments » auquel, dans une lettre aussi, adressée à Delahaye en mai 1873, Rimbaud donnait cette orthographe étrange, « fraguemants » (LP II, 33). C'est que, constamment, l'œuvre se dérobe. Artaud sait qu'il lui manque « cette cohésion constante de ses forces sans laquelle toute véritable création est impossible ». Rimbaud renonce, lors même qu'il est près d'achever un recueil ; — sauf *une fois*, pour un livre qui n'est pas un recueil de poèmes, mais un témoignage brûlant, une traversée du feu, *Une saison en enfer*, le seul livre qu'il ait achevé, le seul livre qu'il ait publié, à Bruxelles, en octobre 1873. Avant, après, on assiste à des éclaircies. Ici vient à sa place un texte intitulé « L'Éclair » (LP II, 80-82) : explosion dans l'abîme ; grondement de la lumière ; fuite, éperdue cette fois, de la prière, et sans doute sous toutes ses formes ; bravoures désordonnées, incohérentes, du dernier moment.

Peut-on, dès lors, constituer à propos de Rimbaud une *Poétique du fragment* ? Peut-on, avec un cœur volé, éviter la dérobade de la poésie ?

Chapitre I

SITUATION

Rimbaud, dans sa lettre datée du 15 mai 1871, a flétri comme « haïssable au suprême degré » tout ce qui est « français », ou tout ce qui passe pour tel : la « poésie *française* » (il souligne lui-même l'adjectif, avec une insistance méprisante), le prétendu « génie » français représenté par « Rabelais, Voltaire, Jean lafontaine [*sic*], ! commenté par M. Taine ! » (LP I, 155). L'allusion est claire à la thèse d'Hippolyte Taine (1828-1893), publiée en 1860 sous le titre *La Fontaine et ses fables*, « l'essai critique le plus populaire de la seconde moitié du siècle », selon Jean-Thomas Nordmann.

Au nom de Taine est attachée la théorie des trois facteurs primordiaux par lesquels cet esprit positiviste a voulu expliquer la création littéraire. Il a exposé son système dans l'Introduction de son *Histoire de la littérature anglaise*, publiée en 1863, et les esprits du temps en ont été fortement marqués. Vaut-il la peine de la reprendre à propos de Rimbaud, alors qu'il tend à rejeter la conception de Taine ? Peut-on *commenter* Arthur Rimbaud *par M. Taine* ? Il faut pour cela prendre des précautions, et une telle démarche serait inutile si elle ne permettait d'éclairer à la fois une déviance et un dépassement, une façon originale de contourner et de surmonter une situation.

Le premier de ces trois facteurs primordiaux est désigné par un mot qui a de nos jours une résonance fâcheuse, la *race*. Les deux parties de l'*Essai sur l'inégalité des races humaines* d'Arthur de Gobineau (1816-1882) ont été publiées en 1853 et 1855. Elles encadrent la naissance de l'autre Arthur (le 20 octobre 1854) et l'ouvrage n'a eu qu'au XXe siècle des conséquences de sinistre mémoire.

Rimbaud, comme ses deux aînés, les deux penseurs qui sont aussi ses contemporains, utilise le mot « race ». On le retrouve jusque dans les *Illuminations*, dans « l'ardente hygiène des races » (« H », LP II, 148). Au début d'« Enfance », les « noms férocement grecs, slaves, celtiques » (LP II, 91) rappellent une distinction fréquente à l'époque, dans les écrits des mythologues en particulier, de Max Müller à Mallarmé son disciple indirect.

« Ce qu'on appelle *la race* », écrivait Taine, « ce sont ces dispositions innées et héréditaires que l'homme apporte avec lui à la lumière, et qui ordinairement sont jointes à des différences marquées dans le tempérament et dans la structure du corps. Elles varient selon les peuples. » Rimbaud n'a jamais cherché à se faire reconnaître comme aryen — un mot-clef pour Gobineau et pour Taine —, mais il s'est donné dans *Une saison en enfer* des « ancêtres gaulois » à « l'œil bleu blanc » (LP II, 49) — leur manquait-il le rouge de la Révolution ? Des Aryens peut-être, mais surtout des Barbares face aux Romains : ils sont présentés comme tels dans la plaquette de 1873 et, dès la première section après le prologue, « Mauvais sang », Rimbaud cherche à remonter dans le passé de sa « race ».

« Race inférieure », dit-il. Il se reconnaît en elle, tout en ajoutant : « Je ne puis comprendre la révolte. Ma race ne se souleva jamais que pour piller » (LP II, 50). C'est la marge entre révolte et révolution, et ainsi se trouve confirmée l'absence de rouge. On ne saurait confondre des soulèvements instinctifs, animaux, avec ce qui devrait être, selon Rimbaud, une véritable Révolution. Celle de 1789 visiblement ne le satisfait guère, même s'il lui est arrivé d'en célébrer les héros dans un sonnet, les « *Morts de Quatre-vingt-douze et de Quatre-vingt-treize* » (LP I, 105). La Révolution française (toujours l'épithète !) n'a fait que répandre la race inférieure, qui « a tout couvert » (LP II, 51), sans pour autant tout conquérir.

Rimbaud se sait porteur de marques héréditaires. Il est « inepte » (au sens d'inapte, et même d'inadapté, de marginal), comme ces « ancêtres gaulois » dont on lui a parlé à l'école. Il se sent profondément nomade, lui dont on voudrait faire un paysan attaché à sa glèbe, mais, au-delà de la guerre des Gaules, les manants ses ancêtres ont fait les croisades, ou ils ont été mercenaires en Allemagne. Il a pu éprouver de la sympathie pour le Forgeron au bonnet rouge qu'il a fait parler « vers le 20 juin 1792 » (LP I, 69) ou « vers le 10 août 92 » (LP I, 120), dans les deux versions successives d'un de ses premiers poèmes. Et s'il se « retrouve [...] aujourd'hui » mieux qu'« au siècle dernier », alors qu'il n'y a « plus de vagabonds, plus de guerres vagues » (LP II, 51), c'est qu'il se sent, qu'il se sait un vrai *vagabond*.

Un texte capital éclairera cette permanence, la seule authentique alors pour lui, dans les *Illuminations*. Ce poème en prose est précisément intitulé « Vagabonds » (LP II, 115-116). On le réduirait singulièrement, et on le trahirait, à n'y voir que la représentation de la vie libre avec Verlaine, quand les deux compagnons étaient, selon l'expression de celui-ci dans un poème de *Parallèlement*, « *laeti et errabundi* » (heureux et errants). Le « pauvre Lélian » ne lui apparaît plus que comme un « pitoyable frère », leur prétendu bonheur comme un échec avéré. À eux deux, ils n'ont pu revenir à l'« état primitif de fils du soleil ». Seul, le pourra-t-il ? Sa hâte lui permettra-t-elle de « trouver le lieu et la formule » ?

On comprend mieux que Rimbaud ait fini par choisir

une destinée autonome, qu'il n'ait voulu rester prisonnier ni d'une ascendance ignoble (non noble), constituée d'« arriérés », ni d'un « coupl[e] menteu[r] » (LP II, 85-86). Son ambition a été, plus que jamais, de *se retrouver* dans ce qu'il a cru être essentiellement : il voulait appartenir, non à la race inférieure des Barbares, mais à la race supérieure des Fils du Soleil.

Friedrich Hölderlin (1770-1843), avant lui, avait été hanté par la vision des anciens fils des dieux (« *die alten Göttersöhne* »), ceux qui avaient vécu dans des années d'or (« *goldenen Jahren* »), des enfants du soleil (« *Sonne Kindern* »), des fils du « Soleil dieu » (« *Sonnengott* »). D'une manière analogue, mais en suivant un cheminement indépendant, Rimbaud retrouve l'antique mythe des races tel qu'il était exposé dans *Les Travaux et les Jours* d'Hésiode ou dans *Les Métamorphoses* d'Ovide : la première était « une race semblable à l'or », dans un âge d'or (*aurea aetas*), ces temps du règne de Saturne (*Saturnia regna*) dont Virgile avait annoncé le retour dans la quatrième des ses *Bucoliques*, l'illustre « Quatrième Églogue » traduite par Victor Hugo dans son adolescence et bien connue de Rimbaud dès le temps de ses études interrompues.

Le rêve d'un tel retour est transparent dans son poème « Âge d'or », daté de juin 1872, et il s'y confond avec la tentation d'une réintégration à la vie naturelle, élémentaire. Le *tour* serait bien alors un *retour* quand une voix angélique suggère :

> *« Reconnais ce tour*
> *Si gai, si facile :*
> *Ce n'est qu'onde, flore,*
> *Et c'est ta famille ! »* (LP I, 241).

La même voix, présentée comme la voix d'une des sœurs, parle aussi de la « nature princière » du « grand frère » (242). Le grand frère ne saurait être Frédéric, l'aîné pourtant, qui deviendra conducteur de diligence omnibus à Attigny dans les Ardennes. Arthur est conscient de sa supériorité. Quant aux deux sœurs, se confondent-elles avec Vitalie et Isabelle ? Peu importe. Il est bien plus significatif que le plus doué, le plus exigeant aussi des quatre enfants Rimbaud, se voie prince, comme les Pléiades de Gobineau dans son roman de 1871-1872, publié en 1874, qui porte ce titre : des *calenders*, à la manière des contes orientaux ; des *fils de rois*, moins par l'ascendance que par l'aristocratie naturelle du génie.

À propos des fils du soleil, Rimbaud parle d'« état », une notion qui va au-delà de celle de « race ». Dans « Âge d'or », le mot central était « famille », désignant au contraire un environnement ordinairement conçu comme plus circonscrit. Il est vrai que cette famille est maintenant la nature entière.

Précisément, Rimbaud ne saurait pas plus se satisfaire de la cellule familiale que de la race inférieure des manants. Comme elle est lourde de mépris, la lettre à Delahaye de mai 1873 écrite à Roche, dans la ferme familiale, le « triste trou » où l'a mis « la *mother* », parmi ces paysans dont la prétendue innocence n'est qu'un leurre (LP II, 32) ! Si la nature n'était que cela, cette « campagne française » — on reconnaît l'épithète pour lui toujours péjorative —, il la rejetterait avec le reste.

La mère était présentée comme sévère, tyrannique et dévote, dans un poème daté du 26 mai 1871, « Les Poètes de sept ans », donné en primeur à Paul Demeny (LP I, 159). Elle est aussi celle qui, dans la lettre du 10 juin à laquelle ce poème était joint, n'a pas donné au plus jeune de ses fils un sou, un seul « rond de bronze », depuis six mois (LP I, 165). Cette mère, « aussi inflexible que soixante-treize administrations à casquettes de plomb », comme il la décrit dans une lettre au même Demeny, le 28 août suivant, voudrait lui imposer un travail régulier à Charleville (LP I, 176-177) et le menace de la maison de correction s'il n'obtempère pas. Comment apaiser la « bouche d'ombre » (LP I, 141), telle est la préoccupation d'Arthur.

Sans chercher à adoucir les traits de Mme Rimbaud née Cuif, ou à les durcir plus encore, on peut la dire redoutable, et elle est en tout cas redoutée de lui.

Le portrait qu'Alain Borer a fait de Rimbaud en Cuif errant ne se réduit pas à un jeu de mots, à une équivoque astucieuse. Delahaye avait d'ailleurs croqué son camarade rentrant de Vienne, en 1875, muni de jambes longues comme des échasses et d'un « passe porc » (*sic*). Le dessin était sous-titré « Le nouveau Juif errant » (voir p. 153). Il ne faut chercher là nul indice de race, bien sûr, mais il est clair que l'errant fuit la Cuif. Et d'ailleurs sur un autre dessin tout proche du précédent, et portant la légende « Les voyages forment la jeunesse », Delahaye a fait parler Arthur dans une bulle : « m[erde] à la Daromphe [la Patronne]. J'fous l'camp à Wien ».

C'est bien à son milieu que Rimbaud voulait échapper au cours de ses fugues, quelles qu'elles fussent. Ce milieu est constitué, selon Taine, par les « plis accidentels et secondaires » qui, pour un individu, viennent recouvrir le « pli primitif », la race. Il regroupait ainsi les « circonstances physiques » et les « circonstances sociales ». Au nombre des premières, on compte le climat des Ardennes, et même ce « climat d'Europe » que Rimbaud disait ne pas supporter, dans une lettre écrite à sa mère de Harar, en Abyssinie, le 10 novembre 1890 (OC, 720). Au nombre des secondes, la famille ct la ville natale qui, d'une ccrtaine manière, sont indissociables malgré les séjours dans la ferme voisine de Roche.

Dès le 25 août 1870, Rimbaud écrivait à Izambard, qui était déjà parti en vacances :

> « Vous êtes heureux, vous, de ne plus habiter Charleville ! — Ma ville natale est supérieurement idiote entre les petites villes de province. Sur cela, voyez-vous, je n'ai plus d'illusions » (LP I, 63).

Il avouait ainsi qu'il avait eu des illusions, et qu'il les avait perdues. À Roche, il lui arrivera de regretter « cet atroce Charlestown » (LP II, 32), le café de l'Univers où il s'est fait payer des bocks et des filles [des fillettes de vin] par d'« anciens imbéciles du collège » (LP I, 143), la Bibliothèque, où il a dévoré des livres, parfois singuliers, même s'il lui est arrivé de pester contre le bibliothécaire grincheux, M. Hubert. Il éprouve moins le désir de dessiner, comme Delahaye, que d'écrire pour faire la caricature des « Assis », et en particulier de ce vieux crapaud-là (LP I, 178-180). Il s'en prend tout aussi bien aux *assises*, telle Nina, qui préfère son bureau à tout (LP I, 79-82, 100-104). Il n'épargne ni les dévotes et dévots ni les bourgeois bedonnants, « tous les ventres » (LP I, 63), venus écouter la fanfare quand elle se produit dans le kiosque de la Place de la Gare (LP I, 77-78, 118-120). Si sa mère fait son malheur tout en prétendant être une sœur de charité, le père est absent, comme disparu. Et il en sera ainsi jusqu'à la mort du capitaine Frédéric Rimbaud, le 17 novembre 1878 (JJL, 768). Ce jour-là, Arthur est à Gênes, en partance pour Alexandrie.

Il serait trop facile d'expliquer par l'ascendance paternelle l'esprit aventureux d'Arthur : l'oncle Jean Charles Félix Cuif, dit « l'Africain », cette tête brûlée, avait été en Algérie, comme le lieutenant Frédéric Rimbaud, qui fut chef du bureau arabe de Sebdou de juillet 1847 à juin 1850 avant de revenir en métropole et d'être affecté le 3 mars 1852, avec le grade de capitaine, au 47e régiment d'infanterie de ligne en garnison à Givet, dans les Ardennes (JJL, 12 *sqq.*). Et certes, Charleville et même Roche sont restés des repères pour le nomade jusqu'au tragique retour de l'amputé, fin juillet 1891, à l'arrivée sur le quai de la gare de Voncq et dans la ferme maternelle où il se serait exclamé : « C'est Versailles ici ! » (JJL, 1140). On ne saurait en rendre responsable, bon ou mauvais, le sang Cuif.

À cet égard, la dualité en Rimbaud est celle de tout individu. En revanche, la séparation des parents, au moment de la naissance d'Isabelle, le 1er juin 1860, n'est pas étrangère à la fissure qui s'est inévitablement produite, puis creusée dans un enfant de six, sinon de sept ans. Le premier poème adressé à Demeny le 10 juin 1871, « Les Poètes de sept ans », montre l'enfant placé sous l'autorité unique de la Mère, « sua[n]t d'obéissance », réagissant par l'hypocrisie, par l'impertinence cachée, par la solitude, par la lecture, par la relation presque sado-masochiste avec une gamine d'à côté, par le déploiement surtout de l'imagination et la libération du désir d'évasion (LP I, 159-161).

S'est-il rêvé « fils de famille » ? Il ne dit pas exactement cela dans « Mauvais sang » : « Pas une famille d'Europe que je ne connaisse. [...] J'ai connu chaque fils de famille ! » (LP II, 50). Peut-être use-t-il d'un détour de l'expression, dans cette page d'*Une saison en enfer*. Les *Illuminations* le présentent tantôt comme un enfant chassé (« Enfance » III), abandonné (« Enfance » IV), et même enterré vivant (« Enfance » V). Mais il s'est aussi imaginé, sinon prince, du moins gentilhomme (« Vies » II). Il a « brassé [s]on sang » (« Vies » III), comme pour un mélange, et l'image de ce mixte qu'il constitue (LP II, 94-95, 101-102).

Nul poème n'exprime mieux que « Mémoire » (LP I, 252-254), mais à la faveur d'une transposition faussement idyllique, cette situation familiale : « Madame », figure de la mère, y est en majesté, comme tenant sous sa tutelle des enfants bien sages qui lisent « leur livre de maroquin rouge » — variante, à n'en pas douter, de la « Bible à la tranche vert-chou » dans « Les Poètes de sept ans ». « Lui », « l'homme », l'Époux, s'est éloigné par-delà la montagne. L'« or » est relégué dans une *aetas aurea*, un printemps disparu, un âge premier regretté. Le « courant d'or » de la rivière a laissé la place à une « nappe » d'eau, « sans reflets, sans source, grise », telle la « grisaille » dans laquelle, le 2 novembre 1870, Rimbaud s'est plaint de *se décomposer* à Charleville (LP I, 67). Enfant, il avait dessiné un canot (PR, 25), portant à bord un corps inanimé et un vivant qui crie « Au secours ! » : cette « Navigation » (telle est la légende) représentait-elle déjà les deux Rimbaud, l'autre et le même ? Sous une forme encore naïve, s'y exprimait la crainte d'un danger que ne conjure pas, à la fin de « Mémoire », l'immobilisation du canot.

« Mémoire » est un poème sans date. Les éditeurs le rattachent aux poèmes de 1872, comme « Honte », autre poème non daté, où Rimbaud se représente en chat traître et puant « des Monts-Rocheux » — c'est-à-dire toujours de Roche (LP I, 258). Il n'est pas interdit, dans les deux cas, d'aller jusqu'en 1873, donc jusqu'à une pré-*Saison en enfer*. Les brouillons du seul livre publié de Rimbaud révèlent qu'il avait d'abord prévu de l'inclure dans la section « Alchimie du verbe » (OC, 397). À elle seule, elle est une *mémoire*.

Tantôt Rimbaud date, tantôt il ne date pas ses manuscrits. Il a tenu en tout cas à faire figurer l'indication « Avril-août, 1873 » à la fin d'*Une saison en enfer*. En isolant le premier renseignement par une virgule, il a mis en place les mois, donc la saison elle-même. L'année a été cruciale pour lui. Elle est celle de la brisure avec Verlaine (à Londres, puis à Bruxelles, en juillet), celle de la publication de ce premier livre (en octobre). Si la date de naissance est un donné, comme l'a souligné Jacques Derrida, un *datum*, cette date de publication est l'indice d'un acquis, mieux d'un conquis, quel qu'ait été le moyen utilisé.

Il y a en tout cas, chez le poète, une sensibilité au *moment*. Nul texte ne l'exprime mieux que « Guerre », l'une des plus brèves parmi les *Illuminations* :

> « Enfant, certains ciels ont affiné mon optique : tous les caractères nuancèrent ma physionomie. Les Phénomènes s'émurent. — À présent, l'inflexion éternelle des moments et l'infini des mathématiques me chassent par ce monde où je subis tous les succès civils, respecté de l'enfance étrange et des affec-

tions énormes. — Je songe à une Guerre, de droit ou de force, de logique bien imprévue.
C'est aussi simple qu'une phrase musicale » (LP II, 134-135).

Rien n'est plus tainien, superficiellement, que ce poème en prose. Tout commence avec l'évocation du *milieu*. Le *moment* apparaît entre une insistance (« à présent ») et la fuite d'un pluriel, le mystère d'un oxymore (« l'inflexion éternelle des moments »). On a sans doute le droit de surcharger le sens du mot qui peut désigner une partie petite et indéterminée du temps, mais aussi le produit d'une force par une distance. Taine parlait à ce propos de « vitesse acquise », ou d'« impulsion déjà acquise », et il complétait les mathématiques par la physique. Il allait même jusqu'à écrire que « l'histoire est un problème de mécanique psychologique » et affirmait que l'œuvre naît de la « concordance secrète des forces créatrices » à une époque donnée, sinon à une date précise.

L'époque dans laquelle il convient de situer Rimbaud est clairement celle de la naissance de la Troisième République. Quand son premier poème, « Les Étrennes des orphelins », est publié dans *La Revue pour tous*, le 2 janvier 1870, et quand, quelques jours plus tard, un nouveau et très jeune professeur, Georges Izambard, fait son entrée dans la classe de première ou, comme on disait alors, de rhétorique, au Collège municipal de Charleville, le Second Empire, fortement ébranlé, ne parvient pas à se ressaisir et vacille sur ses bases fragiles. Janvier 1870 est un mois maudit pour Émile Ollivier, chef du gouvernement depuis le 2 (on notera la coïncidence), celui que Rimbaud présentera quelques mois plus tard, dans « Rages de Césars », comme le « Compère en lunettes » de Napoléon III (LP I, 114). Ce mois-là, le journaliste Victor Noir est assassiné par Pierre Bonaparte, un cousin germain de l'empereur, et l'enterrement de la victime, le 12, est « une crevasse de taille dans ce régime qui se fissure de partout ». Au même moment, les usines métallurgiques du Creusot, fief des frères Schneider, sont en proie à une grève qui prend aux yeux de la population les proportions d'une guerre civile.

Arthur Rimbaud vit à Charleville dans un milieu conformiste, clérical et bonapartiste, et sa mère écrit à Izambard pour s'étonner qu'il fasse lire à son fils *Les Misérables* de V. hugot [*sic*] — entendons : de cet opposant au régime, exilé dans l'île de Guernesey. Pour elle, comme l'a rappelé Izambard, « c'était l'ennemi de l'autel et du trône, justement banni pour ses productions dépravées ». De cœur, l'adolescent est opposé au régime impérial, même s'il a adressé un compliment en vers latins au prince Louis, à l'occasion de la première communion du fils de Napoléon III et de l'impératrice Eugénie, en mai 1868 (JJL, 77).

La déclaration de guerre coïncidant avec la fin de l'année scolaire, la défaite de Sedan (2 septembre) et la chute de l'Empire (4 septembre 1870) coïncidant avec l'emprisonnement de Rimbaud à Mazas (près de l'ancienne Bastille) lors de sa première fugue, ces événements ont durci son opposition à la « ménagerie impériale » dont les caricatures de l'époque ont laissé de saisissantes images. Ce moment est celui où Rimbaud s'apprête à rassembler, à réviser et à compléter ses premiers poèmes pour en constituer un recueil : la satire y occupe une place importante, sans qu'elle soit exclusive.

« Sénat, Corps législatif, Conseil d'État, Cour de cassation, Cours impériales, Tribunaux, entrez ! » : sous cette invitation se cache l'amer constat de Hugo après le coup d'État du 2 décembre 1851 et celui qui a rétabli l'Empire un an après. Comme en épilogue aux *Châtiments*, Rimbaud pourra écrire à son tour, dans un poème sans titre de datation incertaine :

> *« [...] Industriels, princes, sénats,*
> *Périssez ! Puissance, justice, histoire, à bas ! »* (LP I, 225).

Le moment qui suit l'écroulement de l'Empire est trouble : après avoir été irrité par le « patrouillotisme » des citoyens de Charleville-Mézières (lettre à Izambard du 25 août 1870, LP I, 63), Rimbaud assiste de loin, puis de près, entre le 25 février et le 10 mars 1871, à la situation doublement pesante de la capitale : le siège de Paris par les Prussiens ; la menace d'une nouvelle restauration royaliste.

L'insurrection de la Commune, le 18 mars, correspondait sans aucun doute à ses vœux. Elle recommençait la première Commune, le gouvernement municipal de Paris entre 1789 et 1795. Mais elle installait un authentique pouvoir révolutionnaire à l'Hôtel de Ville. Tout ce que Rimbaud détestait était subitement aboli : la conscription, le 29 mars ; le budget des cultes, le 5 avril. On s'apprêtait à détruire la colonne Vendôme, emblème du pouvoir impérial, la maison de M. Thiers, le chef du gouvernement provisoire, qui, réfugié à Versailles, organisait un nouveau siège de Paris. Les bombardements de la capitale, évoqués par Rimbaud dans « Chant de guerre Parisien » (LP I, 146-148), aboutiront à la Semaine sanglante (21-28 mai 1871) et à la répression des fédérés.

Que faire ? « Comment agir » après l'échec de la Commune ? Rimbaud se posait déjà la question dans le poème adressé à Izambard le 13 mai, « Le Cœur supplicié » (LP I, 145). Il éprouve, plus que jamais, le besoin de venir à Paris. Quand il y arrive par le train, au mois de septembre, il est accueilli par Paul Verlaine, qui a vécu la Commune de près à l'Hôtel de Ville, puis a jugé prudent de se faire oublier à la campagne. Quel *travail* va-t-il y entreprendre ? Politique ? Le moment serait mal venu. Poétique ? Sans doute, mais Rimbaud à cette date va hésiter entre une poésie engagée et les jeux de ces bohèmes parisiens qui vont se donner le nom de « zutistes ». « Zut », ce sera même le départ d'un poème, plus tardif, qui est intitulé « Michel et Christine » (LP I, 254).

On aurait tort de croire que, par la suite, l'œuvre

de Rimbaud ait été complètement dégagée. Il poursuit encore l'Empereur, « vieille démangeaison », dans *Une saison en enfer* (LP II, 55). Il épingle la pratique masturbatoire du prince impérial dans un dizain inscrit en septembre 1872, à Londres, sur l'album du dessinateur Félix Régamey, un ancien communard (LP I, 259). Le même mois, au même moment, *La Renaissance littéraire et artistique*, dirigée par un ami de Verlaine, Émile Blémont, propose à ses lecteurs son troisième et dernier poème publié, « Les Corbeaux », invitant les oiseaux sinistres à tournoyer « sur les champs de France / Où dorment des morts d'avant-hier » et s'achevant sur « La défaite sans avenir » (LP I, 260-261).

Il est probable en effet qu'à partir d'un certain moment, Rimbaud a considéré que la République établie dans de si mauvaises conditions était sans avenir. Dans les *Illuminations*, « Après le Déluge », poème en prose qui a pu être interprété comme un « Après la Commune », est un nouveau constat d'échec et appelle un recommencement. Mais si recommencement il doit y avoir, il se situe à distance de l'histoire et de la politique. Le vrai *facteur primordial*, Baudelaire contre Taine l'avait reconnu, c'est l'imagination, « la maîtresse des facultés ». C'est donc l'imaginaire qui travaille à reconstruire le monde, sans engagement aucun, mais sous le signe du « dégagement rêvé » (« Génie », LP II, 151).

De fait, Rimbaud a toujours rêvé de s'évader. Dans *Une saison en enfer*, il dépose les « rages » pour rejoindre fantasmatiquement l'autre « race » et « entr[er] au vrai royaume des enfants de Cham » (LP II, 55-56), ces fils du soleil que sont et que devraient être les Noirs. Il rejette plus que jamais son milieu, le prétendu bonheur domestique, les parents qui ont fait de lui l'esclave de son baptême, l'Occident qui croit être la patrie de la raison. « Je m'évade » (LP II, 77) éclate comme un cri de soulagement, une décision retardée, mais définitive. Un doute vient pourtant : n'est-ce pas

« L'Impossible », titre de la sixième partie du livre de 1873 ? Le « Génie », dans les *Illuminations*, invite encore à des départs, mais il est peut-être le seul à voyager.

L'exigence est là : « Départ dans l'affection et le bruit neufs ! » (LP II, 103). Elle est sans nul doute à l'origine des voyages successifs qui, après 1875, vont coïncider avec l'abandon de la poésie. Purs de toute parole, le sont-ils, peuvent-ils l'être de tout contact avec la situation historique ? Engagé en 1876 dans la Légion étrangère hollandaise avant de déserter à Java, Rimbaud retrouvait les reîtres ses ancêtres qui avaient été mercenaires en Allemagne. Chef de chantier à Chypre en 1879, il apprenait à commander à la « race inférieure ». Mêlé aux négociants qui faisaient de l'import-export au bord de la mer Rouge et sur le plateau abyssin, il participait à ce qu'il faut bien appeler le capitalisme de son temps, et au colonialisme de la Troisième République.

Déjà certains de ses textes n'allaient pas sans ambiguïté à cet égard : « *Qu'est-ce pour nous, mon cœur...* », ce poème sans titre, entraînait de « romanesques amis » dans une « marche vengeresse » d'où le profit du moins semblait exclu (LP I, 225-226) ; « Mouvement », l'un des deux poèmes en vers libres classés parmi les *Illuminations*, n'excluait pas les « comptes » de l'aventure des « conquérants du monde » (LP II, 149-151) ; dans « Démocratie », les « conscrits du bon vouloir » se mettaient « au service des plus monstrueuses exploitations industrielles ou militaires » (LP II, 142-143).

Rimbaud a rêvé d'appartenir à une autre race, à un autre milieu, à un autre moment. Mais il a douté aussi de pouvoir échapper à la « race inférieure » qui a « tout couvert », précisément, sous prétexte de démocratie. Il s'est senti plus retenu qu'il ne l'a cru par des attaches familiales, au point d'avoir le projet de fonder lui-même un foyer (OC, 719-720). Il a cherché au loin les ressources que lui offraient l'entreprise coloniale ou paracoloniale, et une pratique très particulière, plus proche du troc, ou de l'exploitation, que de ce qu'on n'ose appeler le commerce international. « J'aurai de l'or », avait-il écrit dans *Une saison en enfer* (LP II, 52). Derrière celui qu'il avait espéré accumuler, sachons voir encore l'or le plus précieux, dont a rêvé l'homme qui, à un certain *moment*, dans un autre *milieu*, avait cru pouvoir être de la *race* d'or — fils du soleil.

Chapitre II

PASTICHES ET MÉLANGES : LES POÉSIES DE L'ANNÉE 1870 [*POÉSIES* I]

Ce qu'il est convenu d'appeler les *Poésies* de Rimbaud commence et finit par François Coppée, et comme malgré lui.

En novembre 1891, en effet, l'éditeur Léon Genonceaux publia, à 550 exemplaires, un volume pour lequel il avait d'abord prévu le titre *Arthur Rimbaud — Poésies*. Il le coiffa finalement d'un autre titre, *Reliquaire, Poésies* (JJL, 1173). Rimbaud, mourant, l'ignorait ; Coppée aussi qui, né en 1842, membre de l'Académie française depuis 1884, ne devait s'éteindre à Paris qu'en 1908. Son premier recueil, en 1866, était *Le Reliquaire*.

La grande notoriété de Coppée date de 1869. Cette année-là, on joua de lui une comédie en un acte, *Le Passant*, qui obtint beaucoup de succès. Sur la scène du théâtre de l'Odéon, la grande actrice Sarah Bernhardt interprétait le rôle travesti de Zanetto : ce jeune homme blond, qui chante la romance « Mignonne, voici l'avril ! » en s'accompagnant de la guitare, est attiré par Silvia, une dame qui, à Florence, règne sur tous les cœurs. Mais elle juge plus honnête de laisser aller à son libre destin le « doux coureur d'avril », qui voyage depuis l'enfance, et se présente lui-même en disant : « Ma vie est une promenade. » Dans l'une de ses premières lettres à Verlaine, et pour se faire admettre auprès de lui, Rimbaud se présente comme « moins gênant qu'un Zanetto », et on peut considérer le charmant troubadour de Coppée comme le modèle du collégien de Charleville, qui se veut « bohémien », toujours désireux de repartir, de « repartir encore bien des fois », et se déclare adorateur de « la liberté libre » (lettre à Izambard du 2 novembre, OC, 223) : celui de « Sensation » (LP I, 108), celui dc « Ma Bohême. — Fantaisie » (137-138).

Un an plus tôt, il était allé puiser dans le recueil de Coppée qui venait de paraître, *Poèmes modernes* (1869), et il s'était inspiré de ses « Enfants trouvées » pour écrire le premier poème que nous connaissions de lui, « Les Étrennes des orphelins » (LP I, 47-50), le premier aussi à être publié dans *La Revue pour tous*, le 2 janvier 1870. Il avait eu l'idée d'adresser ses vers à cette revue, qui paraissait à Paris tous les dimanches, et qui faisait presque partie du rituel dominical de sa mère. On y publiait des poèmes connus ou inédits, de préférence quand ils étaient d'inspiration familiale, ce qu'on pourrait appeler des poèmes « bonne famille » : « Les Pauvres Gens » de Victor Hugo, le 5 septembre 1869, étaient repris de la première série de *La Légende des siècles*, de dix ans antérieure ; « La Maison de ma mère » de Marceline Desbordes-Valmore, le 7 novembre, venait du recueil *Pauvres Fleurs* (1839), et c'était un hommage à la poétesse de Douai, disparue le 23 juillet 1859.

Entre la célébration de Marceline (« Maison de la naissance, ô nid, doux coin du monde ! ») et le nouveau foyer où Jeannie, la femme du pêcheur, recueille les deux enfants de la voisine morte, Rimbaud recrée l'atmosphère lugubre d'une chambre glacée, « pleine d'ombre », où chuchotent deux bambins ignorant encore qu'ils viennent de perdre leur mère. Mais un « souvenir récent » éclaire ces quasi-orphelins de quatre ans : la fête lumineuse qu'est traditionnellement

« le matin des étrennes ». « L'ange des berceaux » vient mettre dans leur sommeil un « rêve joyeux » : « Ils se croient endormis dans un paradis rose », et ils voient en effet des joujoux près du lit maternel. Mais ce ne sont que les médaillons argentés, les petits cadres noirs, les perles de verre de la couronne mortuaire.

La division en cinq parties, l'usage de l'alexandrin rappellent plutôt « L'Angélus », le long poème de Coppée qui figure en tête de son deuxième grand recueil (Thomas Grimm, le directeur de *La Revue pour tous*, a du moins imposé à Rimbaud des coupures). Évoquant les enfants trouvées, la file des fillettes en habits de deuil, le glorieux aîné se penchait sur les « destinées » des « berceaux », sur ce qui manque aux sans-foyer :

« La chambre joyeuse, les fêtes
Du premier cri, du premier pas,
[...]
La gaîté bruyante et permise. »

Rimbaud est apparemment conformiste dans « Les Étrennes des orphelins ». Il s'adapte à la sensibilité, ou plutôt à la sensiblerie, au goût aussi des lecteurs de *La Revue pour tous*, à la circonstance (un poème pour les fêtes), à la manière intimiste de Coppée, au genre du poème narratif que celui-ci cultive. Mais les *Poèmes* de 1869 étaient qualifiés, sur la couverture, de *modernes*. Pour leur auteur la « qualité essentielle » était « la note personnelle, l'originalité ». Il sc démarquait tant de ceux qu'il appelait « les déplorables imitateurs de l'inimitable Musset » que des admirateurs de l'impassible Leconte de Lisle. Comme l'a souligné Daniel Madelénat dans le livre qu'il a consacré à *L'Intimisme*, le poète des *Intimités* (1867) devait pratiquer du début à la fin de sa carrière « la confession personnelle, le populisme, le tableautin ou le médaillon ». Il était un parnassien, sans doute, mais un parnassien ému.

Couronné pour ses devoirs de vers latins, Rimbaud méritait-il de l'être pour ses vers français ? Après Jules Feuillâtre, le professeur de lettres, tombé gravement malade à la fin du premier trimestre de l'année scolaire 1869-1870, Georges Izambard allait à son tour soumettre les élèves de rhétorique à ces deux exercices : « Ophélie », devoir de vers latins, devait être pour Arthur l'occasion d'écrire, par obligation ou plutôt par plaisir, des vers français. De tels exercices passaient par l'imitation, par le pastiche auquel on attribuait alors une vertu formatrice. La fausse lettre de Charles d'Orléans au roi Louis XI pour demander la grâce de François Villon (OC, 130-132), le poème intitulé « Bal des pendus » (LP I, 108-110), issu de la célèbre « Ballade des pendus », et plus encore du *Gringoire* (1866) de Banville, sont de ce type, et il n'y a pas lieu de s'en étonner : les premiers textes de Rimbaud, en latin ou en français, en prose ou en vers, sont d'un élève doué et appliqué. Dans « Le Forgeron » (LP I, 69-74), il imite Hugo, et encore Coppée (« La Grève des forgerons », dans les *Poèmes modernes*) ; ses autres modèles sont Albert Glatigny dans « À la Musique » (LP I, 77-78) (d'après « Promenade d'hiver », dans *Les Flèches d'or*), et Musset lui-même dans « Roman » (112-114) ou dans « Trois baisers » (51-52), deuxième poème publié, cette fois dans le journal satirique *La Charge*, le 13 août 1870.

Pour un tel journal, dirigé par le caricaturiste Alfred Le Petit, aurait mieux convenu un poème plus engagé, celui d'un Rimbaud frondeur à l'égard du Second Empire. Et il a cultivé cette veine, en effet, dès 1870, indirectement dans « Le Forgeron », plus directement après la déclaration de guerre le 15 juillet (« *Morts de Quatre-vingt-douze* », « Le Mal »), plus impitoyablement après la défaite de Sedan le 2 septembre et la chute de Napoléon III le 4 (« Rages de Césars », « Le Châtiment de Tartufe »). Mais il a trouvé dans le Musset de « Mardoche » un modèle d'ironie à la Byron, dont il ne s'est détaché que plus tard.

Le pastiche, Rimbaud a donc appris à le pratiquer en classe ou en marge de la classe, puis plus librement après ces grandes vacances qui pour lui ne devaient jamais finir. Il conserve, dans son cas, quelque chose du *pasticcio* originel, du « tableau d'imitation, dans lequel l'auteur a contrefait la manière de quelque peintre » (c'est la première définition du mot dans le *Dictionnaire de la langue française* d'Émile Littré, publié entre 1863 et 1872 — un parfait miroir de la langue dans l'état où la trouvait le jeune poète à ses débuts). Le sens du tableau à faire est à l'origine des « Étrennes des orphelins ». « Ophélie » peut être considéré à cet égard comme un pastiche de la toile du peintre anglais John Everett Millais (1829-1896), dont l'*Ophelia* de 1852 est immédiatement devenue célèbre.

Il arrive à Rimbaud de concevoir le poème comme la description d'une image, mais non sans intention satirique (« L'Éclatante victoire de Sarrebrück »), comme l'évocation d'un objet familier (« Le Buffet »), comme la représentation d'une scène vue dans la rue (« Les Effarés »), sur la place de la Gare à Charleville (« À la Musique »), à la campagne après le passage de la guerre (« Le Dormeur du Val »). Ce dernier poème, justement célèbre, passe par l'imitation (« La Fontaine aux lianes » dans les *Poèmes barbares* de Leconte de Lisle, 1862 ; « *Dolorosa mater* » de Léon Dierx), et si la technique poétique est picturale, elle tient encore du *pasticcio*.

Il y a quelque anachronisme à parler à cette date de technique impressionniste, comme l'a fait Émilie Noulet. Il faudrait attendre 1874. Rimbaud ne décrit pas un paysage réel, ne fait pas l'*ekphrasis* d'un tableau connu, et on ne saurait négliger ni la charge satirique (le soldat mort est victime de la guerre déclarée par Napoléon III à la Prusse) ni le caractère symbolique du poème (le soldat-Christ, avec ses « deux trous rouges au côté droit », comme l'a suggéré Jean-François Laurent). Le décor naturel est le lieu de l'indéfini (« *un* trou de verdure », « *une* rivière », « *un* petit val »). La victime n'est elle-même qu'« *un* soldat jeune ». Mais le titre les place l'un et l'autre en situation de défini : « *Le* Dormeur *du* Val ». Ils deviennent exemplaires : le faux dormeur, qui est un vrai mort, est l'image de la Passion infligée à un homme en temps de guerre ; le Val est l'analogue de la vallée du Cédron, que Rimbaud nommera dans un poème plus tardif (LP II, 73) et où la tradition, depuis *Le Pèlerin de Bordeaux*, place le site du Jugement dernier.

André Breton, se rappelant dans *Nadja* (1928) « le pouvoir d'incantation que Rimbaud exerça sur [lui] vers 1915 » (il avait dix-neuf ans), évoque non sans ironie une promenade solitaire au cours de laquelle il rencontra une jeune fille qui fut la première à lui adresser la parole. Ce pourrait être le climat sentimental, ou plutôt pré-sentimental, de « Roman ». Et précisément, c'est un poème de Rimbaud, « Le Dormeur du Val », qu'elle s'offre à lui réciter, parce qu'il est l'un de ceux qu'elle préfère.

Sans doute Breton, dont le goût a mûri, place ailleurs en 1928 ses prédilections rimbaldiennes. Le pouvoir d'incantation exercé par le poète, il irait le chercher plutôt dans « Dévotion », l'une des *Illuminations* où il s'est en quelque sorte « quintessencié ». Mais, au sortir de l'adolescence, même s'il était moins naïf que sa camarade de rencontre, il ne pouvait qu'être sensible à ce qu'il y a de frais, de plein déjà dans les premières réussites de Rimbaud. Et « Le Dormeur du Val » est bien de celles-là.

Tout commence avec un paysage qui devrait être heureux tant il est lumineux, tant l'herbe y est verte ; le « petit val » pétille comme une coupe de champagne, il « mousse de rayons », et il y a là quelque ivresse, quelque folie même. Cette animation de la nature, la griserie précipitent le mouvement du vers. C'est rejet sur enjambement, mettant en valeur les notations d'éclat lumineux en début d'alexandrin. Le déictique précédant l'article indéfini désigne à l'attention, deux fois, n'importe quel « trou de verdure », n'importe quel « petit val », et pourtant c'est sur celui-ci que le poète veut attirer notre attention.

Au centre du paysage — on aurait envie de dire : de l'aquarelle — est placé « un soldat jeune ». Il pourrait figurer dans la galerie des « bohémiens ». Le motif n'est nullement neuf, et Rimbaud connaît le poème « Bohémiens » sur lequel s'achevaient *Les Vignes folles* (1860) de Glatigny. Mais, au cours de cette année 1870, avant et après ses deux fugues d'août et de septembre-octobre, il aime à faire son autoportrait en bohémien (« Ma Bohême » en est le plus pur exemple), avec une désinvolture étudiée qui se retrouve dans le vers, allant sans être libre, et l'expression délicatement familière, mais sans une ombre de vulgarité.

« Bouche ouverte », comme celui qui va par les sentiers, « tête nue » comme le bohémien de « Sensation » (v. 4) — et cette tête baigne, non dans le vent, mais « dans le frais cresson bleu » —, dormant, comme le « Petit-Poucet rêveur », à la belle étoile, à l'« auberge » de « la Grande-Ourse », ce jeune soldat pourrait être encore l'adolescent Arthur Rimbaud, celui qui, le 24 mai 1870, présentait à Banville sa poésie comme « du printemps » (LP I, 53).

Mais l'automne est venu. « Le Dormeur du Val » est daté d'octobre 1870, comme cinq autres poèmes et (implicitement cette fois) « Ma Bohême » qui vient clore cette série de sonnets. La guerre est passée par là, et avec elle celle que Rainer Maria Rilke appellera « Madame Lamort » dans la cinquième des *Élégies de Duino* (1922), après un autre conflit franco-allemand. Le soldat se transforme peu à peu en une Ophélie au masculin, et son « lit vert » au bord de l'eau est l'analogue de « l'onde calme et noire » sur laquelle flottait la folle par amour rejetée de Hamlet, sous les saules frissonnants et parmi les nénuphars froissés.

La mort n'est plus livresque. Elle est là. Les touches funèbres se multiplient, sans que jamais elle soit dite : « les pieds dans les glaïeuls », le soldat dort comme un enfant malade ; mais il n'a pas de fièvre, il a froid, et la Nature essaierait en vain de le réchauffer. Le cœur ne bat plus dans sa « poitrine / Tranquille ». Le regard du lecteur est invité à se déplacer du « trou de verdure » vers les « deux trous rouges au côté droit » du jeune mort. Parallèlement, l'accent s'est déplacé de l'initiale lumineuse à la finale du vers, où la rime ultime sonne sinistrement (« il a froid », « au côté droit »).

Du printemps à l'automne de 1870, Rimbaud a progressé aussi dans le sens et la volonté de la composition d'un ensemble. Le collégien, le flâneur, pouvait se contenter d'« égren[er] dans [s]a course / Des rimes », comme le Petit-Poucet semait des cailloux blancs. Mais il s'exprime au passé dans « Ma Bohême ». Les deux séjours à Douai, dans la maison d'Izambard, suivant chacune des deux fugues, lui ont offert la chance d'un havre de paix en temps de guerre. Par un effort supplémentaire, accompli sous le regard bienveillant d'un professeur lui-même amoureux de la poésie, l'adolescent a entrepris de constituer un recueil. Quand il quittera Douai, il ne laissera pas le manuscrit complet à Izambard, qui, sous le contrôle de la police, a rendu le fugueur à sa mère et à la grisaille de Charleville, mais il le confiera à Paul Demeny, un jeune poète habitant la même ville et ami d'Izambard.

Demeny (1844-1918) était un poète parnassien de stricte obédience. Provincial, il avait franchi le pas que Rimbaud rêvait d'accomplir : il était publié à Paris, et au printemps de 1871, Rimbaud ira rôder du côté de la Librairie artistique, rue Bonaparte, où avait été publié *Les Glaneuses* (LP I, 142). Ce recueil, tout récent, il le connaissait depuis l'été ; il l'avait lu et même relu (LP I, 64), sans pour autant l'admirer. N'importe, Demeny pouvait l'aider à publier chez son éditeur, ou ailleurs. Rimbaud avait fait une déclaration d'allégeance au Parnasse dans sa lettre à Banville du 24 mai, tout en reprenant le mot d'un peintre italien (« *Anch'io* [moi aussi], messieurs du journal, je serai Parnassien ! »). Le Corrège, contemplant la *Sainte Cécile* de Raphaël, avait décidé de faire aussi bien, et mieux encore. Rimbaud est pris d'une émulation semblable devant *Les Glaneuses*, et il veut à son tour monter jusqu'au « parnasse » — un mot qui, descendu de la montagne des Muses, désigne depuis le XVIIe siècle un recueil.

Au manuscrit complet soigné laissé chez Demeny en octobre ne manque que le titre. Rimbaud aurait-il convoqué de nouveau *Le Parnasse*, flanqué d'une quelconque épithète ? On en avait usé et abusé. Se serait-il contenté du titre *Poésies*, comme tant d'autres, et encore Mallarmé en 1887, ou de *Poèmes et poésies*, comme Léon Dierx en 1864, ou de *Premières poésies*, comme Musset en 1852 et, après lui, Louise Ackermann en 1877 ? Ce qu'on appelle d'ordinaire *Poésies* dans les éditions en usage de l'œuvre de Rimbaud ne correspond à aucun ensemble volontairement constitué. À ce regroupement arbitraire, il est préférable de substituer, pour distinguer les projets successifs, les trois séries numérotées dans le présent ouvrage. Au titre près, les *Poésies* [I] constituent un ensemble complet, cohérent. Il convient de laisser en dehors le tout premier poème, « Les Étrennes des orphelins », et de préférer l'état définitif des textes retenus par Rimbaud lui-même dans ce qu'on a parfois appelé, faute de mieux, « Recueil Demeny » en raison du dépositaire, ou « Cahiers de Douai ». C'est là en effet que Rimbaud a organisé son recueil, dans un ordre stable attesté par le manuscrit (actuellement conservé à la British Library de Londres) et en deux groupes que la tonalité distingue : le premier, le plus long, le plus mêlé, rassemble les morceaux les plus anciens, soigneusement revus et retravaillés ; le second, portant la trace du vagabondage d'octobre, est le plus uni, heureusement marqué, malgré les blessures de l'histoire récente (« Le Dormeur du Val »), malgré les « monstruosités hargneuses » et les « démons noirs » (« Rêvé Pour l'hiver »), par une impression d'*aise*, qui s'étale lors d'un arrêt à Charleroi dans « Au Cabaret-Vert », dans « La

Maline ». La gravure belge représentant la prétendue victoire de Sarrebrück, ornant sans doute la même salle à manger de Charleroi, paraît elle-même inoffensive : c'est déjà de l'histoire ancienne (2 août 1870), et l'Empereur, tombé depuis cette date, mérite plus que jamais que Boquillon le moqueur lui présente « ses derrières » (*sic*). Le rouge et le bleu, couleurs crues de l'uniforme du pioupiou, s'atténuent en un rose et un bleu plus pâle, plus délicat, celui des coussins du petit wagon devenu le décor d'une autre séduction maligne.

À Charleville, Rimbaud avait présenté de manière caricaturale l'amour dévot d'un jeune séminariste, Léonard, pour une dénommée Thimothina Labinette, plus stupide, plus indifférente encore que Nina accrochée à son bureau (LP I, 82, 104). Pour cette « bête nouvelle », il s'était contenté de la forme lâche de quelques feuillets d'un pseudo-journal intime (LP I, 84-99). Tendant à se resserrer davantage vers sa fin, le recueil des *Poésies* [I] ne rassemble pas seulement des feuillets d'album. Des images d'intérieur, d'intimité même, y voisinent avec des bouffées d'air libre, « Ma Bohême » suit « Le Buffet » et ferme l'ensemble tout en laissant ouvert l'espace de la promenade et de la rêverie.

Du pastiche, Rimbaud est allé vers une poésie plus personnelle, dont le ton est reconnaissable entre tous. Le second des « Cahiers de Douai » en est assurément le meilleur exemple. L'intensité n'exclut pourtant pas une ironie qui peut conduire à la parodie.

L'ironie est très sensible dans le tercet final du dernier sonnet. Le jeune poète se représente en Orphée bohémien, dans le silence de ces « bons soirs de septembre »

> *« Où, rimant au milieu des ombres fantastiques,*
> *Comme des lyres, je tirais les élastiques*
> *De mes souliers blessés, un pied près de mon*
> *[cœur ! »* (LP I, 138).

Le *pasticcio* est radicalement modifié : l'Orphée à la lyre de Charles-François Jalabert ou même celui de Gustave Moreau jouent sur un tout autre instrument. En même temps Rimbaud décoche une flèche contre Lamartine, qui avait voulu ajouter une huitième corde à la lyre. Mort le 28 février 1869, le chantre d'Elvire était passablement malmené dans *Un cœur sous une soutane* et, quand Léonard, Orphée de sacristie, déclare solennellement à Timothina : « Il avait de beaux fleurons à sa couronne, l'auteur des *Méditations poétiques* », on ne peut s'empêcher de penser à la couronne mortuaire de la mère des orphelins.

L'Orphée bohémien de Rimbaud ne se sent nullement orphelin. Il veut aller seul, et c'est alors qu'il est le plus séduisant. Mais il ne le peut qu'en dégageant la poésie des liens qui l'enserrent. C'est pourquoi le pastiche ne doit être qu'une étape. La parodie cherche à le délier plus encore, tout en maintenant la contrainte acceptée d'une *mimèsis*.

Le plus net exemple de parodie dans les *Poésies* [I] est constitué par « Vénus anadyomène », un sonnet écrit dès le 27 juillet 1870, après le départ d'Izambard, mais avant la distribution des prix (LP I, 83), et repris avec quelques variantes dans le premier des « Cahiers de Douai » (104-105).

Il s'agit encore d'un tableau. *Ut pictura poesis* : l'adage d'Horace dans l'*Art poétique* est devenu précepte quand, au XIXe siècle, la poésie s'est mise à l'école de la peinture. Théophile Gautier, le « maître ès-lettres impeccable » salué par Baudelaire en 1857 dans la dédicace des *Fleurs du Mal*, est allé en ce sens bien plus loin que le Hugo des *Orientales*. Son programme, défini en 1856 dans *L'Artiste*, l'organe de l'école de l'Art pour l'Art, avait pris des allures de manifeste. « À proprement parler », écrivait-il alors, « nous ne sommes pas un homme de lettres [...]. Épris, tout enfant, de statuaire, de peinture et de plastique, nous avons poussé jusqu'au délire l'amour de l'art [...].

Après avoir vu, notre plus grand plaisir a été de transporter dans notre art à nous monuments, fresques, tableaux, statues, bas-reliefs, au risque de forcer la langue et de changer le dictionnaire en palette. »

Rimbaud a pris trop de distance à l'égard du régime impérial pour déborder de sympathie à l'égard d'un écrivain qui en est proche et lui survivra peu de temps (né en 1811, Gautier mourra le 23 octobre 1872). Il le classera dans la longue lettre du 15 mai 1871, avec Leconte de Lisle et Théodore de Banville, parmi les « seconds romantiques » qui ont été « très *voyants* ». Mais cette présentation sera assortie d'une sérieuse réserve : à eux trois, ont-ils fait autre chose que « reprendre l'esprit des choses mortes » (LP I, 156) ? On n'a pas assez observé qu'en traitant à ses débuts dans « *Credo in unam* » devenu par la suite « Soleil et Chair » (LP I, 57-61, 126-131) un sujet mythologique séduisant pour l'œil et pour la sensualité, la naissance de Vénus surgie de l'écume des flots, Rimbaud reprenait le grand sujet prôné par Gautier dès son roman *Mademoiselle de Maupin* en 1835.

Dans ce livre, le héros s'avoue médiocrement touché par la représentation de la Madone, l'azur pâle de ses longs yeux, les lignes fuyantes de son cou grêle et la rose mystique. Il « aime mieux la Vénus Anadyomène, mille fois mieux », et il en donne une description enthousiaste :

> « La Vénus sort de la mer pour aborder au monde, — comme il convient à une divinité qui aime les hommes, — toute nue et toute seule. — Elle préfère la terre à l'Olympe et a pour amants plus d'hommes que de dieux : elle ne s'enveloppe pas des voiles langoureux de la mysticité ; elle se tient debout, son dauphin derrière elle, le pied sur sa conque de nacre ; le soleil frappe son ventre poli, et de sa blanche main elle soutient en l'air les flots de ses beaux cheveux où le vieux père Océan a semé ses perles les plus parfaites. — On la peut voir : elle ne

cache rien, car la pudeur n'est faite que pour les laides, et c'est une invention moderne, fille du mépris chrétien de la forme et de la matière. »

Dans le plus ambitieux de ses poèmes de 1870, parodiant dans son titre la liturgie catholique, « *Credo in unam* » (Je crois en une seule [déesse], c'est-à-dire Vénus), Rimbaud émet le vœu de remonter par-delà le christianisme vers les temps païens où, sans remords, sans arrière-pensée, on s'abandonnait aux plaisirs et au culte du corps :

« Je crois en Toi ! je crois en Toi ! Divine Mère !
Aphroditè marine ! — Oh ! la vie est amère,
Depuis qu'un autre dieu nous attelle à sa croix !
Mais c'est toi la Vénus ! c'est en toi que je crois ! »
(LP I, 58).

Un tel néo-paganisme n'est pas rare à l'époque. Baudelaire, même s'il s'est montré critique à l'égard de l'École païenne, a regretté le souvenir de ces « époques nues » et rejoint sur ce point son maître Théophile Gautier. On trouverait maintes figures de Vénus anadyomène dans les premiers recueils de Banville, entre autres, et Rimbaud n'avait nul besoin de convoquer des souvenirs scolaires, la *Théogonie* d'Hésiode (v. 173 *sqq.*) ou le récit de l'aède Demodokos dans le chant VIII de l'*Odyssée*.

De la poésie parnassienne, superlativement représentée par « *Credo in unam* », à « Vénus anadyomène », un renversement se produit, comme si Rimbaud foulait aux pieds ce qu'il avait adoré : la mer n'est plus qu'une vieille baignoire en zinc, et Aphrodite surgissant des flots se transforme en une femme adipeuse au corps usagé qui « tend sa large croupe / Belle hideusement d'un ulcère à l'anus ». On serait tenté de parler de réalisme à propos d'un tel poème. Et pourtant c'est encore de « fantaisie » qu'il s'agit, et d'une fantaisie qui est moins éloignée de Banville qu'il ne paraît. Dans *Les*

Cariatides, la chanson « Pourquoi, courtisane, / Vendre ton amour » succédait à la « Vénus couchée », et dans *Le Sang de la coupe*, Cypris la blonde lançait sa malédiction en plein jardin du Luxembourg.

« Ici », note Yves Bonnefoy à propos de « Vénus anadyomène », « le langage est contraint de nommer ce que l'existence a de plus sordide. » Mais Rimbaud s'en prend à la flétrissure de la maladie et du vieillissement plus qu'au féminin. Malgré les premières illusions perdues, les *Poésies* [I] témoignent, dans leur diversité, d'une belle vitalité et, cueillies « au bord des routes », les « gouttes de rosée », véritable élixir de jouvence, ont eu la vertu d'« un vin de vigueur ».

Chapitre III

LES POÉSIES DE L'ANNÉE 1871 (*POÉSIES* II) : DE LA PARODIE AU VOYANT

Il existe, parmi les poésies de Rimbaud, un quatrain à rimes croisées, sans titre, sans date :

> « *L'étoile a pleuré rose au cœur de tes oreilles,*
> *L'infini roulé blanc de ta nuque à tes reins*
> *La mer a perlé rousse à tes mammes vermeilles*
> *Et l'Homme saigné noir à ton flanc souverain* »
> (LP I, 188).

Comme il nous est connu seulement par un manuscrit de la main de Verlaine, et comme la rencontre des deux poètes remonte à septembre 1871, on date de cette année-là ce qui fut publié pour la première fois en 1906 sous le titre « Fragment », avant d'être décoré du titre « Quatrain » (c'était le moins qu'on pût dire...) ou identifié avec « Madrigal », titre errant pour un quatrain inconnu dans une liste de poèmes de Rimbaud qui est elle aussi de la main de Verlaine.

Tant d'incertitudes ne facilitent pas l'accès au sens du texte. Les deux pôles d'interprétation sont la parodie et ce qu'on appelle, faute d'un meilleur substantif, la « voyance ». Étiemble et Yassu Gauclère, en 1936, alors dans la mouvance du surréalisme, allaient vers le second de ces pôles quand ils écrivaient, à propos de cette sorte de blason du corps féminin : « Vue par un voyant, la femme même devient belle [...]. Transfigurée par le poète, elle se transforme en prodige. » D'autres, au contraire, y ont décelé la continuation, le pastiche ou, même, la parodie du recueil d'Albert Mérat (1840-1909), *L'Idole* (1869), vingt sonnets consacrés à vingt parties du corps féminin. Mais tout se brouille quand on constate que dans la plus longue de ses lettres « littéraires », celle qu'il adresse à Paul Demeny le 15 mai 1871, Rimbaud semble mettre presque sur le même plan Mérat et Verlaine, les « deux voyants » de « la nouvelle école, dite parnassienne » (LP I, 156).

À s'en tenir à la parodie, c'est plutôt du côté de Sully Prudhomme (1839-1907) que du côté de Mérat qu'il faut aller chercher. Ce quatrain isolé présente d'indéniables analogies avec le premier des sept quatrains constituant « Naissance de Vénus » dans le premier recueil, *Stances et Poèmes* (1865), de cet auteur qui, tout en étant ami de Leconte de Lisle, a toujours refusé pour lui-même l'étiquette de Parnassien :

> *« Quand la mer eut donné ses perles à ma bouche,*
> *Son insondable azur à mon regard charmant,*
> *Elle m'a déposée, en laissant à ma couche*
> *Sa fraîcheur éternelle et son balancement ».*

Les rimes sont, de la même manière, croisées ; la disposition des finales féminines et des finales masculines est identique. L'image de la perle passe du vers 1 (chez Sully Prudhomme) au vers 3 (chez Rimbaud). Comme il sera dit dans l'une des *Illuminations* (« *Fairy* », LP II, 133), les éléments *se conjurent* pour donner forme à Vénus et la doter d'attributs précieux : les dents éclatantes comme des perles, les yeux d'un bleu d'azur, les charmes de la couche dans le poème de Sully Prudhomme, pour une fois d'un érotisme quintessencié ; on ne sait quoi de stellaire dans l'oreille, un élan de blancheur dans la chute des reins, une teinte brune, d'un roux éclatant, pour le bouton des seins, dans le blason rimbaldien qui apparaît dès lors clairement comme une variation nouvelle sur la figure mythologique de Vénus anadyomène, après le poème de 1870 qui portait ce titre et après « *Credo in unam* » / « Soleil et Chair ».

Ira-t-on jusqu'à qualifier de « prudhommesque » cette variation ? Elle est plus que cela, par l'emploi subtil de l'épithète de couleur en fonction adverbiale et par cette autre chute, noire celle-là, au quatrième vers, où on peut voir une image de la Passion du Christ et une allusion à la religion chrétienne qui a tenté de mettre fin au triomphe de Vénus. Surtout, Rimbaud, depuis la guerre, réserve l'appellation à la population de Charleville, « prudhommesquement spadassine » (lettre à Izambard du 25 août 1870, LP I, 63), aux civils qui croient se donner des allures militaires. Plus qu'un madrigal, ce quatrain est une *étude*, mot que Rimbaud lui-même placera plus tard au point de départ de son entreprise d'alchimie du verbe (LP II, 69). Et l'exercice est double : un travail d'imitation, mais pour aboutir à une vision qui la dépasse. En cela il est véritablement emblématique de la manière poétique de Rimbaud en 1871.

Le temps de guerre est le plus souvent ruineux pour la poésie. Ni l'ardeur militante, ni le *lamento* sur les malheurs de la patrie, ni le thrène à l'intention des combattant défunts ne donnent en général de bons résultats. Ni les *Idylles prussiennes* de Théodore de Banville ni les *Impressions de la guerre* de Sully Prudhomme n'ont élevé au sublime la poésie de ces auteurs. Rimbaud s'est rendu compte de ce qu'il y avait d'encombrant dans tout cela quand il est venu à Paris entre le 25 février et le 10 mars 1871, à l'occasion de ce qui était peut-être, cette fois, une fugue autorisée. Voulant « caus[er] Paris » dans une lettre adressée à Demeny le 17 avril, après son retour, il fait état de toute cette littérature du *Siège*, étalée dans les vitrines des éditeurs et des libraires (LP I, 141-143).

Comment s'étonner de ces « Accroupissements » qu'il servira encore à Demeny dans sa lettre du 15 mai ? Le siège, toujours le siège, mais cette fois avec une minuscule — le pot de chambre que recherche d'une main tâtonnante frère Milotus, pour satisfaire les besoins qui se sont déclarés dans son « monceau de tripe », l'escabeau bancal qu'il secoue de « hoquets fort gravement bouffons » (LP I, 157-158).

Rimbaud tente de surmonter la déception et le dégoût que soulève en lui la situation présente par une fantaisie plus lourdement scatologique et par une parodie plus systématique, radicale même. Qu'il donne au religieux déféquant le nom latinisé de son camarade de collège Ernest Millot, ce n'est qu'une plaisanterie de potache en rupture d'école. Mais surtout ces « Accroupissements »-là parodient d'une nouvelle manière, plus féroce, les *Intimités* de Coppée, ou, déjà, ses *Intérieurs*. « État de siège ? », un dizain à la manière de Coppée, un faux « Coppée » en quelque sorte, signé A. R., viendra clore la série un peu plus tard, au temps de l'*Album zutique* (LP I, 218 ; AZ, 109).

On trouvera maints tableaux satiriques, maintes charges, dans les poésies de l'année 1871 et, même si Rimbaud a demandé à Demeny, dans sa lettre du 10 juin, de « brûl[er] *tous les vers que* », dit-il, « *je fus assez sot* pour vous donner lors de mon séjour à Douai » (LP I, 165), la solution de continuité est loin d'être totale entre les *Poésies* [I] et les *Poésies* [II].

Il continue de représenter, sinon la ménagerie impériale, du moins celle de sa ville natale. Dans une nouvelle lettre à Izambard, le 13 mai 1871, il explique, non sans méchanceté, qu'il y « déterre d'anciens imbéciles de collège » pour se faire « cyniquement *entretenir* » (LP I, 143). La galerie s'enrichit : des accroupis on passe aux « Assis » faisant l'amour avec leurs sièges (178-180), des bourgeois fumeurs de tabac de contrebande (119) aux « Douaniers » (189), du séminariste aux chaussettes pourrissantes (*Un cœur sous une soutane*) au « noir grotesque dont fermentent les souliers » dans « Les Premières Communions » (193). « Oraison du soir » combine une fois encore l'excrémentiel et l'intention sacrilège. Peut-on d'ailleurs boire tant de chopes de bière aux frais des benêts du Café de l'Univers sans avoir à « lâcher l'âcre besoin » ? À moins qu'on ne nargue la poésie elle-même en « piss[ant] vers les cieux bruns, très haut et très loin, / Avec l'assentiment des grands héliotropes » (190).

Quand le pastiche et la parodie cessent d'être ludiques, Gérard Genette, dans *Palimpsestes* (1982), leur substitue la charge (« à la manière de ») et le travestissement dont, au XVIIe siècle, le *Virgile travesti* de Scarron a fourni le modèle avant le *Chapelain décoiffé* dû à Boileau, Racine, Furetière et Chapelle. Un quatrain avait par ailleurs suffi à Boileau pour imiter la dureté des vers de *La Pucelle*. Une telle mutation se produit dans l'œuvre de Rimbaud en 1871. Elle passe par la mutilation. Le procédé consiste à reprendre une forme ou un texte, à les vider de leur contenu pour les adapter à un contenu nouveau. « Le Cœur supplicié », l'unique poème inclus dans la lettre à Izambard du 13 mai (LP I, 145-146), repris sous le titre « Le Cœur du pitre » dans la lettre à Demeny du 10 juin (164-165) et connu sous un troisième titre, « Le Cœur volé », dans une troisième version confiée à Verlaine (184), renoue apparemment avec un jeu de société du temps de l'Hôtel de Rambouillet. Molière avait représenté dans *Les Précieuses ridicules* (scène IX), en s'en moquant, la poésie du cœur volé qui en était issue, quand Mascarille déclame devant Cathos et Magdelon ébaubies :

> *« Oh, oh ! je n'y prenais pas garde :*
> *Tandis que, sans songer à mal, je vous regarde,*
> *Votre œil en tapinois me dérobe mon cœur.*
> *Au voleur, au voleur, au voleur, au voleur ! »*

Mais en même temps, Rimbaud travestit une forme fixe ancienne, le triolet, que Voiture et ses contemporains pratiquaient, que Banville avait reprise dans *Les Cariatides* (triolets à Tircis, à Amarante), et dont on trouverait une kyrielle vers 1870 et au-delà, Mérat allant jusqu'à en constituer un recueil entier, *Les Triolets des Parisiennes de Paris*. Rimbaud se flatte, en reprenant cette forme désuète, qu'il nomme en tant que telle, et en usant d'un tel « motif à dessins drôles », de proposer une antithèse à ce qu'il ridiculise et rejette comme vain et obsolète en poésie (LP I, 163). Mais en même temps il fait servir lesdits triolets à l'expression véritablement viscérale de son dégoût, de sa nausée, et aussi de son interrogation sur son avenir.

Le même traitement est imposé au « Chant de guerre circassien » de Coppée dans les *Poèmes modernes* (1869), qui devient le « Chant de guerre Parisien » (147-148), le premier poème envoyé à Demeny le 15 mai ; d'une manière différente, au poème de Glatigny « Les Petites Amoureuses », dans *Les Flèches d'or* (1864), devenu « Mes Petites amoureuses » (151-153), second poème à Demeny. Il n'est pas jusqu'aux « Études de mains » de Théophile Gautier, dans *Émaux et camées*, qui ne deviennent le moule des « Mains de Jeanne-Marie » (184), le plus « communard », sans doute, des poèmes de Rimbaud.

La participation de Rimbaud à la Commune est douteuse. Le témoignage de Delahaye en sa faveur est assez peu convaincant, car l'ancien camarade de Charleville était en Normandie au moment des événements. Et le calendrier est si serré qu'on voit mal comment Rimbaud aurait pu se rendre à Paris entre le 18 mars et le 28 mai, alors qu'on le sait à Charleville le 19 avril, le 13 mai, le 15 mai. Izambard n'y croyait pas. Verlaine n'a fait que reprendre sans la vérifier l'indication fournie par Delahaye. Jean-Jacques Lefrère réunit des arguments permettant de supposer la présence de Rimbaud dans la capitale entre le 17 avril et le 13 mai, mais il se garde bien d'être trop affirmatif (JJL, 247-258). On laissera au colonel Godchot et à Pierre

Arnoult un tragique troupier qui n'éclaire que d'une fausse lueur « Le Cœur supplicié » : la caserne de Babylone, le prétendu viol par la soldatesque, toutes ces anecdotes viennent inutilement surcharger la navigation dont le poème, dans ses trois versions, reprend l'image et le mouvement, entre le dessin d'enfant conservé au musée de Charleville et « Le Bateau ivre » ou, plus tard encore, « Mouvement ». Rimbaud n'avait nul besoin de cela pour décider, par la volonté de l'esprit, de « s'encrapule[r] le plus possible » (LP I, 144).

Que, dans ces semaines de la Commune, il ait été du côté de « Paris insurgé » (LP I, 187), cela ne fait aucun doute. S'il n'a pas assisté sur place aux combats, il a été hanté par de telles images, il a porté en lui un élan de révolte qui ne devait pas retomber de sitôt. Cette émotion anime les seize strophes, probablement écrites après coup, des « Mains de Jeanne-Marie ». Ni les interrogations (v. 4-24) ni les négations (v. 25-36) ne font dévier l'affirmation de la force de ces mains ou diminuer le respect qui leur est dû. Il est clair que Jeanne-Marie est une autre Marie, mais laïque, une autre Jeanne [d'Arc], capable de conduire les hommes, mais victime aussi de leur ingratitude et de leur méchanceté. Le temps de l'évasion vers l'Orient n'est pas venu : les Asies, les Khenghavars, les Sions ne sont que des images et que des noms (v. 23-24). Et le rêve lui-même doit céder la place à l'évidence des vraies réalités, à la monstrance de ces Mains, grandes, parées d'une majuscule à l'initiale dans les quatre dernières strophes.

La lettre à Izambard du 13 mai 1871, celle qui contient « Le Cœur supplicié », exprime dans l'instant, mais aussi à distance, le désir de participer à la Commune, « les colères folles » qui « poussent » Rimbaud « vers la bataille de Paris » (LP I, 144). Mais il est le premier à reconnaître que cette participation est limitée, ou même retenue et tenue en réserve : « Travailler maintenant, jamais, jamais ; je suis en grève. » Travaillera-t-il un jour ? Tout en se préparant pour autre chose, pour une autre poésie, et pour la révélation d'un autre en lui, il s'écoute chanter, ou du moins écrire de la poésie : qu'il s'agisse de ce que de nouveau il appelle prudemment « fantaisie » (LP I, 144, « Le Cœur supplicié ») ou avec une ironie de plus en plus grinçante « un psaume d'actualité » (LP I, 146, « Chant de guerre parisien »), « un second psaume » (LP I, 151, « Mes Petites amoureuses »), « un chant pieux » (156, « Accroupissements »), ce n'est que l'accompagnement d'un ménétrier, la bouffonnerie d'un *fool*. Ces morceaux versifiés sont insérés dans le texte des lettres, et pourtant comme le souligne celui-là même qui les écrit, c'est un « *hors du texte* » (151).

Ainsi s'éclaire cette constatation paradoxale : les quatre poèmes contenus dans les deux lettres du Voyant n'illustrent pas bien la théorie poétique qui s'y trouve développée (LP I, 150, « Je dis qu'il faut être *voyant*, se faire *voyant* »). Tout au plus la préparent-ils comme le ménétrier qui prélude. Au mieux, ils l'accompagnent, à la place qui est la leur dans l'épître. Mais ce ne sont pas des poèmes du Voyant. Le poétique tend à se réduire à l'émétique (« Le Cœur supplicié »), à une érotique guerrière (« Chant de guerre Parisien »), au chorégraphique dérisoire (« Mes Petites amoureuses »), au scatologique (« Accroupissements »). La poésie du Voyant, ce sera pour après et, on le comprend, elle se situera bien au-delà de Baudelaire, « le premier voyant », de Mérat et de Verlaine, les « deux voyants » de « la nouvelle école, dite parnassienne » (LP I, 156).

La parodie trouve son sens et sa raison d'être dans ce qui n'est même pas un travail préparatoire — une préparation au travail, plutôt. Parallèlement à ce « long, immense et raisonné *dérèglement* de *tous les sens* » dont la nécessité est proclamée dans le cadre d'une telle préparation, l'instrument poétique doit être déréglé. On doit en jouer faux pour s'exprimer juste : ce paradoxe encore est contenu dans la formule « Je est un autre ». « Je » s'apprêtait à chanter une chanson connue, familière même, et voici qu'il a l'impression qu'une autre voix se fait entendre en lui et dans ce qu'il chante :

« Un hydrolat lacrymal lave
Les cieux vert-chou » (LP I, 151).

Cette parodie se prolonge tout au long de la série des poèmes insérés dans la lettre à Demeny du 10 juin, dans la lettre à Banville du 15 août, et très certainement dans les premières lettres adressées à Verlaine au cours de l'été 1871, mais hélas perdues, ou conservées par bribes infimes. La Bible familiale a « la tranche » elle aussi « vert-chou » (LP I, 161) dans « Les Poètes de sept ans », un poème qui commence comme un à la manière de Louisa Siefert (une lecture pieuse en famille). « Les Pauvres à l'église » sont « humiliés comme des chiens battus » (162), les bons chiens de Baudelaire ou de Coppée. Quant à « Ce qu'on dit au poète à propos de fleurs » (168-175), l'étonnant poème daté du 14 juillet 1871 et adressé à Banville un mois plus tard, c'est une parodie de la poésie parnassienne des fleurs, de la « Symphonie de neige » où l'auteur des *Stalactites* faisait neiger des roses blanches. Tous ces motifs jolis sont mis en question, et remis à leur place, désormais la dernière :

« — En somme, une Fleur, Romarin
Ou Lys, vive ou morte, vaut-elle
Un excrément d'oiseau marin ?
Vaut-elle un seul pleur de chandelle ? » (LP I, 171)

La provocation, dans l'œuvre de Rimbaud, est inséparable de la vocation. Le billet accompagnant ce poème est discrètement impertinent à l'égard de Banville, et, malgré l'affirmation superficiellement rassurante (« J'aimerai toujours les vers de Banville »), le poète de dix-huit ans (il ne les a pas) condamne la poésie du maître du Parnasse en rappelant ses propres

« hexamètres mythologiques » de 1870 « intitulés *Credo in unam* » (LP I, 175). « Bava » pourrait être, à peine balbutié, ridiculement réduit, le nom de Banville, ou de « Bandore ». Mais c'est le pseudonyme, ou, mieux, l'hétéronyme du signataire, qui ajoute au-dessous ses initiales A. R. Banville, Bava sont-ils à mettre dans le même sac de l'*imbécillité* poétique, celle dont il est arrivé à Baudelaire de sentir passer le vent ? En se désignant comme un « imbécile », Rimbaud frappe par ricochet ce Banville à l'égard duquel, un an plus tôt, il s'était montré gentiment flagorneur. S'il est une force qui le distingue et qui le sauve, ce n'est pas celle d'Alcide (Hercule) devenu le ridicule prénom de Bava, c'est la « vigueur » déjà célébrée dans « Ma Bohême » et bientôt appelée du creux des « nuits sans fonds » du « Bateau ivre » — « Million d'oiseaux d'or, ô future Vigueur » (LP I, 207).

Cette vigueur essentielle anime toutes les poésies de 1871, qu'elles soient contemporaines de la Commune ou qu'elles soient postérieures, qu'elles l'évoquent ou qu'elles en soient apparemment indépendantes. Le ton si particulier de Rimbaud, déjà sensible dans les poésies de 1870, est plus vif que jamais en 1871. On aurait même envie de le qualifier de vif-argent car, à défaut d'illuminations, il y a dans ces vers des coruscations. Brutalement éclairées par les « rutilements du jour », les « bleuités » du « Bateau ivre » rejoignent quelque part les « Bleus Thyrses immenses » de « Ce qu'on dit au poète à propos de fleurs ». Et ce quelque part ne se situe pas dans un espace précis, même pas dans une utopie icarienne. Le poète fait *voir*, sans doute, et cette fois le programme du Voyant commence à être rempli. Mais, plus encore, il fait entendre, il fait participer à ce que Claudel, qui s'est voulu né de Rimbaud, appellera dans les *Cinq Grandes Odes* « l'animation de la parole qui naît ».

Dans les poésies de 1871 l'*acide* va de pair avec l'*Alcide*, l'*amer* avec les « clapotements furieux » (LP I, 203) de *la mer*. L'enthousiasme qui a présidé à la naissance de la poésie de Rimbaud n'est pas retombé. Il suscite, à partir du signal décisif d'un « Ainsi », le délire floral, admirablement contrôlé, astucieusement retourné, du nouveau poème adressé à Banville. Il soutient la célébration des mains de Jeanne-Marie, ces « Mains sacrées » qu'il faut arracher à un lugubre victimaire de la Commune. Il veut concourir à la résurrection de Paris, cité souffrante, cité élue, « Cité choisie » (« Paris se repeuple », LP I, 200-202). Enfin il se déploie dans « Le Bateau ivre », grande houle poétique qui a toujours semblé irrésistible aux lecteurs, même si elle retombe dans les trois dernières strophes, au moment précis où vient d'éclater le mot « Vigueur ». Pour reprendre une autre expression de Claudel, le « timbre d'or » aurait dû venir confirmer l'éclat des « poissons d'or », des « oiseaux d'or », et même des « pommades d'or ».

Cette dernière image oblige pourtant à marquer un temps d'arrêt, à mettre en garde le lecteur en l'invitant à toujours se placer au point de vue critique qui reste celui de Rimbaud dans le plein enthousiasme créateur. Ces « pommades d'or » reprennent, sur le mode dérisoire, le motif mythologique des pommes d'or du jardin des Hespérides. Elles bavent du mufle des fleurs (LP I, 173), comme l'ombre aux bois dans « Les Douaniers » (189) ou comme l'écume sur les mers du « Bateau ivre ».

Ce grand poème a été réduit par certains commentateurs, en particulier par Étiemble, à un ultime pastiche parnassien. Ce serait le tirer du côté des *Poésies* [I] de 1870. On l'a rapproché du poème de Léon Dierx, « Le Vieux Solitaire » (1864). Mais Banville lui-même, qui, à la demande de Verlaine, abrita quelque temps Rimbaud au 10, rue de Buci, marquait la différence. Il reprochait au jeune poète de n'avoir pas commencé, à la manière de Dierx, par un tour analogue à « Je suis tel qu'un ponton sans vergues et sans mâts » (JJL, 346). Rimbaud, précisément, avait voulu faire autre chose, et plus qu'autre chose. Son bateau ivre parle encore sur

Théodore de Banville (1823-1891), portrait-charge par Carjat.

« Intime de Baudelaire et de Manet, ce grand poète est aussi un critique célèbre dont les qualités les plus reconnues sont le grand humour et la générosité à toute épreuve » (Claude Colomer).

le mode du « je », mais lui, il sait désormais que « Je est un autre », que le poète-voyant porte en lui des trésors d'inconnu, qu'en pinçant la corde du *la*, comme au début de « Mes Petites amoureuses », ou la corde du *je*, comme dans « Le Bateau ivre », on en tire d'autres sons.

Beaucoup plus qu'un pastiche, qui serait parfaitement réussi, « Le Bateau ivre » est un chef-d'œuvre de parodie et, à cet égard encore, il doit être mis sur le même plan que « Ce qu'on dit au poète à propos de fleurs ». Après la « lyre aux chants de fer » (LP I, 175), voici la lyre aux chants de mer. Les cordes n'en sont pas rompues, et les amarres mêmes du bateau l'étaient moins qu'il ne l'avait immédiatement cru. Rimbaud a-t-il jamais écrit les « Amants de Paris, cent hexamètres », et la « Mort de Paris, deux cents hexamètres », qu'il se déclarait le 15 mai 1871 prêt à livrer à Demeny en même temps que ses psaumes et chants pieux (153) ? Voici bien en tout cas, avec « Le Bateau ivre », cent hexamètres, cent alexandrins de parfaite facture, que Rimbaud aurait forgés, si l'on en croit Delahaye, pour les présenter aux poètes de Paris quand enfin il serait admis dans leur cercle, un « chef-d'œuvre » au sens artisanal du terme (JJL, 319). Verlaine retiendra en priorité ce poème, qui ne lui avait pas été envoyé, mais qu'il recopia. Mallarmé saluera « un éveil génial, en ce chef-d'œuvre » et, significativement, citera cinq strophes en s'arrêtant sur le mot « Vigueur ». En 1985, Michel Deguy, dans *Gisants*, n'en retiendra qu'un vers, celui sur lequel s'achève la strophe suivante, quand à l'éclat est près de succéder l'éclatement :

« Ô que ma quille éclate ! Ô que j'aille à la mer ! »
(LP I, 207)

Et il ajoute : « C'est un poème qui nous le dit, poème qui reprend le topo de la navigation poétique, de l'éloge du nautonier, de la fragilité de l'esquif poème. Or le bateau, pour être ivre, doit ne pas faire eau de toute part ; doit demeurer distinct de l'élément qu'il affronte, parcourt, invente : demeurer bien assemblé, pour affronter selon sa loi le parcours dans l'étrange. Et en l'occurrence rimbaldienne dont le vœu d'éclatement ne détruit pas la membrure du poème, celui-ci demeurerait ajointé en lames bien parallèles, en lisses de quatrains dodécasyllabiques... »

En condamnant durement la « poésie subjective » dans la lettre à Izambard du 13 mai (LP I, 143), Rimbaud rejette romantisme et intimisme. Comme cette poésie, l'œuvre de Musset est qualifiée de « fadasse » dans la lettre à Demeny du 15 mai (155). Le catalogue contenu dans cette lettre a quelque chose du futur catalogue de cadavres surréaliste, et Izambard a considéré comme « littératuricide » la dernière lettre que Rimbaud lui ait envoyée, le 12 juillet 1871 (OC, 258-259). Mais seuls y étaient frappés le Louis Veuillot des *Couleuvres* (1859), l'Armand Renaud des *Nuits persanes* (1870), Armand de Pontmartin, le Demeny des *Glaneuses* (l'ingrat !) et le Banville des *Exilés* (1867) et de *Florise* (1871).

Cet âge est sans pitié. Et pourtant dans la plus longue lettre du Voyant, Rimbaud reconnaissait à Hugo « bien du *vu* dans les derniers volumes », en particulier dans *Châtiments* et dans *Les Misérables*, et Baudelaire était salué comme « le premier voyant, roi des poètes, *un vrai Dieu* » (LP I, 247-248). L'éloge, il est vrai, était assorti de réserves, concernant l'enflure de Hugo, la forme demeurée « mesquine » dans *Les Fleurs du Mal*. Ces deux têtes devaient-elles être coupées à leur tour ? Hugo est-il, comme l'a suggéré Yves Reboul, « L'Homme juste » pris à partie dans des invectives violentes où ses rimes favorites (pilastres / astres / désastres) sont visiblement parodiées ? Faut-il voir dans « Les Sœurs de charité » la parodie des « Deux Bonnes Sœurs » de Baudelaire ? Il est impossible de le nier ; il est insuffisant de s'en tenir là. La dernière strophe de « Paris se repeuple », reprenant explicitement un titre de Hugo, « L'Ordre est rétabli », pour en faire « Société, tout est rétabli » (LP I, 202), montre à l'évidence que ce poème pourrait faire partie de *Nouveaux Châtiments*, comme *Le Fer rouge* de Glatigny, dont c'était le sous-titre (LP I, 142). D'ailleurs, le 15 mai, Rimbaud avait signalé à Demeny qu'il avait « *Les Châtiments* sous la main » (155). Quant aux « Deux Bonnes Sœurs », elles sont moins parodiées que variées et multipliées, non seulement dans « Les Sœurs de charité », mais aussi dans « Les Chercheuses de poux » (199).

Ce dernier poème doit permettre de mieux cerner encore la manière nouvelle de Rimbaud en 1871 et de saluer une réussite qui dépasse toutes les duplicités. On laissera de côté les prétextes biographiques devenus anachroniques (les sœurs Gindre qui, à Douai, constituaient la famille d'Izambard ; les poux qui pullulaient dans la tignasse et sur les vêtements de Rimbaud quand il logeait dans la maison de Banville). Il n'y a lieu ni de supprimer les poux, comme l'a fait Annenski quand il a traduit ce poème en russe, ni de les multiplier et de leur abandonner le poète maudit, comme dans *Les Chants de Maldoror*. Le motif insolite des poux est l'instrument d'une parodie, mais pour un poème qu'on ne saurait réduire à l'expression du dégoût. Une métaphore, moins filée qu'étendue, regroupe autour de « l'essaim blanc des rêves indistincts », « un fouillis de fleurs », « de longs miels végétaux et rosés ». Les chercheuses de poux sont industrieuses comme des abeilles, mais le poète est, par un autre transfert, passé d'un insecte à l'autre, de la mort des abeilles d'Aristée, dans le livre IV des *Géorgiques* de Virgile, à « la mort des petits poux ».

Le mode de désignation est le même que dans « Les Poètes de sept ans ». Rimbaud se représente encore en « enfant », mais en enfant tourmenté qui appelle des protectrices. Or, au lieu de calmer ses fièvres, elles entreprennent une tâche absurde dont on comprend vite qu'elle n'est qu'un prétexte pour un réveil ou un éveil des sensualités. Les doigts des chercheuses de poux se révèlent « terribles et charmeurs » comme les « dangereux parfums » de la Circé baudelairienne, dans « Le Voyage ». Les haleines chantent, les salives sifflent, les cils noirs battent, les silences eux-mêmes sont parfumés. En l'enfant monte, non « un vin de vigueur », mais « le vin de la Paresse » ; il est sensible à « la lenteur des caresses », prélude à des *délires* qui ne sont pour l'instant présentés que comme des possibles.

Comme « Ce qu'on dit au poète à propos de fleurs » et comme « Le Bateau ivre », « Les Chercheuses de poux » doit être placé au sommet de ces poésies de l'année 1871. Comme l'évocation, la parodie y est d'une délicatesse extrême, la *mimèsis* y est le point de départ de l'invention, et le poète s'emploie déjà à « not[er] l'inexprimable » (LP II, 69). Il joue avec les couleurs (les *rouges* tourmentes, l'essaim *blanc*, l'air *bleu*, les cils *noirs*) qui tranchent sur ses « *grises* indolences ». Mais une griserie naît aussi, à la faveur du double sens dont les « ongles argentins », notation à la fois visuelle et musicale, constituent un autre exemple remarquable. Elle ne va pas sans une inquiétude qui conduit au bord des larmes, larmes non de douleur, mais, si l'on peut dire, d'intensité.

En accueillant Rimbaud à Paris en septembre 1871, Verlaine répondait à un nouvel appel au secours. Il prenait la relève d'Izambard et de Demeny, les destinataires des deux lettres du Voyant, désormais défaillants. Bien plus et bien mieux que Banville il pouvait comprendre, du moins jusqu'à un certain point, l'exigence de nouveauté du jeune poète. Les poèmes joints aux lettres de Rimbaud lui avaient révélé, plus qu'une « grande âme », l'acuité du trait, l'intensité du ton, l'élan que les déceptions n'avaient pas brisé, mais renouvelé.

Verlaine, qui avait été en raison de sa fonction même à l'Hôtel de Ville mêlé aux événements de la Commune, a sans nul doute été frappé par les poésies

Paul Verlaine, par Péaron (17 mars 1869), et Mathilde Mauté.

Née le 17 avril 1853, Mathilde Mauté avait 14 ans quand Verlaine la vit pour la première fois en 1867, grâce à son ami, le musicien Charles de Sivry, demi-frère de la jeune fille. La véritable rencontre eut lieu en 1869, et le mariage fut célébré le 11 août 1870, à l'église Notre-Dame de Clignancourt.

qui, pour reprendre la précieuse distinction de Michel Deguy, sont « de *la* circonstance » bien plus que de circonstance. Il aurait même caressé l'idée de voir se constituer, parallèlement à son propre projet, *Les Vaincus*, un recueil qui aurait réuni la poésie engagée de Rimbaud, sa poésie « objective ». Comme l'a montré de manière décisive André Vial, le répertoire qu'il a établi dans le cahier de 24 pages où il a transcrit les vers de son protégé, ami et bientôt amant, donne l'idée d'un projet de publication qui est resté inabouti et qui était sans doute moins solide que ne l'a supposé l'auteur du livre sur *Verlaine et les siens*. Il s'agissait, pour reprendre les termes d'André Vial, de jeter, « aux lendemains de la Commune, un défi aux vainqueurs ». Alors « se levait au milieu de la fête un jeune homme inondé des pleurs de la colère, un poète de violence, de désespoir, de pitié, de tendresse, un poète "communaliste" étranger à toutes les conventions comme à toutes les convenances, dédaigneux des "assis" et des rassis, ami des affamés, ennemi des repus, révolte vivante dans un chant inouï, témoin déjà d'une aube encore lointaine ».

À regarder plus froidement ces poèmes de 1871 on s'aperçoit qu'ils évoluent résolument du pastiche vers la parodie et qu'ils la poussent parfois jusqu'à un point extrême : le calque d'une forme vidée de son contenu pour lui faire dire quelque chose de radicalement différent. Le procédé est systématique dans les poèmes par lesquels Rimbaud a choisi d'illustrer les deux lettres du Voyant. Il est appliqué de manière plus discrète, plus souple ou plus haute dans des poèmes qui ont une visée moins immédiatement polémique, et en particulier dans « Le Bateau ivre », apporté par Rimbaud à Paris sans qu'il l'eût d'abord inséré dans une lettre.

Libertaire, cette poésie de 1871 n'est pas aussi libre qu'on l'a dit. Non seulement elle respecte les règles de la métrique, d'autant plus qu'elle choisit de s'enfermer parfois dans des formes fixes. Mais elle est aussi peu dégagée que possible. Le pastiche, la parodie, le travestissement resserrent des liens avec des « modèles », même quand ces modèles sont reniés. En ayant le projet d'une « poésie objective », Rimbaud cherche à l'engager et même s'il s'est gardé d'augmenter la masse de la littérature du Siège, il a collaboré de cœur, de son cœur supplicié, à une littérature de la Commune. Cela ne signifie nullement qu'il ait pour autant rompu radicalement avec la « poésie subjective », si l'on entend par là une littérature du sujet. Ce « je » qui découvre qu'il est « un autre » se présente encore comme « je », et d'ailleurs Nietzsche, cet exact contemporain de Rimbaud, et contestant comme lui le *cogito* de Descartes, a montré combien il était difficile d'échapper à la toile d'araignée de la subjectivité.

Rimbaud, poète de la force, a perçu qu'il y avait là des risques de faiblesse, ou même d'imbécillité, qu'Alcide risquait de n'être que Bava et qu'après sa course folle, le Bateau ivre pouvait revenir croupir dans la flache. L'arrivée à Paris correspond sans doute au besoin d'être reconnu, mais aussi à l'espoir de surmonter la contradiction entre une exigence d'absolu et les limitations du relatif. Une relation, celle que presque immédiatement après son arrivée il va entretenir avec Verlaine, peut-elle l'aider à cela ?

Chapitre IV

DES « ÉTUDES » AUX « ROMANCES » : LES POÉSIES DU TROISIÈME GROUPE (*POÉSIES* [III])

Rimbaud avait choisi de donner à la longue lettre adressée à Demeny le 15 mai 1871 la forme d'un cours illustré d'exemples. Cette « heure de littérature nouvelle » (LP I, 146) se présentait aussi comme la parodie d'une leçon qu'aurait pu donner le professeur Izambard. Rimbaud remontait à l'Antiquité, marquait une pause sur le nom de Racine, « le Divin Sot », allait vite quand il évoquait le Romantisme, s'attardait au contraire sur les plus notables des Romantiques et sur les « seconds romantiques » et donc quand il abordait l'essentiel de son propos : en plus d'une page, le prélude au Voyant futur.

En plaçant au terme de cette longue liste le nom de Paul Verlaine, « un vrai poète », il s'arrêtait au seuil de la grande aventure qui allait commencer pour lui au mois de septembre 1871 et devait durer près de deux ans. Accueilli à sa demande par Verlaine à Paris, introduit par lui dans sa belle-famille, rue Nicolet, à Montmartre, puis auprès des poètes ses amis, il part avec lui pour la Belgique le 7 juillet 1872, puis pour Londres, le 4 septembre suivant. Le retour, en revanche, se fera dans le désordre : à la suite d'une scène intervenue dans le « drôle de ménage » (LP II, 68), Verlaine s'esquivera, le 3 juillet 1873, puis demandera à Rimbaud de le rejoindre à Bruxelles où le 10 juillet il tirera deux coups de revolver sur lui avant d'être appréhendé par la police et emprisonné. Viendront alors pour Verlaine près de deux ans d'incarcération après deux ans consacrés à des vagabondages, à une nouvelle « liberté libre » que Rimbaud considérera alors comme l'enfermement dans un enfer.

Au cœur d'*Une saison en enfer*, précisément, se trouve un texte aussi long que la deuxième lettre du Voyant et qui se présente, lui aussi, comme une leçon illustrée d'exemples, comme une « histoire » littéraire. Rimbaud raconte « l'histoire d'une de [s]es folies », le décours de son œuvre entre l'arrivée à Paris et l'échec de l'aventure vécue avec Verlaine — aventure poétique cette fois. Rimbaud donnera encore, dans cette « Alchimie du verbe » (LP II, 68-77), une heure de littérature nouvelle avant de la reléguer volontairement dans un passé pour lui révolu. Mais cette littérature, ce sera la sienne, correspondant à ce qui va être présenté ici, d'une manière didactique, comme le troisième groupe de *Poésies*.

Dans son récit, Rimbaud ne s'encombrera de nulle date. Et l'historien de la littérature qui passe derrière lui est fort embarrassé, lui aussi, pour en donner. Le cœur de ces *Poésies* [III] est constitué par ce qui a été appelé tantôt « Vers nouveaux et chansons », tantôt « Derniers Vers ». On préférera à ces appellations non contrôlées un mode de désignation plus précis : « Poèmes du printemps et de l'été 1872 ». Mais il conviendra de remonter, là encore, vers un passé, et de s'interroger sur un possible débordement de cette troisième manière dans le futur.

Le prélude, Rimbaud nous le propose lui-même dans « Alchimie du verbe », d'une manière abrupte, comme dans la lettre à Demeny. Il ne reconsidère pas des siècles de littérature, et évite d'aller de l'Antiquité grecque au *Parnasse contemporain*. Il évoque ses goûts, ses rejets et ses prédilections, ses choix, ce qu'on peut appeler ses préparations, au sens où Lautréamont parle, à propos de ses textes déconcertants intitulés *Poésies*, de « Préface à un livre futur ». Et, d'une manière inattendue de la part de celui qui en mai 1871 voulait « trouver une langue », *éveiller* de l'*inconnu*, et être « *un multiplicateur de progrès* » (LP I, 154), il se découvre des points de départ dans le vieillot, le populaire, le naïf, le marginal. La « littérature démodée » lui tiendrait lieu d'*archè*, car c'est bien encore une fois des origines qu'il recherche : non pas la *Théogonie* d'Hésiode, non plus les *Annales* d'Ennius, ou les *Origines* chères aux penseurs pré-socratiques, mais ses origines propres, dans les livres les plus poussiéreux du grenier de la maison familiale ou de la bibliothèque municipale de Charleville. Il va fouiller dans son antiquariat à lui, plus intérieur encore qu'antérieur :

> « J'aimais les peintures idiotes, dessus de portes, décors, toiles de saltimbanques, enseignes, enluminures populaires ; la littérature démodée, latin d'église, livres érotiques sans orthographe, romans de nos aïeules, contes de fées, petits livres de l'enfance, opéras vieux, refrains niais, rhythmes naïfs » (LP II, 68).

Il se représentait déjà en une sorte de des Esseintes provincial ouvrant le coffre de *Sylvie*, et comme chiffonnant, lui, le prétendu « voleur de feu » (LP I, 153). Qu'une substitution se soit produite, cela ne paraît pas douteux, à la faveur d'un déplacement de contenu plus que de continents. Formé par Izambard à la poésie dite « moderne », c'est-à-dire à la poésie parnassienne, pastichée en 1870, plus-que-parodiée en 1871, Rimbaud tend à se doter, au début de l'année 1872, d'une culture autre : après le temps des « intimités » vient celui des « anciennetés » (et se dessine déjà, par le choix de ces termes, un passage de Coppée à Saint-Pol Roux, aux sept poèmes dédiés par ce dernier à Léon Dierx en 1903 et intitulés *Anciennetés*).

Ce choix, en effet, est récent. Dans les premiers jours de mars 1872, Rimbaud a dû rentrer provisoirement, et par précaution, à Charleville. À la suite d'une scène violente, le 13 janvier, la jeune Mme Verlaine, Mathilde, a cru devoir fuir Paul et s'est réfugiée à Périgueux, dans un hôtel, avec Georges, leur enfant de quatre mois. Conseillée par son père, elle met comme condition à son retour le départ de Rimbaud (JJL, 457). Au constat de coups et blessures s'ajoute ce scandale : Verlaine entretient son jeune amant. Après un détour par Arras, Rimbaud s'est retrouvé chez sa mère, quand il n'allait pas au Café de la Promenade faire étalage de cynisme ou à « la Bibliothè » (LP II, 32) pour y faire de nouvelles découvertes. De Charleville, il écrit à Verlaine, accompagnant ses lettres (perdues) de plaintes, de reproches ou de mises en garde, de provocations. Il lui adresse aussi une fois une ariette de Favart — « paroles et musique », précise Verlaine quand il accuse réception de l'envoi, le 2 avril. Deux vers en seront placés comme épigraphe en tête de la première de ses « Ariettes oubliées » :

« Le vent dans la plaine
Suspend son haleine ».

On pourrait penser que Rimbaud, par cet envoi, s'est moqué (gentiment, pour une fois) de Verlaine, de sa fadeur et de son nouveau projet poétique. Mais il semble bien qu'il découvre en lui-même, à ce moment-là, un tel goût pour les « opéras vieux » (un opéra-comique du XVIIIe siècle, *Ninette à la cour*), les « refrains niais » et les « rhythmes naïfs ». Ce bain de « vieillerie poétique », conjugué à la fréquentation de Verlaine, contribue fortement, en 1872, à sa nouvelle manière.

Avant d'en venir là, c'est-à-dire aux poésies du prin-

Paul Verlaine, Léon Valade et Albert Mérat,
au Dîner des Vilains Bonshommes. Dessin de Paul Verlaine.

Félix Regamey, un artiste, ancien communard, qui accueillit Verlaine et Rimbaud à Londres en septembre 1872, a reproduit ce dessin dans *Verlaine dessinateur* (H. Floury, 1896, planche I). C'est le trio des « poètes de l'Hôtel de Ville », et les trois compères se retrouvaient aux dîners des Vilains Bonshommes.

temps et de l'été 1872, il faut faire place à deux expériences.

La première est celle de la parodie généralisée. Elle correspond à la participation de Rimbaud à l'*Album zutique*. Verlaine a très tôt fait admettre son compagnon aux dîners des Vilains Bonshommes, banquets mensuels de Parnassiens et d'artistes en goguette. Ils avaient été inaugurés au lendemain de la première représentation de la pièce de Coppée, *Le Passant*, le 14 janvier 1869, et repris après la guerre, au cours de l'été 1871. On trouve parmi les commensaux Mérat, à qui Verlaine est le premier à dire « merde », dans sa lettre adressée le 2 avril 1872 à Rimbaud exclu, un mois plus tôt, de la compagnie en raison de sa conduite incongrue.

Dès octobre 1871, un autre cercle s'était créé, à l'initiative de Charles Cros (le poète et futur inventeur du phonographe [1842-1888], qui était allé en septembre avec Verlaine attendre à la gare Rimbaud arrivant à Paris) et de ses frères. On préférait ici dire « Zut ». L'interjection avait, à l'époque, plus de vigueur qu'aujourd'hui (JJL, 369). D'où le nom de « Cercle zutique » donné à cette assemblée de bohèmes et de semi-bohèmes. Le cercle a son siège dans une grande chambrée louée à l'Hôtel des Étrangers, boulevard Saint-Michel, à l'angle de la rue Racine et de la rue de l'École-de-Médecine. Le doyen des Zutistes, le musicien catalan Ernest Cabaner (1833-1881), alors âgé de 38 ans, y fait office de tenancier, ou, comme l'a écrit Claude Colomer, de « *barman* », assisté de Rimbaud qui, exclu par Banville, trouve ici refuge sur un divan et affection de la part d'un homosexuel avéré. L'*Album zutique*, tenu par les familiers du cercle, commence par un poème-conversation, « Propos du cercle », qui s'achève sur un « Ah ! merde ! » de Rimbaud (AZ, 21). On y trouve un portrait de Cabaner, en forme de sonnet aussi, signé par Léon Valade et Camille Pelletan, un « Cabaner-cantinière » de Valade et Jean Keck, et une chanson zutique sans titre, signée E. C., qui a été écrite à l'intention de Rimbaud et qu'on doit chanter sur la musique d'une romance de Louis Magne alors en vogue, « J'attends ». Elle s'achève de manière transparente :

« C'était pour sonder ta nature,
Enfant, qu'ainsi je te parlais,
Mais je t'offrirais nourriture,
Vêtements,... lit, si tu voulais.
Oui, je serais plus qu'une mère,
Pour toi, car depuis bien longtemps,

Cherchant un ami sur la terre,
J'attends, j'attends, j'attends !... » (AZ, 209).

Rimbaud se replonge dans la parodie, et il pourrait même s'y enfermer. Il imite tour à tour en s'en moquant Armand Silvestre, Léon Dierx, François Coppée (plusieurs fois), Louis Ratisbonne, Louis Belmontet. Il joue sur les mots en introduisant des sous-entendus — et des entendus — grivois, telles « Les Remembrances du vieillard idiot » (AZ, 211-215 ; LP I, 222-223), double parodie de Coppée (la signature) et de Louisa Siefert (« Remembrances » dans *Rayons perdus*). Verlaine n'échappe pas à la malignité zutique de Rimbaud, et l'album s'enrichit d'une nouvelle « Fête galante » gentiment érotique (AZ, 33 ; LP I, 214). Cela n'empêche pas les deux compères d'écrire ensemble le « Sonnet du trou du cul » (AZ, 27 ; LP I, 212), qui vient combler une lacune de *L'Idole*, le recueil d'Albert Mérat célébrant les différentes parties du corps de la femme.

Cabaner est encore mêlé à la genèse du sonnet des « Voyelles » (LP I, 187-188 ; et les deux versions dans OC, 279-280), qui a fait couler tant d'encre, et trop souvent inutilement. « Tronche » (car tel était son surnom) avait parmi ses familiers, selon le témoignage du docteur Gachet (bien connu par ailleurs comme ami de Vincent Van Gogh), « un certain M. Auzende, théori-

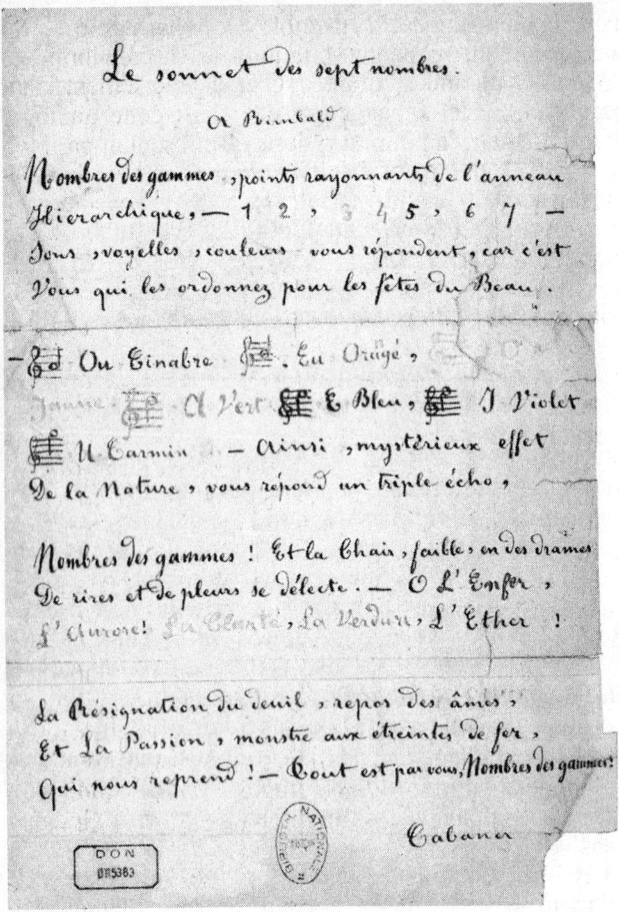

Le sonnet des sept nombres.

A Rimbald

Nombres des gammes, points rayonnants de l'anneau
Hiérarchique, — 1 2, 3 4 5, 6 7 —
Sons, voyelles, couleurs vous répondent, car c'est
Vous qui les ordonnez pour les fêtes du Beau.

— Ou Cinabre. Eu Orangé,
Jaune A Vert E Bleu, I Violet
U Carmin — Ainsi, mystérieux effet
De la Nature, vous répond un triple écho,

Nombres des gammes ! Et la Chair, faible, en des drames
De rires et de pleurs se délecte. — O L'Enfer,
L'Aurore ! La Clarté, La Verdure, L'Ether !

La Résignation du deuil, repos des âmes,
Et La Passion, monstre aux étreintes de fer,
Qui nous reprend ! — Tout est par vous, Nombres des gammes !

Cabaner

Dédié à Rimbald, — Rimbald le marin, a dit Germain Nouveau, ce sonnet de Cabaner veut être le pendant du sonnet des « Voyelles ».

cien de la musique, philosophe de l'harmonie et du son, ayant cherché une relation entre les vibrations sonores et les ondes colorées. C'était précisément là un des "dadas" de Cabaner qui cherchait cette analogie théorique pour la plier au rythme qu'il "sentait partout" et qu'il voulait réaliser dans le poème et dans la musique qu'il lui adaptait ». Le sonnet des « Voyelles » doit sans doute à l'audition colorée telle que la pratiquait Cabaner. On ne peut oublier ni les synesthésies de Baudelaire ni même les abécédaires coloriés pour enfants de l'époque. Mais ce poème ne serait pas considéré comme un chef-d'œuvre s'il n'était que cela. Bien plus, il constitue dans l'histoire de l'œuvre de Rimbaud un moment et un document d'une importance considérable.

Au-delà de toute *imitation*, pastiche ou parodie, ce poème est présenté par Rimbaud lui-même comme porteur d'une *invention*. « J'inventai la couleur des voyelles ! » écrit-il dans « Alchimie du verbe » (LP II, 69). Le mot « alchimie » était déjà présent dans le sonnet, associé à la lettre U et à ses variantes (l'*upsilon* grec, l'y de « cycles », le *v* latin, dans l'allitération « vibrements divins des mers virides »), aux verdures (la « paix des pâtis semés d'animaux » vient illustrer comme naturellement le « u vert »). Le pli des rides, idéogrammatiquement dessiné par *U*, est celui « Que l'alchimie imprime aux grands fronts studieux » (v. 11). Rimbaud avait modifié l'ordre de l'alphabet dans son sonnet. Il a l'air de le respecter quand il écrit en 1873 « Alchimie du verbe », tendant à substituer à l'Oméga final ce qu'on pourrait appeler l'Uméga de l'alchimiste au front creusé.

On pouvait encore soupçonner une trace de parodie dans le dernier tercet de « Voyelles » : le « suprême clairon, plein de strideurs étranges » rappelle très évidemment « La Trompette du Jugement », poème placé par Victor Hugo à la fin de la première série de *La Légende des siècles*. Mais l'essentiel est ailleurs. Peut-être tenons-nous enfin, avec « Voyelles », une illustration de la poétique du Voyant. Et ce n'est pas un hasard si les mots s'appellent et s'enchaînent dans une paronomase que le commentateur est en droit de reconstituer. Pour être un voyant, il ne suffit pas d'assister à une sorte de danse des gueux, celle qui prenait la relève de l'ancien « Bal des pendus » dans « Paris se repeuple » (LP I, 201, strophe 10). Il ne suffit pas non plus de multiplier les visions marines dans « Le Bateau ivre », où « J'ai vu » était placé en situation d'anaphore (on n'ose dire, d'ana-phare), avec une connotation quasi paulinienne dans le vers 32, d'ailleurs poétiquement assez quelconque (« Et j'ai vu quelquefois ce que l'homme a cru voir ! »).

Dans « Voyelles », la voyance l'emporte sur la vision, fût-elle née de l'imagination débridée. Un exercice volontaire, systématique, pratiqué sur des éléments du langage, permet de faire jaillir des images, à partir de l'association, arbitraire ou non, d'une voyelle et d'une couleur. Les « naissances latentes » sont moins celles des voyelles que celles des images suscitées par l'évocation des voyelles. La recherche ne continue pas celle de Jean-Jacques Rousseau dans son *Essai sur l'origine des langues*, annonce encore moins celle de Ferdinand de Saussure, le grand linguiste, sur *Le Système primitif des voyelles dans les langues indo-européennes* (1879). « A noir » évoque tour à tour, complaisamment développée en un essaim de paroles, l'image du « noir corset velu des mouches éclatantes / Qui bombinent autour des puanteurs cruelles », et, au contraire, brève formule ouvrant au lecteur un immense espace, des « Golfes d'ombre ». Tout un art de la variation se déploie, luxe et volupté d'images, à partir d'une décision qui sera comme formalisée à l'heure du bilan, dans « Alchimie du verbe » : substituer systématiquement une chose à une autre. Voir « très-franchement une mosquée à la place d'une usine » (LP II, 70) correspond à un exercice de double vision, mais permet surtout de recouvrir d'un Orient fabuleux ce qui ne serait qu'un médiocre décor. Laisser

« Voyelles ». Portrait-charge de Rimbaud, par Manuel Luque, paru dans le n° 318 des *Hommes d'aujourd'hui*, Vanier. Le texte était de Verlaine.

« un titre de vaudeville dress[er] des épouvantes devant moi » semble le commentaire d'une des *Poésies* [III], non datée, « Michel et Christine » (LP I, 254-256), où Rimbaud reprend le titre d'un vaudeville d'Eugène Scribe et multiplie à partir de lui des images anciennes ou nouvelles, tout un cortège de visions, déroutées et déroutantes, en fuite jusqu'au moment où tout semble s'immobiliser sur l'attente d'un singulier (« le »), et aussi d'une trinité dont on ne sait si elle est satirique (Mathilde — Verlaine — le petit Georges), ou parodique (Marie — Joseph — Jésus), ou sacrilège (le Père — le Fils — le Saint-Esprit), ou verbale (« Christ » naissant de « Christine » comme par un accident du langage), ou, mieux, poétique :

> *« — Et verrai-je le bois jaune et le val clair,*
> *L'Épouse aux yeux bleus, l'homme au front rouge,*
> *[— ô Gaule,*
> *Et le blanc agneau Pascal, à leurs pieds chers,*
> *— Michel et Christine, — et Christ ! — fin de*
> *[l'Idylle ».*

Rimbaud lui-même insistera, dans « Alchimie du verbe », sur le caractère volontariste et heuristique de tels exercices. Ce sont à la fois des exercices de vision et des exercices de langage, « l'hallucination simple » étant doublée de « l'hallucination des mots » (LP II, 70-71). La chronologie qu'il établit commence, après les préparations, par ce qui fut « d'abord une étude » — une étude artistique qui ne se confond plus avec la copie. Elle cherche à capter par le langage ce qui semblait devoir lui échapper : écrire des silences, des nuits ; noter l'inexprimable ; fixer des vertiges.

Pour illustrer cette tentative de conquête sur l'ineffable, Rimbaud a choisi un poème qui, dans une autre version, a été daté de mai 1872 et était précédé d'un titre désormais effacé, « Larme » (LP I, 220-221). Est-il rentré à Paris à cette date ? André Guyaux le suppose (H, 405) ; Jean-Jacques Lefrère affirme que « sa présence dans la capitale est quasi certaine le 9 de ce mois » et en infère qu'il a dû débarquer à Paris le samedi 4 (JJL, 468) ; mais il reproduit une lettre où Verlaine parle de « 3 mois d'Ardennes » (JJL, 466 ; OC, 828).

Une lettre de Rimbaud à Delahaye confirme sa présence rue Monsieur-le-Prince au moins à un certain moment de ce mois-là (LP I, 245).

« Larme » rappelle en tout cas un après-midi « tiède et vert », dans un val moins clair qu'embrumé (on pense à la dernière des « Ariettes oubliées »), au bord de l'Oise quand elle est encore « jeune », c'est-à-dire près de sa source. Le poète veut tenir sa gageure en écrivant le silence des « ormeaux sans voix ». Faut-il y découvrir un « hors-mots » ? Le temps est moins aux jeux de mots cocasses qu'à un autre rappel, celui de la « colocase » (*colocasia*), plante exotique qui venait se mêler à l'acanthe dans la quatrième des *Bucoliques* de Virgile (v. 20). La « liqueur d'or » tirée à la « gourde de colocase » est moins la prosaïque bière blonde qu'un élixir de longue vie, venu de cet âge d'or des « *Saturnia regna* » dont le poète latin annonçait le retour. Mais le motif se ternit. L'orage dérange le paysage, mettant fin à l'Idylle, comme dans « Michel et Christine ». Le cortège de visions qu'une fois encore il suscite va de plus en plus vite, emporté par le vertige de l'énumération et par l'eau, le vent et la grêle. L'âge d'or entrevu se brise dans le déchaînement des éléments. Victor Hugo avait écrit « Pleurs dans la nuit ». Il s'agit bien plutôt ici d'une « Larme dans la lumière », de la déception d'un « pêcheur d'or » et non d'un « pêcheur d'âmes », de la frustration d'un alchimiste, du verbe ou non, qui n'a pas eu souci de boire la goutte d'or liquide.

Cette rêverie sur l'âge d'or se poursuit dans la série des quatre poèmes réunis par Rimbaud sous le titre *Fêtes de la patience* (LP I, 236-242), et en particulier dans le dernier, précisément placé sous ce signe. Les brouillons d'*Une saison en enfer* montrent que le poète avait prévu d'insérer cet « Âge d'or » dans « Alchimie du verbe » (OC, 396). Il y a renoncé, mais le motif alchimique de l'or lié au mythe antique de l'*aurea aetas* constituait une raison suffisante. Sur l'un des manuscrits de ce poème, « mai » a été biffé et remplacé par « juin » (LP I, 242), dans la continuité du nouveau séjour parisien. Une lettre à Delahaye en témoigne, usant de ce langage potachique qui favorise l'échange entre le camarade de Charleville, Verlaine tout plein de sympathie pour lui et Rimbaud. Mais ces « jumphe » (juin) et autres « absomphe » (absinthe), la multiplication de « merde » étendu à un « merde aux saisons », ne doivent pas cacher la qualité de cette lettre, et plus encore de son équivalent poétique, « Bonne pensée du matin » (texte daté de mai, LP I, 236), dont une version sans titre suit la version également sans titre de « Larme » dans « Alchimie du verbe » (LP II, 70).

Au « cosmorama arduan » (ardennais) rejeté au début de la lettre à Delahaye (LP I, 244) se substitue moins la description de Paris à quatre heures du matin, regard jeté d'une mansarde rue Monsieur-le-Prince, que « l'immense chantier » d'une ville imaginaire. On serait tenté de reprendre les rimes de « Voyelles » pour mieux faire apparaître la continuité du travail poétique de Rimbaud, qui contemple peut-être une image ironique de lui-même dans ces « Ouvriers charmants / Sujets d'un roi de Babylone » : « Bonne pensée du matin » dit les « naissances latentes » d'une ville issue du langage même, l'attente d'une lumière « éclatante », celle du « soleil des Hespérides » (et, avec lui, l'or des pommes d'or du Jardin des Hespérides), celle du « bain dans la mer, à midi » d'où resurgira une autre Vénus anadyomène, une Aphrodite du zénith, cette fois.

Pour noter l'inexprimable, Rimbaud ne renonce pas à une imagerie mythologique qu'il a pu faire sienne dès l'école, mais qu'il modifie à sa guise. Plus souple sans doute (abandon du sonnet, des rimes pour l'œil, usage de l'impair volontiers pratiqué par Verlaine qui le recommandera dans son « Art poétique »), la versification n'est pas encore libre dans ces deux premiers poèmes. Mais il est vrai qu'il y a là, pour reprendre une autre expression empruntée à ce poème de Verlaine, quelque chose de « plus vague et plus soluble dans l'air ».

Rimbaud est le premier à reconnaître, à la suite de ces exemples, que « la vieillerie poétique avait une bonne part dans [s]on alchimie du verbe » (LP II, 70). Elle est plus sensible, mais d'une autre manière, dans la « Chanson de la plus haute Tour » qui, après avoir été la deuxième des *Fêtes de la patience* (LP I, 238-239), va venir illustrer, sous forme abrégée, un nouvel épisode dans l'histoire de l'alchimiste du verbe, ce qu'on pourrait appeler le temps des romances, de l'attente encore, mais plus encore de l'adieu — de l'adieu au monde (LP II, 71-72). Cabaner est loin désormais, et Rimbaud ne loge plus chez les Zutistes. En revanche, il est clair que ces « espèces de romances » font écho aux *Romances sans paroles* que Verlaine a commencé d'écrire en ce même printemps.

Une autre version du « Sonnet du trou du cul » précisait au sujet des quatrains « Paul Verlaine *fecit* [fit] » et au sujet des tercets « Rimbaud *invenit* [trouva] » (OC, 818). Une telle alternance serait le mode d'une collaboration qui s'est peut-être étendue à des essais d'écriture en prose, ces mystérieux « fraguemants en prose de moi ou de lui » dont Rimbaud parlera à Delahaye dans une lettre de mai 1873 (LP II, 33). Mais une telle collaboration est restée rare et limitée. Verlaine, témoin de Rimbaud, se rappelait que celui-ci avait eu le projet d'*Études néantes*, que, précise-t-il, il n'écrivit point : « Larme », « Bonne pensée du matin » sont pourtant placés par Rimbaud dans cette rubrique. Les « espèces de romances » seraient les romances sans paroles de Rimbaud, moins obscures que ne l'a dit Hugo Friedrich. Dans la « Chanson de la plus haute tour », on peut entendre lointainement le refrain d'une vieille chanson du Nord, « Avène, avène », mais combien plus directement la complainte de celui qui craint d'avoir, par oisiveté, perdu sa jeunesse et sa vie, de s'être trop complaisamment donné et abandonné sans pour autant connaître le véritable amour. Rimbaud répond à Verlaine, sans doute, dans ce qui est l'esquisse d'un chant amébée analogue à celui des bergers de la bucolique (ils sont évoqués dans la première des *Fêtes de la patience*, « Bannières de mai », LP I, 237), moins sur le mode mineur que sur celui du doute d'où a du mal à percer l'espoir malgré tout.

La patience est la forme rimbaldienne de la Passion, au sens christique du mot. À Charleville, l'exilé aurait écrit des prières « martyriques » que Verlaine lui demande. « Honte » (LP I, 257-258), poème non daté, pourrait bien être l'une d'elles, et peut-être aussi « *Entends comme brame* » (256-257) et même « Michel et Christine ». Le cinquième couplet de la « Chanson de la plus haute Tour » semble écarter tout recours à la Vierge Marie. Le banni de « Bannières de mai » a cru devoir se donner à la Nature. Mais il a vécu cet abandon comme la reddition d'un vaincu :

> « *Je veux bien que les saisons m'usent.*
> *À toi, Nature, je me rends ;*
> *Et ma faim et toute ma soif* ».

Ces deux motifs deviennent très intéressants dans les poèmes du printemps et de l'été 1872. « Fêtes de la faim » succède à une « Comédie de la soif » en cinq actes (LP I, 231-235, 249-250). Dans « Alchimie du verbe », une nouvelle illustration par deux poèmes est placée sous le titre laconique « Faim » (LP II, 72-73) : le premier est une reprise abrégée des « Fêtes de la faim » ; le second, sans titre, fait passer de la ferme aux « autels de Salomon », du jardin potager au Cédron, le torrent qui sépare Jérusalem du Jardin des Oliviers. On comprend que Rimbaud exprime une souffrance physique, celle dont il fait part à Delahaye dans sa lettre de juin 1872 : « J'ai une soif à craindre la gangrène » (LP I, 244), celle dont on trouvera encore un écho dans

Un coin de table, huile sur toile d'Henri Fantin-Latour (1836-1904).

On voit, de gauche à droite, assis, Verlaine, Rimbaud, Léon Valade, Ernest d'Hervilly, Camille Pelletan ; debout, Pierre Elzéar Bonnier, Émile Blémont, Jean Aicard. Albert Mérat, qui était prévu dans le groupe, a décliné l'offre et a été remplacé... par un pot de fleurs. Le premier projet avait été un « Hommage à Baudelaire » qui, dans l'œuvre de l'artiste, serait venu après l'*Hommage à Delacroix* et l'*Hommage à Manet*. Puis Fantin-Latour se décida pour la représentation d'une réunion de poètes, — toujours les Vilains Bonshommes, qui ne sont pas si vilains que cela. « Fantin », comme l'écrit Michel Hoog, « n'a pas cherché à suggérer un accord factice entre des personnages qui se boudent ; la divergence (c'est le moins qu'on puisse dire) des regards et des positions, la façon ostensible dont Rimbaud tourne le dos aux autres ne sont pas dues à [on] ne sai[t] quelle maladresse de Fantin » (catalogue de l'exposition *Fantin-Latour*, éd. de la Réunion des Musées Nationaux, 1982, p. 232). Rimbaud est-il ici « Jésus au milieu des docteurs », comme le dit Ernest d'Hervilly ? Banville, qui à l'origine devait être représenté sur le tableau, le commenta, en mettant en valeur « M. Arthur Rimbaut [*sic*], un tout jeune homme, un enfant de l'âge de Chérubin, dont la jolie tête s'étonne sous une farouche broussaille inextricable de cheveux, et qui m'a demandé un jour s'il n'allait pas être bientôt temps de supprimer l'alexandrin ! »

les *Illuminations* (« Enfance » III : « Il y a enfin, quand l'on a faim et soif, quelqu'un qui vous chasse », LP II, 94). Mais on meurt aussi de faim et de soif dans ce qu'il a appelé *Les Déserts de l'amour* (LP I, 208-211), « écritures [...] d'un jeune, tout jeune *homme* », *vox clamans* dans un monde vide d'affections, que ce soit à la campagne (premier rêve) ou dans la ville (second rêve). Les premiers poèmes en prose de Rimbaud sont les plus désolés qui soient.

Verlaine est-il pour quelque chose dans ces *Déserts de l'amour*, dont la date précise est inconnue ? Pouvait-il étancher la soif, calmer la faim de Rimbaud au sortir d'une « enfance mendiante » (« Vies » II, dans les *Illuminations*, LP II, 101) ? On est obligé d'en douter. Les lettres qu'il a écrites à l'exilé de Charleville en avril-mai 1872 déconcertent le lecteur, tant l'aveu de faiblesse et la sensiblerie se mêlent à une écriture relâchée, dépourvue de véritable tendresse. Au martyre de Rimbaud il oppose celui que lui fait subir Rimbaud lui-même, « *martyriseur d'enfant* », apparu en rêve. Le second rêve, dans ces autres *Déserts de l'amour* que contient la lettre de mai, fait surgir un Rimbaud d'or, « *tout goldez* » (OC, 828), avatar moins éblouissant que risible des rêveries sur l'Âge d'or. Où Rimbaud pouvait-il se situer entre le « *ménage retapé* » (OC, 827) — Mathilde et Paul —, celui dont Verlaine lui parle dans sa lettre d'avril, et le « drôle de ménage » — Paul et Arthur —, sans doute évoqué, en juin 1872, dans le poème de Rimbaud intitulé « Jeune ménage » (LP I, 243-244) : chambre vide, ouverte à tous vents, couple absent, menace d'un « malin rat » qui est peut-être la « princesse Souris » de Verlaine, c'est-à-dire toujours Mathilde. Tout s'achève encore une fois sur une prière « martyrique », comme dirait Verlaine, dérisoire en tout cas, impuissante, adressée à des saints qui ne sont que des spectres.

Il n'est même pas sûr que l'heure de la fuite ait amélioré les choses quand le projet d'évasion, peut-être caressé dès le mois de juin, s'est réalisé le 7 juillet

1872. Il s'agit d'un coup de tête plus que d'un coup de cœur, d'une décision hâtive qui, à plus long terme, devait conduire à l'échec, au « dernier *couac* » entendu au début d'*Une saison en enfer* (LP II, 48). Le chant amébée semble se poursuivre à Bruxelles. Mais Rimbaud a-t-il pu accepter sans sourciller la venue de Mathilde, les ébats amoureux du « ménage retapé » pour un jour de délices, le 22 juillet, dans l'hôtel même où logeait l'autre ménage ? À « *Birds in the Night* », qui rappellera cette journée et qui constituera la troisième section des *Romances sans paroles*, il faut opposer le poème de Rimbaud daté de « Juillet [1872]. Bruxelles, Boulevard du Régent » : laissant « enclos » les « jeux » dans la « cage de la petite veuve » et ayant ouvert le ciel, le « Bleu presque de Sahara », aux déserts de l'amour, Rimbaud choisit de s'enchanter de sa propre solitude, s'obstine à répéter, comme dans le poème-jumeau, « *Est-elle almée ?* », « C'est trop beau ! » (LP I, 246-249), mais pour masquer le vide.

« Fêtes de la faim », poème apparemment absurde, ne trouve son sens que dans cette situation-là. Le faux dialogue poétique continue, Rimbaud reprenant volontairement le « tour si gai, si facile », non plus d'« Âge d'or », mais du « Bruxelles » verlainien, celui des « Paysages belges » dans le futur recueil des *Romances sans paroles* (voir l'Anthologie, p. 203-206). La fausse relation amoureuse continue aussi, celle qui laisse littéralement l'amant sur sa faim. « Chacun est un porc », écrivait Rimbaud à Delahaye en juin 1872 (LP I, 244). Et le jugement tombera, comme un couperet, dans « Alchimie du verbe » : « Ainsi, j'ai aimé un porc » (LP II, 75). Déserts de l'amour, bouges et bauges de l'amour : qui verrait la différence ?

Pouvait-elle être enfin *dégagée*, cette troisième poésie ? Jean-Jacques Lefrère semble le croire quand il marque la différence entre les vers écrits jusqu'alors par Rimbaud, même les plus admirables, qui « avaient cet air de "déjà lu" qu'on appelle parfois l'influence des maîtres » et la voix « tout à fait nouvelle et personnelle » que fait entendre la poésie du printemps de 1872 (JJL, 471). Mais il arrive encore à Rimbaud de reprendre une forme, sans pour autant parodier (« Chanson de la plus haute Tour »), d'introduire un contrepoint ironique (« Fêtes de la faim »), de recourir à des figures mythologiques (le palais de Jupiter dans « *Plates-bandes d'amarantes* ») même s'il les rejette ainsi que les légendes, après les avoir convoquées, dans la seconde partie, « L'esprit », de « Comédie de la soif » (LP I, 232-233). La supériorité d'« Éternité » ou de « L'Éternité » sur les autres *Fêtes de la patience* (c'est la troisième, datée de mai) et sur les autres poèmes du printemps et de l'été 1872 tient à la volonté affirmée de dégagement :

> *« Des humains suffrages,*
> *Des communs élans*
> *Là tu te dégages*
> *Et voles selon »* (LP I, 240).

La préposition reste suspendue, sans complément, et le mouvement sans moteur, sans premier mobile. Rimbaud ne s'adresse pas à l'âme *sœur*, comme Baudelaire, mais à l'âme *sentinelle*, à la vigie tout attentive au plus vif et au plus pur éclat de la lumière solaire. Dans « Alchimie du verbe » ce poème est repris, sans titre et dans une version sensiblement modifiée, à un moment d'*acmé*, qu'on peut considérer comme le sommet de ces « Délires II ». Il ne s'agit plus ni de l'alchimie des métaux ni même de la seule alchimie de l'être. L'illusion — car c'en est une — est de se croire devenu « étincelle d'or de la lumière *nature* » (LP II, 73). Mais la démystification suit immédiatement dans le commentaire qui, tout en préparant au poème, le présente comme délirant et comme une expression « bouffonne et égarée au possible ». Dans le poème le mot « patience » revient, associé à « science » mais aussi à « supplice ». Le feu consume tout, même l'espoir. L'éternité, d'abord saluée avec enthousiasme, n'offre aucune chance d'une naissance, d'un *orietur*. « Retrouvée », elle ne permet pourtant aucun renouvellement. L'espace, immense, semblait s'ouvrir dans la première strophe ; mais la dernière le referme, et n'agit que comme un refrain lancinant. Le retour désiré à la lumière native ne se fait, comme l'a finement noté Yves Bonnefoy, qu'avec des « accents de joie exténuée ».

On comprend mieux, dans ces conditions, la suite du récit dans « Alchimie du verbe ». La romance en folie tourne à l'« opéra fabuleux » (LP II, 74), dont « Âge d'or », avec les voix et la répétition multipliée, finalement sempiternelle, aurait dû fournir le meilleur exemple (OC, 396). « Éternité », dans les brouillons d'*Une saison en enfer*, est considérée comme une expression bête, conduisant à une « stupidité complète », à la folie ou à l'idiotie, à des hallucinations tourbillonnantes et éprouvantes, que devait illustrer le poème « Mémoire », nouvel échec odysséen (OC, 397 et LP I, 252-254).

À propos de « Mémoire », Steve Murphy fait observer justement que « l'encadrement mélancolique du titre », dans les brouillons, « est très intéressant : le poème est inséré dans un contexte d'hallucination où le locuteur exprime la peur qu'il avait eue de mourir ». Le savant commentateur est prêt à considérer ce texte comme postérieur aux poèmes de mai-juin 1872. La versification en serait moins régulière que révolutionnaire, et on assisterait même à une « dégradation [volontaire] de l'alexandrin ».

La place faite à « Mémoire » dans la première et imparfaite rédaction d'« Alchimie du verbe » invite en effet à placer ce poème après « L'Éternité » (mai) et « Âge d'or » (juin). Le motif de l'or, présent jusqu'à l'insistance dans les deux premières parties, s'estompe. La pureté de l'« or des lunes d'avril » cède la place aux pourritures d'août, à la boue, à l'horreur d'un « œil d'eau morne », œil cyclopéen dans une odyssée elle-même dégradée.

On assiste à la même dégradation, amplifiée, dans la version définitive du récit. Les « sophismes magiques » du Voyant (LP II, 71) sont devenus « sophismes de la folie » (75). L'alchimiste du Verbe s'est senti prisonnier du système dont il se croyait le maître. Autre apprenti sorcier, il a été dépassé par ses inventions et il est la proie de la terreur, telle la « peur verte » d'Ulysse à l'approche de la tête de la Gorgone dans le chant XI de l'*Odyssée*. Rimbaud ne pastiche ici ni ne parodie la *nekuia* homérique. Le Bateau ivre est devenu une Nef du fou dérivant dangereusement vers la Cimmérie, dernière étape avant le pays des morts. Le récit contenu dans *Une saison en enfer* est considérablement plus sombre, plus tourmenté que le passage du clair à l'obscur dans « Mémoire » et le canot immobile est entraîné par une « route de dangers » vers la « patrie de l'ombre et des tourbillons » (LP II, 75).

Pour Delahaye, il était « probable [...] que se prolonge quelque peu en 1873 la période où [Rimbaud] écrivit ces poésies ». Steve Murphy, à son tour, n'exclut pas une telle extension. Mais aucun des derniers poèmes en vers de Rimbaud ne porte ce millésime. Il serait tout à fait abusif de mettre sur le même plan « Mémoire » et la fin des *Romances sans paroles*, « *Beams* », des Rayons ni jaunes ni perdus, éveillant sur les flots aux yeux des voyageurs une fée lumineuse. Verlaine a daté ce poème du 4 avril 1873, le jour où, rentrant en France pour un séjour de quelques semaines, il traversait la Manche, de Douvres à Ostende, à bord du « Comtesse-de-Flandre », et semble-t-il, sans Rimbaud.

Avec ses *Poésies* III, Rimbaud n'a pas constitué un recueil analogue à celui que Verlaine a achevé à cette date. Les « Études néantes » se sont dissoutes en du rien. Des séries (les cinq parties de « Comédie de la soif », les quatre *Fêtes de la patience*, « Mémoire » même, en ses cinq sections) sont les rares débris d'une volonté de composition qui s'est relâchée. Il faut attendre « Alchimie du verbe », en 1873, pour que tout s'organise selon l'ordre puissant d'un récit ou, mieux, d'une relation. Comme l'a justement suggéré Steve Murphy, « Voyelles » est bien plutôt le premier des derniers vers que le dernier des premiers. Rimbaud en a fait le point de départ, d'ailleurs légèrement varié, d'un récit qui est aussi un récital poétique et un regroupement, sinon un recueil.

Ce récital s'achève avec un ultime poème, les distiques commençant par un vers — vers qui va devenir un refrain pour une dernière chanson : « *Ô saisons, ô châteaux* ». Les brouillons d'*Une saison en enfer* lui donnent un titre, « Bon[heu]r » (OC, 398). Rimbaud a choisi finalement de l'effacer, comme il l'a fait pour la plupart des autres poèmes. C'est curieusement Verlaine qui, bien plus tard, le reprendra, pour l'un de ses recueils publiés en 1891.

Sans doute était-il quelquefois question de bonheur dans le couple d'amants, en 1872 et encore en 1873, jusqu'à la brisure de juillet. Et le poème peut bien, comme le suggère encore Murphy, être de 1873, même si son insertion dans *Une saison en enfer* ne constitue pas à cet égard une garantie suffisante. L'important est que Rimbaud ait voulu en faire une fin, et même pas une Fête de la fin. Élaguant dans un texte plus foisonnant, jamais fixé dans les autres versions manuscrites (LP I, 251 ; OC, 362-363), il dépasse toute espèce de romance pour dire et imiter la force d'un « charme », *carmen* poétique et sortilège du magicien Bonheur. Mais les saisons passent, les châteaux tombent en ruine. Le bonheur lui aussi s'enfuit, et « L'heure de sa fuite, hélas ! / Sera l'heure du trépas » (LP II, 76). La complainte n'a pu être évitée jusqu'au bout. La chute était nécessaire pour un adieu à la Beauté qui correspond à la fin d'une étonnante aventure poétique (LP II, 76-77). Pour ce qui aurait pu être ses romances sans paroles, Rimbaud a choisi une parole de congé et d'adieu.

Chapitre V

LES CLÉS D'*UNE SAISON EN ENFER*

Verlaine s'est bien rendu compte du changement intervenu dans la poésie rimbaldienne en 1872. Donnant des faits une version quelque peu corrigée, il écrit ceci en 1883 dans le texte publié à l'automne par la revue *Lutèce* et repris l'année suivante dans la première série des *Poètes maudits*, texte qui va véritablement attirer l'attention sur Rimbaud :

> « Après quelque séjour à Paris, puis diverses pérégrinations plus ou moins effrayantes, Rimbaud vira de bord et travailla (lui !) dans le naïf, le très et l'exprès trop simple, n'usant plus que d'assonances, de mots vagues, de phrases enfantines ou populaires. Il accomplit ainsi des prodiges de ténuité, de flou vrai, de charmant presque inappréciable à force d'être grêle et fluet. »

Et Verlaine de citer alors la première strophe de « L'Éternité ». Ce n'était pas sans réserves. Une objection monte : « Mais le poète disparaissait. — Nous entendons parler du poète *correct*, dans le sens un peu spécial du mot. » Verlaine ne fait pas allusion à l'« encrapulement » affiché dans les deux lettres du Voyant, en mai 1871, et pas davantage au « dérèglement de *tous les sens* » (LP I, 144) auquel il a contribué et dont il a bénéficié. Il est bien plus dérangé par les libertés

A. RIMBAUD

UNE

SAISON EN ENFER

PRIX : UN FRANC

BRUXELLES

ALLIANCE TYPOGRAPHIQUE (M.-J. POOT ET COMPAGNIE)

37, rue aux Choux, 37

1873

Une saison en enfer,
le seul livre publié par Rimbaud, en octobre 1873.

prises par Rimbaud avec une versification qu'il travaille lui-même à assouplir sans briser l'instrument. Rimbaud, dès sa première lecture des *Fêtes galantes*, en août 1870, avait relevé de « fortes licences », par exemple à propos de ce vers du sixième poème, « Dans la grotte » :

« Et la tigresse épouvantable d'Hyrcanie »
(LP I, 65).

En fait, rien n'est ici bouleversant d'originalité, ni l'image, venue de l'*Énéide*, ni la métrique. Hugo ne se privait pas de semblables licences tout en se référant, lui aussi, au cher Virgile. Sans doute serait-il absurde de vouloir marquer une césure après la sixième syllabe, au milieu d'un mot ; mais le jeu des accents permet de retrouver sans peine sous l'apparent bouleversement des hémistiches la facture d'un trimètre romantique.

Rimbaud se montre plus audacieux dans « Mémoire ». Dès le premier vers, il isole un premier groupe de trois syllabes par une ponctuation forte, malgré le *e* qui devrait être muet. La longue comparaison, rejetée, occupe la plus grande partie du vers, toute coupe étant impossible après la sixième syllabe, correspondant au temps faible d'un article :

« L'eau claire ; comme le sel des larmes
[d'enfance » (LP I, 252).

Est-ce à dire qu'une telle poésie rase la prose ? Verlaine, qui la prendrait volontiers en flagrant délit d'incorrection, constate en revanche qu'au moment où, selon lui, le poète en Rimbaud disparaissait, « un prosateur étonnant s'ensuivit ». Il se souvenait d'un manuscrit perdu, « tomb[é] dans des mains qui l'égarèrent sans bien savoir ce qu'elles faisaient » : Mathilde ou son père, M. Théodore Mauté, nous auraient ainsi privés de *La Chasse spirituelle* dont un médiocre apocryphe, publié en 1949 (voir H, 435), ne saurait nous

Verlaine et Rimbaud à Londres (octobre 1872).
Dessin de Félix Régamey.

Félix Régamey a lui-même raconté la première visite que lui rendirent les deux « vagabonds », le 10 septembre 1872 : « [...] Verlaine, arrivant de Bruxelles, frappe à ma porte. Il est beau à sa manière, et quoique fort peu pourvu de linge, il n'a nullement l'air d'être terrassé par le sort. Nous passons des heures charmantes. Mais il n'est pas seul. Un camarade muet l'accompagne, qui ne brille pas non plus par l'élégance. C'est Rimbaud » (*Verlaine dessinateur, op. cit.*, p. 22). Le couple fut « croqué » dans la rue londonienne, le mois suivant.

consoler. Verlaine, dans sa présentation de 1883, enchaîne avec « UNE SAISON EN ENFER, parue à Bruxelles, 1873, chez Poot et Cie, 37, rue aux Choux », qui « sombra corps et bien dans un oubli monstrueux, l'auteur ne l'ayant pas "lancée" du tout. Il avait bien autre chose à faire ».

Les renseignements sont exacts — sinon que les exemplaires laissés pour compte n'avaient pas disparu : le stock fut exhumé en 1901 des caves des ateliers Poot ou Alliance Typographique. Verlaine n'a pas pu financer la publication. Mme Rimbaud n'a sans doute nullement eu l'intention de s'en charger. Que Mme Verlaine mère y ait mis quelque argent, c'est une supposition qui prouve une nouvelle fois l'ingéniosité de Jean-Jacques Lefrère, mais n'a nul fondement assuré. On imagine plus aisément que Rimbaud n'a pas retiré les exemplaires parce qu'il n'avait pas payé le solde, et probablement même pas une avance.

L'étonnant est que Verlaine s'intéresse ainsi au sort d'un livre dans lequel il n'est pas nommé, mais dont on peut bien dire qu'il est la principale victime. Quand Rimbaud écrit, dans le Prologue, que la charité est la clef qu'il recherche, on est tenté de voler au secours de Verlaine et de répliquer que, et c'est le moins qu'on puisse dire, celui qui parle, dans *Une saison en enfer*, manque singulièrement de charité.

La crise de juillet 1873 peut être utilisée comme une clef biographique. Mais elle ne suffit pas, et surtout elle ne rend pas compte d'un projet qui remonte au séjour d'avril-mai 1873 dans la ferme de Roche. Une crise plus ancienne laisse sa trace dans la lettre à Delahaye de mai 1873 (LP II, 31-34) : le despotisme de la « *mother* », le « triste trou » (Roche, *alias* « Laïtou ») où elle le tient enfermé, la déception causée par l'autre mère considérée aussi comme une marâtre, la Nature. Il faut y ajouter une clef érotique, et la cible est alors le faux amour vécu avec Verlaine jusqu'à l'acte final de violence. Plus importante est encore la clef religieuse, le baptême imposé au sang païen, la révolte du renégat, la menace d'un enfer, et sa manifestation déjà sur terre, le temps d'une saison.

Le motif de la clef apparaît deux fois dans le prologue sans titre : « J'ai songé à rechercher la clef du festin ancien. [...] La charité est cette clef » (LP II, 47-48). Il faut entendre ici « clef » au sens théologique (le pouvoir de lier et de délier) plus qu'au sens herméneutique ou qu'au sens musical. L'équivalence se fait alors avec un autre terme théologique, la charité, c'est-à-dire l'amour du prochain passant par l'amour de Dieu.

La charité, Rimbaud l'a cherchée dans la femme. Au-delà des premiers émois adolescents dont témoignent certains poèmes de 1870, il s'est adressé à elle avec l'exigence profonde qui est la sienne. Il a espéré trouver en elle la beauté pour se détourner des « laideurs de ce monde », la vérité, et plus que tout cette charité dont il a besoin. Mais, un poème de 1871 l'exprime implacablement : la prétendue « sœur de charité » s'est montrée décevante (LP I, 191-193). Le jeune homme — c'est ainsi qu'il se désigne en avançant déjà jusqu'à l'âge de vingt ans — n'a découvert qu'un « monceau d'entrailles » analogue au « monceau de tripe » de frère Milotus, et qu'une « pitié douce » qui ne saurait être la vraie charité. Il n'a *embrassé* qu'une *question*, comme Ulysse a cherché vainement à étreindre l'ombre de sa mère Anticleia (dans les *Illuminations*, l'enfant d'« Aube » croira, lui, avoir « embrassé l'aube d'été », mais c'est parce qu'il est un enfant, ou qu'il est redevenu tel). Et pourtant cette femme fantomatique hante celui qui comptait sur sa protection et son pouvoir magique de libération. Il faut la *porter* comme on porte le Christ en croix.

Vers où se tourner quand on est repris par l'exigence, la triple exigence : « Amour, appel de vie et chanson d'action » ? Rimbaud l'avoue dès ce poème qui est antérieur à sa rencontre avec Verlaine, mais que nous ne connaissons que par une copie de Verlaine, avec la date de « juin 1871 ». La lettre à Demeny du

17 avril 1871 prouvait que déjà il craignait d'être de ces « misérables qui, femme ou idée, ne trouveront pas la Sœur de charité » (LP I, 141). Le poème de juin le confirme. Le pluriel du titre multiplie apparemment « Les Sœurs de charité » mais elles se révèlent aussi trompeuses, aussi décevantes, aussi peu charitables que l'est habituellement la femme selon le poète : la « Muse verte » (la poésie du printemps, de ce qu'on appelait au Moyen Âge la « reverdie »), la « Justice ardente » (l'espoir né au temps de la Commune). Quel qu'il soit, « L'Homme juste », ou prétendu tel, est rejeté avec violence dans un autre poème de 1871, qui nous est parvenu dans un texte incertain, incomplet ou amputé (LP I, 180-183). Et, en même temps que lui, ont été rejetés les « charités crasseuses » et les « progrès », tous les « Justes » ou prétendus tels. Le mouvement est le même dans ce rappel qui figure dans les premières lignes d'*Une saison en enfer* : « Je me suis armé contre la justice » (LP II, 47). Rimbaud ne s'élève pas contre la justice humaine, l'institution sociale à laquelle on donne ce nom. Mais il s'en prend à un idéal de justice qui, à un certain moment, a été le sien, comme l'*agapè* du « festin » ancien et la *Beauté*. La désillusion est totale et suscite la violence verbale (l'injure), la réaction agressive (les armes), la fuite.

Dans « Les Sœurs de charité », le catalogue des recours s'allonge vainement et il tourne presque aussitôt au bilan négatif : la science, la nature en fleur, l'alchimie, les « saintes études », la rêverie sur les « vastes fins », la vérité. Une métaphysique diffuse débouche sur l'ultime espoir, la Mort, comme à la fin des *Fleurs du Mal*. Mais le mouvement est trop baudelairien, le thème aussi, pour que Rimbaud puisse en rester à une imitation des dernières strophes du « Voyage » ou des « Deux Bonnes Sœurs » (la Débauche et la Mort). Si l'on en croit le prologue d'*Une saison en enfer*, il leur a substitué deux « sorcières », la « misère » et la « haine » ; il a, comme le Maldoror de Lautréamont, dit adieu à l'espérance ; il a effacé la seconde vertu théologale de son esprit en même temps qu'il étranglait toute joie. Il en ira de même pour la troisième vertu théologale, la charité. Il a choisi le malheur et le mal, la condamnation et la damnation. Il a voulu être un maudit. La Justice ardente a pris pour lui la forme de l'exécution. La Muse verte — le printemps — ne lui a plus fait entendre, comme en écho de lui-même, que « l'affreux rire de l'idiot » (LP II, 48). La Mort le rend au Démon, qui n'a d'ailleurs cessé de le tenir captif dans le piège de ses illusions.

Le prologue d'*Une saison en enfer* laisse place pourtant à deux formes de la récidive. Une esquisse de retour à la charité se réduit à une idée, une « inspiration » vague et très vite dissipée ; deux fois nommée, cette « clef » tombe des mains de celui qui doit se reconnaître damné. Le grand espoir du Voyant — devenir « entre tous le grand malade, le grand criminel, le grand maudit », pour être « le suprême Savant » et « arriv[er] à l'*inconnu* » (LP I, 151) — n'a plus la dimension ultra-baudelairienne que lui conférait Rimbaud le 15 mai 1871. C'est d'une manière presque honteuse que l'auteur d'*Une saison en enfer* détache, en guise de fleurs du Mal ou de gâteaux destinés à apaiser la faim d'un Satan-Cerbère, « ces quelques hideux feuillets de [s]on carnet de damné » (LP II, 49). Il ne s'attribue aucune gloire en cela. Le temps du courage, de la révolte et de la lutte est passé. L'écriture de la *Saison* serait la première des « quelques petites lâchetés en retard ».

La fin du prologue d'*Une saison en enfer* se démarque singulièrement du refus altier d'Alfred de Vigny dans « La Mort du loup » :

« Gémir, pleurer, prier est également lâche.
— Fais énergiquement ta longue et lourde tâche
Dans la voie où le Sort a voulu t'appeler.
Puis, après, comme moi, souffre et meurs sans
[parler ».

Le damné parle encore, au moment où il livre ses écrits, traversés il est vrai par la tentation du silence et le spectre de l'aphasie (« Matin », LP II, 82). Il laisse les gémissements et les pleurs à la Vierge folle (« Délires » I, 63-68), il confirme dans la page finale son refus des cantiques (« Adieu », 85). Les « petites lâchetés » pourraient correspondre à ces concessions qui ne sont pourtant faites que dans un esprit critique : des parodies qui peuvent être poussées à la caricature mais qui sont productives... C'est le paradoxe de cet art malgré tout qu'est celui de Rimbaud.

La charge en effet a encore sa place dans *Une saison en enfer*. À la ménagerie impériale succède dans « Mauvais sang » une vision en noir, et très exactement une vision « *nègre* » de la société, étonnante anticipation de la pièce de Jean Genet. Celui qui a été traité de « bête », de « nègre » (le glissement est sensible, dans la phrase même, de la ménagerie à la nègrerie) se défend en interpellant les « faux nègres », nègres blancs ou nègres blanchis : le marchand, le magistrat, le général, l'ex-empereur lui-même, qui vient de mourir en Angleterre, à Chislehurst, le 9 janvier 1873 et qui avait pu être considéré par ses adversaires comme damné avant d'être en enfer. La voie du salut consiste peut-être à « quitter le continent » et à fuir en Afrique, comme Rimbaud le fera plus tard, à choisir de devenir un vrai « nègre », de manger ses ancêtres, de participer à la fête, à la danse rituelle des indigènes. Mais il faut aussi une clef pour « entr[er] au vrai royaume des enfants de Cham » (LP II, 55) — ce fils de Noé qui, dans la Bible, est désigné comme l'ancêtre des Africains. Et surtout, à l'époque coloniale, les Noirs, si authentiques soient-ils, sont cernés par les Blancs toujours prêts à débarquer et à les soumettre. Dans cette page virulente de « Mauvais sang », la vision de cercles de l'enfer sur terre (celui des « maniaques », celui des « féroces », celui des « avares » et cette sorte de neuvième cercle dantesque où l'empereur fait figure de Lucifer) s'efface au profit d'un unique cercle vicieux, celui de l'investissement par les colons européens.

La caricature est celle aussi des prétendus charitables. Rimbaud les représente comme les « âmes honnêtes », celles qui « là-bas », de loin, au paradis, ou de haut, dans la société, affirment lui vouloir du bien (« Nuit de l'enfer », LP II, 60). Il les méprise encore plus que les méchants. Car cette charité-là reste sourde — on aurait envie de dire : diablement sourde. Quand il crie, c'est comme si, pour ces âmes honnêtes, il avait « un oreiller sur la bouche ». Il est obligé de le constater : « Elles ne m'entendent pas, ce sont des fantômes. » Et le constat se généralise : « Puis, jamais personne ne pense à autrui. »

Verlaine aurait dû constituer une exception et Rimbaud a cru pendant quelque temps à sa charité. À cet égard, on peut considérer la lettre du 4 juillet 1873 (LP II, 34-35), la seule attendrie après le départ du compagnon, comme une « petite lâcheté en retard ». Mais l'incident de Bruxelles a définitivement dessillé les yeux de Rimbaud, les velléités en Verlaine d'un retour à la foi ne peuvent que l'inciter à faire l'étonnante caricature de celui qui fut et qui reste un « compagnon d'enfer » dans « Délires » I.

Le procédé consiste à faire de ce compagnon l'Épouse du Seigneur, comme une bonne sœur, comme une sœur de charité. Mais cette sœur de charité est aussi une « Vierge folle » soumise à « l'autre », non pas à Jésus-Christ, mais à l'« Époux infernal ». Le Démon prend les traits d'un Satan adolescent, « presque un enfant », tel que Verlaine en effet représentera bientôt Rimbaud dans « *Crimen amoris* ». En abyme, et par le truchement de la Vierge folle, Rimbaud confirme ce qu'il a donné à entendre au début d'*Une saison en enfer* et dans les textes qui y préparaient : la déception du côté des femmes, dont il n'y a pas à attendre de charité ; le choix d'une attitude infâme, qui l'a même conduit à prendre « l'air du crime » (l'expression figure et dans le prologue, p. 48, et dans « Délires » I, p. 65) ; la comédie de la charité, ou plutôt d'une contre-charité, d'une « charité ensorcelée » par laquelle il a pu séduire son partenaire et lui donner l'illusion d'un petit Paradis à deux (car tel est bien, alors, pour Rimbaud, le mensonge du couple).

On attendait dans cette évocation la charité de Verlaine : mais il est trop doux, doucereux même, pour cela, comme la femme rejetée dans « Les Sœurs de charité ». La charité est transférée vers l'Époux infernal — Rimbaud à n'en pas douter. Mais elle n'est qu'un masque pour duper le sot ou la sotte, avant de disparaître.

Le portrait-charge de Verlaine se retourne, dans « Délires » I, en portrait-charge de Rimbaud par lui-même, mais malignement prêté à Verlaine. Les ruses de l'écriture vont de pair ici avec une extrême virtuosité. S'il est vrai que leur aventure fut placée, comme l'a suggéré Yves Bonnefoy, sous le signe de « l'entreprise de charité », au terme sont dénoncées et la charité de l'un et celle de l'autre. C'est l'idiotie qui triomphe.

Toujours selon Yves Bonnefoy, la crise entre Verlaine et Rimbaud remonterait au printemps de 1873 : en avril, écrit-il, et dans des circonstances mal connues. « Qu'elle ait eu, bien que sans réelle brouille, le caractère d'une rupture, je le croirai volontiers », ajoute-t-il, « s'il est permis d'en juger par le dépit de Rimbaud dans "Nuit de l'enfer", dès qu'il aura eu la faiblesse de reprendre la vie commune. »

Les signes annonciateurs de cette rupture ne sont pas évidents. Nulle querelle n'explique le retour en France, au début d'avril 1873. Il y a des raisons de famille. La séparation temporaire n'exclut ni la confiance ni la sérénité. Rimbaud a rejoint les siens à Roche, tandis que Verlaine a retrouvé sa tante Julie à Jéhonville, près de Paliseul. Ils sont l'un et l'autre près de leur mère retrouvée, puisque Mme Verlaine est arrivée à Paliseul le 24 avril, et que la ferme de Roche est la propriété de Mme Rimbaud.

Rien, dans la lettre qu'Arthur écrit à Delahaye au cours de son séjour à « Laïtou », en mai 1873, ne laisse deviner une fissure ou même une fêlure entre Verlaine et lui. Il y est question d'un rendez-vous à Bouillon le 18, auquel il ne peut se rendre, du projet de publication des *Romances sans paroles* par un imprimeur de Charleville, d'un travail d'écriture en prose qu'ils semblent avoir en commun (LP II, 32-33). La rage de Rimbaud se retourne contre le lieu, contre la « *mother* », « la mère Rimb. » qui l'a mis là « dans un triste trou ».

Enterré par sa mère, Rimbaud se dira dans « Nuit de l'enfer » esclave de son baptême. Responsables de son malheur sur terre, ses parents le sont aussi de sa damnation (39). Le pluriel peut surprendre, mais on comprend bien que la mère est plus concernée que le père par cette redoutable responsabilité. Plus encore que Verlaine, et en tout cas plus profondément que lui, elle a été une introductrice à l'enfer, quel qu'il soit. Si elle a détenu des clefs autres que celles de la maison de Charleville ou de la ferme de Roche, ce n'étaient pas les clefs du Paradis, mais celles de l'Enfer.

À l'atroce, Rimbaud va donc répondre par l'atroce : de nouveaux fragments en prose qui vont être des « histoires atroces », des « atrocités ». Il met beaucoup d'insistance sur ce terme dans la lettre à Delahaye, écrite à un moment, qui se situe vers la mi-mai 1873, à une date où « une demi-douzaine » de ces histoires sont déjà écrites.

On doit observer que ces histoires atroces font un singulier contraste avec le projet d'« Histoire magnifique » qu'aurait eu Rimbaud si l'on en croit Delahaye. Et la vision de l'Histoire proposée dans « Mauvais sang », le temps des manants, des croisés et des reîtres, est plutôt celle d'une infériorité héréditaire. Seule est dite « magnifique » la « luxure » des ancêtres gaulois (49).

Cela signifie-t-il que « Mauvais sang » reprenne les

« histoires atroces » écrites dès le printemps 1873 ? Rimbaud a tenu à dater d'avril-août l'ensemble de la *Saison*. Mais il y a un peu plus d'une demi-douzaine de sections dans ce texte de « Mauvais sang », huit en tout, et ce ne sont pas nécessairement des histoires atroces : celle du retour du maudit exilé présenté sous les traits d'un féroce infirme, celle de l'ensevelissement dans les abysses, celle de l'errant admirateur du forçat, celle du nouveau « nègre » repris par les Blancs, celle du soldat partant pour un combat douteux et préférant se rendre aux armes à défaut de les rendre méritent ce nom. Mais l'ensemble est lié et pourrait porter le titre d'antimémoires qu'inventera Malraux.

Rien n'incite à penser que, comme l'a supposé Bonnefoy, les chapitres « Vierge folle » et « Alchimie du verbe » aient été écrits dès ce moment-là, avant le nouveau départ à deux pour Londres le 27 mai. Rien ne nous assure non plus que Rimbaud ait conçu « Nuit de l'enfer » à Londres, dans la dernière partie de leur séjour commun, qui s'achèvera avec le brutal départ de Verlaine le 3 juillet. Le projet de « Livre païen », de « Livre nègre », est-il resté suspendu ? L'un et l'autre de ces titres convenaient beaucoup mieux aux textes regroupés dans « Mauvais sang » qu'à l'ensemble de la future *Saison*. Le dessin de Verlaine représentant Rimbaud à une table (PR, 106, 108) — sorte de *Coin de table* du solitaire — a parfois été décoré de cette légende : « Comment Rimbaud écrivit à Londres *Une saison en enfer* », et Claude Jeancolas lui-même l'a associé à l'année 1873, tout en sachant fort bien que Verlaine l'a adressé à Delahaye le 24 août 1875, et qu'il a voulu représenter le « philomathe » avec devant lui un dictionnaire de langue et quelques alcools.

Il est bien plus vraisemblable que Rimbaud a repris son projet après l'incident de Bruxelles, après avoir frôlé la mort, quand il est revenu à Roche, à la fin du mois de juillet ou au début d'août. Inapte aux travaux des champs à cause de son bras gauche blessé, il aurait renoncé à la « main à charrue » pour la « main à plume » et, enfermé dans le grenier, il aurait écrit dans la colère et dans la fièvre le texte publié en octobre à Bruxelles, là où paraissaient les œuvres libres. Verlaine avait été jugé et condamné le 8 août. Rimbaud reprenait, à sa manière, le procès, et ne se montrait pas plus tendre que les juges.

On peut suivre ici Jean-Jacques Lefrère quand il suppose que Rimbaud « acheva en quelques jours le “Livre païen” ou “Livre nègre” qu'il avait entrepris en avril ». Il a été doté d'un nouveau titre, *Une saison en enfer*, et se présente dès lors comme « un texte d'une densité parfois étouffante, une création intime et personnelle, aux nombreuses ruptures de style et de ton » (JJL, 628). On ne saurait réduire *Une saison en enfer* à une tranche de vie, ni « Délires » I à un « *roman à clef* autobiographique — le *Elle et Lui* de Rimbaud et Verlaine » (JJL, 629). Mais le livre porte la trace de ce que Mme Rimbaud elle-même condamna comme « une liaison calamiteuse ».

Quand elle interrogea son fils sur la signification de ce texte assurément énigmatique pour elle, il aurait répondu : « Ça se lit littéralement et dans tous les sens ! » ou — c'est la version de sa sœur Isabelle — « J'ai voulu dire ce que ça dit, littéralement et dans tous les sens » (JJL, 640, 651 n. 23). Ce souci du *sens* était déjà net dans la présentation que Rimbaud avait faite à Izambard du « Cœur supplicié », le 13 mai 1871 (« Ça ne veut pas rien dire », LP I, 146). Il s'y ajoute cette fois une conception du sens multiple qui rappelle l'exigence de Dante et la pratique de l'exégèse biblique.

Ces données doivent être réunies. Car il est clair que la pratique rimbaldienne de la parodie se diversifie et s'affine dans *Une saison en enfer*. Tout commence avec une reprise de la parabole du festin dans l'Évangile selon saint Matthieu (XXII, 2-10). Le texte continue avec le motif du trésor dans le même Évangile (VI, 19-21). Le récit s'achève avec l'évocation future d'une entrée « aux splendides villes » (85), qui fait penser à celle du Christ dans Jérusalem le jour des Rameaux (Matth., XXI, 1 *sqq.*). Le passage le plus remarquable est sans doute l'évocation, dans « Nuit de l'enfer », de Jésus marchant sur les eaux. Toujours dans Matthieu (XIV, 25-32), Pierre (le futur détenteur des clefs du Paradis) veut faire de même ; mais il s'enfonce et doit appeler au secours Jésus, qui l'accuse d'avoir douté et d'être un homme de peu de foi.

Il faut aller jusqu'à l'Évangile selon saint Jean (VI, 18-19), quand l'apôtre raconte comment, après la multiplication des pains et le repli de Jésus seul sur le mont des Oliviers, les disciples, recherchant le Sauveur, l'ont vu apparaître alors qu'il faisait déjà nuit :

> « Cependant la mer commençait à s'enfler, à cause d'un grand vent qui soufflait.
> Et comme ils eurent fait environ vingt-cinq ou trente stades, ils virent Jésus qui marchait sur la mer, et qui était proche de leur barque, ce qui les remplit de frayeur. »

La traduction citée est celle de Le Maistre de Sacy, la Bible de Port-Royal, celle qui, dans la réédition d'époque, correspond le mieux à « la Bible à la tranche vert-chou » des « Poètes de sept ans » (LP I, 161). L'important est moins ici la recherche du modèle authentique que celle de la manière dont Rimbaud use de ce modèle. À la date du 26 mai 1871, et à la place où il se trouve dans la lettre à Demeny du 10 juin 1871, le poème avait inévitablement une charge parodique. Il reprenait ces touchantes lectures de la Bible aux enfants par une mère ou une grand-mère vénérées que présentait Louisa Siefert dans *Rayons perdus* (1869), un recueil que Rimbaud avait lu et aimé l'année de ses seize ans. Surtout il passait déjà d'une lecture obligée sous la conduite d'une mère sévère à une lecture libre, personnelle, rêveuse, celle qu'il radicalise dans une « Suite johannique », constituée de trois « Proses évangéliques » ou plutôt contre-évangéliques (LP II, 38-43) qu'on peut considérer comme des avant-textes d'*Une saison en enfer* puisqu'ils figurent au verso (ou tout aussi bien au recto) des trois brouillons conservés de cette œuvre (OC, 393-398).

La quatrième prose, et dans la continuité de l'Évangile de saint Jean, est précisément celle qui s'inspire des versets cités et le texte sacré est recréé poétiquement et malignement à la fois :

> « Que de malices dans l'attention dans la campagne... Satan, Ferdinand, court avec les graines sauvages... Jésus marche sur les ronces purpurines, sans les courber... Jésus marchait sur les eaux irritées. La lanterne nous le montra debout, blanc et des tresses brunes, au flanc d'une vague d'émeraude... » (LP II, 60-61).

Après la reprise du verset 18 et une façon nouvelle de faire souffler le vent (qu'il emporte Satan ou un quelconque Ferdinand), le verset 19 suscite le déploiement de l'imagination pour une vision magnifique, mais aussi chargée d'intentions : Jésus marche déjà sur les ronces de sa couronne, rougies du sang de la Passion. Les eaux irritées protestent, comme si elles étaient soulevées par cette impertinence plus que par le souffle du vent. La lanterne du témoin, Jean lui-même, éclaire le visage du Christ, mais on ne peut s'empêcher de deviner « la lanterne fouettée par la nuit froide » qui éclaire des « masques enluminés » dans le poème en prose des *Illuminations* intitulé « Métropolitain » (LP II, 130), masques de carnaval ou de clowns élisabéthains, lanterne rappellant celle qui tient lieu de lune pour la pauvre représentation donnée par le Bottom de Shakespeare et les acteurs amateurs ses compagnons dans *Le Songe d'une nuit d'été*.

Le nouveau Noël, « Noël sur la terre », Noël du matin, dans *Une saison en enfer*, constitue une reprise originale de ce procédé étudié dans les poèmes de

1871, qui consiste à vider une forme pour lui donner un nouveau contenu, encore une fois *communiste* comme le projet de constitution que Rimbaud avait alors rédigé :

> « Du même désert, à la même nuit, toujours mes yeux las se réveillent à l'étoile d'argent, toujours, sans que s'émeuvent les Rois de la vie, les trois mages, le cœur, l'âme, l'esprit. Quand irons-nous, par delà les grèves et les monts, saluer la naissance du travail nouveau, la sagesse nouvelle, la fuite des tyrans et des démons, la fin de la superstition, adorer — les premiers ! — Noël sur la terre !
> Le chant des cieux, la marche des peuples ! Esclaves, ne maudissons pas la vie » (LP II, 82-83).

L'appel de la vie, l'une des trois exigences formulées dans « Les Sœurs de charité », retentit de nouveau et donne son sens à cet évangile qui tend à se substituer à l'autre. Rimbaud réinvente la venue des Rois mages (Matth., 9-10) comme il a imaginé à sa manière la traversée du lac de Tibériade par Jésus-Christ. Le Christ est-il « le fils de l'homme » dont il est dit, immédiatement avant, qu'il a *ouvert les portes de l'enfer* ? Plus qu'une reprise de la tradition apocryphe d'une descente du Christ aux Enfers, ou plutôt chez les païens, il faut voir dans ce texte radical l'inversion du récit évangélique. Au motif des clefs du Paradis s'est substitué celui des clefs de l'Enfer. Si on a cru voir apparaître l'*ancien* enfer, dont la crainte doit être abolie, Rimbaud, en tant qu'écrivain, est conscient qu'il détient les clefs du *nouveau* — le sien, celui de la *Saison*.

Le retournement négatif est tel, en effet, dans la plaquette de 1873, que Rimbaud va en être la première victime : et non pas seulement Rimbaud-le-manant, Rimbaud-l'amant, mais Rimbaud-le-poète. Et c'est pourquoi « Délires » II succède nécessairement à « Délires » I, et au couple de la Vierge folle et de l'Époux infernal. Cette « Alchimie du verbe » n'est nullement l'objet d'une apologie ; mais le damné veut en dresser le bilan critique. On ne peut faire reproche à Rimbaud ni de l'alchimie (une illusion déjà dénoncée dans « Les Sœurs de charité ») ni, comme André Breton, du verbe. Le mot est toujours choisi avec l'intention contre-évangélique qui anime l'ensemble de la *Saison*. Il est, ironiquement, l'avatar du prétendu Verbe divin et tout aussi bien de la précédente parole poétique de Rimbaud dans la période verlainienne de sa vie.

Chapitre VI

LES *ILLUMINATIONS*

Présentant son entretien avec René Girard publié en 1994 sous le titre *Quand ces choses commenceront*, Michel Treguer parlait des ouvrages du grand penseur comme de livres qui, « en plein remue-ménage structuraliste sur les rives du boulevard Saint-Michel, affirment que la clé du paradis est bien sous nos yeux depuis deux mille ans, dans les Évangiles où nous n'avons pas osé la saisir à pleine main, et que Jésus est bien le Dieu unique une seule fois incarné que disent le pape et nos grands-mères bigotes ».

En théologie on parle plus souvent des clefs que de la clef du paradis. Ainsi le *Grand Larousse Universel* définit le « pouvoir des clefs » comme le « droit d'absoudre et de condamner, confié par Jésus à ses apôtres », les « clefs de saint Pierre » comme le « pouvoir spirituel du Saint-Siège », mais *la* « clef des trésors de l'Église » comme le « pouvoir d'accorder des indulgences ». Contemporain de Rimbaud, le dictionnaire de ce libre penseur d'Émile Littré rappelle que la « puissance des clefs » est « la puissance d'ouvrir et de fermer le paradis, de lier et de délier, de condamner et d'absoudre, que Jésus-Christ donna à ses apôtres » et que « les clefs du royaume des cieux » sont la « puissance de lier et de délier ».

En reprenant l'Évangile de Jean pour en écrire une libre paraphrase, en 1873, *Jean*-Nicolas-Arthur Rimbaud se référait à son saint patron dont la parole le suivait jusque dans *Une saison en enfer*, et plus amèrement que jamais après l'incident de Bruxelles, au cours de cette rédaction précipitée qui aboutissait à la plaquette publiée chez Poot. Après le brumeux souvenir initial du « festin » et la velléité d'un retour à la « clef » de la « charité », le texte déroulait implacablement la série des obstacles : le sang fondamentalement païen dont se sent irrigué celui qui parle (« Mauvais sang ») ; le lien indissoluble du baptême que ses parents lui ont pourtant imposé et qui le voue à l'enfer (« Nuit de l'enfer ») ; les délires de cette Vierge folle (sans aucun doute Verlaine) qui s'était attachée à lui, mais qui l'a confirmé dans sa fonction d'Époux infernal ; ses propres délires poétiques qui l'ont conduit à trafiquer les mots, à tenter une « alchimie du verbe », aussi interdite, aussi dangereuse que l'autre, et qui l'ont entraîné jusqu'aux confins de la folie. Une série de solutions a été ensuite invoquée : la tentation de l'Orient qui s'est soldée par un constat d'illusion (« L'Impossible »), le travail, qui l'aurait enfermé dans le temps au lieu de lui ouvrir l'éternité (« L'Éclair »), la pensée de Noël qui dérive vers l'imagerie d'un socialisme utopique (« Matin »).

Dans cette avant-dernière section, la menace du silence rôde plus que jamais : « *Je ne sais plus parler !* » (LP II, 82). Pourtant une libération va se produire, esquissée dès « Matin » et s'affirmant dans « Adieu ». Le damné a reconnu qu'en fait de clefs du paradis, ce sont celles de l'enfer que « le fils de l'homme » (désignation volontairement réductrice de Jésus) lui avait ouvertes. Le temps vécu rejoint celui de la fiction : l'*automne* arrive avec septembre, le mois où s'achève la rédaction du récit. Le bilan négatif, le constat d'échec (première partie d'« Adieu ») sont dépassés dans la seconde partie, à un moment perçu comme décisif, par le sentiment d'une *victoire* : une victoire sur la mort, sur l'enfer, sur le passé. Il faut au contraire aller résolument de l'avant, se considérer comme à la *veille* d'une *aurore*, recevoir les forces de vie, « tous les influx de vigueur et de tendresse réelle », entrer « aux splendides villes », délaisser les autres, décidément trompeurs, au profit de soi-même. *Une saison en enfer* s'achève sur une formule qui est aux antipodes de la leçon évangélique de la charité (« Aimez-vous les uns les autres »). C'est le choix de *soi-même*, non pour un quelconque culte du moi, mais parce que c'est la seule, la vraie ressource.

*
* *

Les termes de cette *coda* d'*Une saison en enfer*, qui est surtout une *attente*, un moment d'impatience, mais aussi d'« ardente patience » (LP II, 85), trouvent leur illustration dans les *Illuminations*. Et, à cause de cela même, il n'est pas douteux que ce recueil pas tout à fait abouti se situe après le livre de 1873, le seul achevé, il est vrai.

« Veille », « veillée », ces mots reviennent dans les *Illuminations*. La variante, à elle seule, est l'indice d'une pluralité de sens possibles dont Rimbaud use plus que jamais dans ses poèmes en prose.

Il est difficile de fixer la date des *Illuminations* et on est contraint de s'en tenir à ce qu'il y a de moins douteux : une mise au net au cours du séjour à Londres en 1874, et surtout au moment où Germain Nouveau était là, puisque son écriture apparaît deux fois dans le manuscrit (pour « Métropolitain » et « Villes » [II]). Rimbaud a vraisemblablement connu à Paris et à l'automne de 1873 celui que Verlaine appellera « le plus petit des bipèdes » (il mesurait 1 m 57) et qui signait alors « Néouvielle ». Leur départ pour l'Angleterre, à la fin de mars 1874, a été précipité. Encore une histoire de clef, banale celle-ci : « Je suis parti tellement à l'improviste que j'ai emporté la clef de ma chambre », écrit Nouveau à Jean Richepin le 26 mars. Rimbaud s'est retrouvé seul à Londres dès le mois de juin, avant la visite de sa mère et de sa sœur Vitalie, en juillet. Une chose est certaine : si chacun des deux amis a repris sa liberté, ils ne se sont pas fâchés. C'est à Nouveau qu'en mars 1875 Rimbaud envisagera de confier indirectement le manuscrit qu'il remettra à Verlaine (ou du moins « à quelqu'un qui en eut soin ») lors du passage de celui-ci à Stuttgart. Et une lettre de Nouveau arrivera à Charleville, signée « Ton vieux copain d'antan bien cordial », deux ans après la mort d'Arthur (JJL, 665).

Londres était le lieu de rassemblement d'un certain nombre d'anciens communards que Verlaine et Rimbaud avaient plus ou moins fréquentés. C'est là que Karl Marx avait rédigé les adresses au Conseil général de l'Association Internationale des Travailleurs sur *La Guerre civile en France* et qu'il avait écrit à son ami le docteur Kugelmann, le 18 juin 1871 : « J'ai l'honneur d'être en ce moment l'homme de Londres le plus calomnié et le plus menacé. » Comme Engels, Marx voulait faire démontrer par l'exemple de la Commune que la classe ouvrière, une fois au pouvoir, ne pouvait continuer à se servir de l'ancien appareil de l'État, qu'il fallait donc une révolution radicale. « Le Paris ouvrier, en accomplissant son propre, son héroïque holocauste, a entraîné dans les flammes des immeubles et des monuments. » Mais l'espoir révolutionnaire est resté intact. C'est toujours le *Grand Soir* des marxistes, peut-être ce « Soir historique » qui donne son titre à l'une des *Illuminations* et qui ne saurait se réduire à « un effet de légende » (LP II, 145-147).

Car les *Illuminations* sont plus datées et plus situées qu'on ne l'a dit. Des traces, des indices sont là. De l'Angleterre, avec des mots anglais. De Londres, dont par exemple sont évoqués « Les Ponts » (110) : ils avaient frappé Nouveau, dès le lendemain de leur arrivée, et il écrivait à Richepin

> « n'en finissent pas les ponts, et combien plus hauts de parapets qu'aux bords fleuris de la Seine ; je me fais l'effet d'un môme ici, moi pas grand là-bas ».

Le titre « Ouvriers » (LP II, 109) n'est pas innocent de la part de celui qui, en 1871, avait entrepris de rédiger un « Projet de constitution communiste ». « Nos horreurs économiques », la « magie bourgeoise » : autant de repoussoirs, dans « Soir historique », mais la révolution envisagée ne se confondra ni avec « les révoltes anciennes grouill[a]nt dans le centre du Céleste Empire » (est-ce seulement la Chine, l'Empire du Milieu ?) ni avec une révolution purement politique. Rimbaud rêve d'un grand bouleversement cosmique dont « Après le Déluge » offre une autre image.

La veille, dans les *Illuminations*, est l'attente d'un tel bouleversement nécessaire : que tout soit détruit pour qu'il soit enfin possible de reconstruire ! Doit-on se contenter d'une patience, même ardente ? Dans « Après le Déluge », Rimbaud a hâte d'en finir avec l'ennui, et il convoque tant les éléments que les ornements, tant les cataclysmes que les catafalques pour célébrer avant Jules Laforgue les funérailles de la Terre :

> « Sourds, étang, — Écume, roule sur le pont et par-dessus les bois ; — draps noirs et orgues, — éclairs et tonnerres, — montez et roulez ; — Eaux et tristesses, montez et relevez les Déluges » (91).

« Démocratie » (142-143) se présente comme la prosopopée des révolutionnaires en marche qui mettent en pratique la « philosophie féroce » des partisans du Grand Soir, sans avoir plus de scrupules que les reîtres d'autrefois dont ils portent en eux, tel le damné d'*Une saison en enfer* (50), le « mauvais sang ».

Mais d'autres acceptions, d'autres images enrichissent le motif, dans les *Illuminations*. « Matinée d'ivresse », qui pourrait d'abord sembler correspondre à « Matin » dans la *Saison*, continue « le souvenir [d'une] veille » (105) ; mieux, le poète salue une « petite veille d'ivresse, sainte », prologue au « temps des *Assassins* » (LP II, 106), qui peut être le temps des

Haschichins, mais moins pour la drogue qu'ils utilisent que pour la violence qu'ils déploient. Dans la série des trois « Veillées » (119-121), qui à l'origine se réduisait à une seule, la dernière, les résonances sentimentales, les fantasmagories théâtrales, les complaisantes images d'alcôve s'abolissent au profit d'une « vue d'aurore », la « seule » qui compte véritablement. Pourtant une telle aurore est peut-être encore en concurrence avec les visions de la nuit dans ce court texte sans titre :

> « Avivant un agréable goût d'encre de Chine une poudre noire pleut doucement sur ma veillée, — Je baisse les feux du lustre, je me jette sur le lit, et tourné du côté de l'ombre je vous vois, mes filles ! mes reines ! » (LP II, 108).

Étrange multiplication des reines de la nuit, des filles de l'ombre, dans un décor aristocratique qui ne doit pas plus à la chambre de Stamford Street qu'à celle de Roche, mais garde quelque chose du rêve princier de Rimbaud. Ce n'est plus un enfer, même s'il risque de redevenir « l'enfer des femmes », laissé « là-bas », dans les dernières lignes d'*Une saison en enfer*. Ce serait plutôt un paradis sombre, un paradis des ténèbres, parfaitement artificiel d'ailleurs comme si l'on assistait à un retour insidieux et éclatant à la fois des procédés du Voyant.

De l'artifice, pourtant, les *Illuminations* invitent à se dégager. Là encore une continuité s'établit par rapport au vœu final d'*Une saison en enfer* : « Recevons tous les influx de vigueur et de tendresse réelle. » La *force* est le mot sur lequel vient culminer « Métropolitain », dépassant « la ville », « la bataille », « la campagne » et « le ciel » (129-131). Bref, mais vigoureux en effet, le texte intitulé « Départ » rejette l'« assez vu », l'« assez eu », l'« assez connu », pour faire part d'une décision, et annoncer un départ permis par un tel ressourcement, un « Départ dans l'affection et le bruit

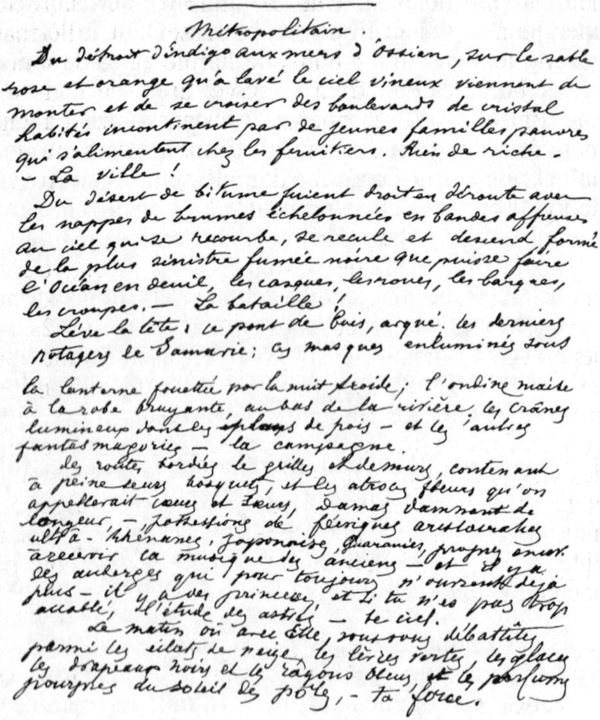

Métropolitain.

Du détroit d'indigo aux mers d'Ossian, sur le sable rose et orange qu'a lavé le ciel vineux viennent de monter et de se croiser des boulevards de cristal habités incontinent par de jeunes familles pauvres qui s'alimentent chez les fruitiers. Rien de riche. — La ville !

Du désert de bitume fuient droit en déroute avec les nappes de brumes échelonnées en bandes affreuses au ciel qui se recourbe, se recule et descend formé de la plus sinistre fumée noire que puisse faire l'Océan en deuil, les casques, les roues, les barques, les croupes. — La bataille !

Lève la tête : ce pont de bois, arqué ; les derniers potagers de Samarie ; ces masques enluminés sous la lanterne fouettée par la nuit froide ; l'ondine niaise à la robe bruyante, au bas de la rivière ; les crânes lumineux dans les plants de pois — et les autres fantasmagories — la campagne.

Des routes bordées de grilles et de murs, contenant à peine leurs bosquets, et les atroces fleurs qu'on appellerait cœurs et sœurs, Damas damnant de longueur, — possessions de féeriques aristocraties ultra-Rhénanes, Japonaises, Guaranies, propres encore à recevoir la musique des anciens — et il y a des auberges qui pour toujours n'ouvrent déjà plus — il y a des princesses, et si tu n'es pas trop accablé, l'étude des astres — le ciel.

Le matin où avec Elle, vous vous débattîtes parmi les éclats de neige, les lèvres vertes, les glaces, les drapeaux noirs et les rayons bleus, et les parfums pourpres du soleil des pôles, — ta force.

Un feuillet du manuscrit des *Illuminations*.

Après le mot « arqué », à la treizième ligne, la main de Germain Nouveau semble se substituer à celle de Rimbaud.

neufs » (LP II, 103). Une poétique de l'exclamation cherche à briser un trop long ressassement. Elle inaugure le temps d'une « nouvelle harmonie », de « nouveaux hommes » et d'un « nouvel amour » dans « À une Raison » (104), poème d'instauration, d'avènement et non plus d'événement, évangile nouveau pour une éternité et une universalité enfin vraies (« Arrivée de toujours, qui t'en iras partout »).

À une heure matinale, désignée plus souvent comme une aube que comme une aurore, « l'aube d'été », dans « Aube » (122-123) et dans « Ornières » (112), ce départ se fait bien, là encore, vers de « splendides villes » (85). Et il ne s'agit plus ni de Paris ni de Londres, et pas davantage de Stuttgart, où Rimbaud n'est arrivé qu'au début de l'année 1875. Il ne s'agit même plus des villes de la Bible, maudites ou saintes, les Sodomes et les Solymes (Jérusalem) de « Nocturne vulgaire », mais de villes imaginaires. Elles devraient être si splendides, ces villes, qu'elles sont saluées dès le début par une exclamation abrupte :

> « Ce sont des villes ! C'est un peuple pour qui se sont montés ces Alleghanys et ces Libans de rêve ! » (113).

Il n'y manque ni la préoccupation sociale, ni la préoccupation technique ou technicienne, ni l'amplitude géographique. Mais des doutes surviennent dans l'esprit du lecteur : convoque-t-on le monde réel pour construire, quand on veut l'abolir ? Le *rêve* ne renvoie-t-il pas à la tentative du Voyant, congédiée dans *Une saison en enfer* ? Le poète n'est-il pas en proie à des délires qui pourraient être des « Délires » [III] ? La multiplication prend dans « Villes » [I] des proportions inquiétantes, et la prolifération ne va pas sans écroulement, dans une étonnante architecture de l'impossible. Tout aussi inquiétante, et d'abord pour le poète lui-même, est l'outrance signalée dès le début de « Villes »

[II], une énormité qui recouvre du vide (LP II, 117-119). « L'élément démocratique », en revanche, y est singulièrement réduit à « quelques cents âmes », tandis que l'élément aristocratique n'envahit l'espace que pour s'y perdre et s'y dissoudre. Quant à « Ville », cette fois au singulier (111-112), elle n'apparaît ni comme une splendide ville ni comme une ville élue : uniforme au point de départ, monotone comme les villes des utopistes, elle n'est même pas une Cité du Soleil. La prolifération y est d'autant plus absurde que tout ce qui s'y rassemble s'y ressemble. Et dans la longue phrase finale, qui se perd bien plutôt dans l'infinitude, les « spectres nouveaux » qui surgissent ne sont que les croquemitaines des hantises anciennes et des vieilles mythologies.

« Promontoire » peut apparaître comme la création urbaine la plus éblouissante dans les *Illuminations* (139-141). Mais si le poème s'ouvre sur « l'aube d'or » (visuellement, auditivement, aube et aurore ensemble), le processus est plus accumulatif que jamais, et il est bien compact, en définitive, cet ambitieux « palais-Promontoire ».

L'« Adieu » d'*Une saison en enfer* congédiait les « couples menteurs », à commencer, bien sûr, par celui de Verlaine et de Rimbaud. Leur aventure est mise à distance dans les *Illuminations*. On dirait même que le poète cherche à faire silence sur elle. La fadeur verlainienne est tournée en dérision, *étouffée* même dans les « Phrases » (106-107). Pourtant le « couple de jeunesse » qui apparaît à la fin de « Mouvement » (150) ressemble à celui que les deux compagnons formaient quand ils traversaient la Manche, celui qu'a peut-être évoqué idéalement Verlaine dans « *Beams* », le dernier poème des *Romances sans paroles*. Il peut être tout aussi bien un couple *nouveau* (sans jeu de mots), « s'isol[ant] sur l'arche » pour préparer le renouvellement, le repeuplement du monde, quand, après la catastrophe et la traversée de la nuit, reviendra le temps, sinon du *Fiat Lux*, du moins de l'*illuminatio*.

L'exception la plus notable est « Vagabonds » (LP II, 115-116). Mais le partenaire y est dès le début présenté comme un « pitoyable frère ». Avec lui, les « veillées » étaient « atroces », l'« entreprise » matinale ne constituait qu'une occasion de reproches, comme s'il s'obstinait à la déclarer d'avance vouée à l'échec. Il ne savait que « hurl[er] son songe de chagrin idiot ». Jamais, *a posteriori*, l'évasion n'a semblé plus nécessaire, ou le repli sur soi. Dans les dernières lignes le *moi* vient d'ailleurs se substituer au *nous*, l'espoir de « trouver [seul] le lieu et la formule » à la vaine errance à deux, à l'erreur de l'impossible couple.

Il est d'autres couples douteux, peut-être menteurs, dans les *Illuminations*, qui sont loin d'être toujours des poèmes de la vraie ferveur. Celui que forment Henrika et son mari, dans « Ouvriers », risque de n'être qu'un couple d'« orphelins fiancés » — la fiancée n'étant elle-même qu'une ombre inconsistante, « *une chère image* » (110). L'exaltation de l'homme et de la femme « superbes » qui, à grands cris, se déclarent rois, mais ne vivent qu'une royauté d'un jour (« Royauté », 103), est plus suspecte encore et, en même temps, Rimbaud semble tourner en dérision l'entrée à Jérusalem, le jour des Rameaux, de Jésus-Christ, le prétendu « roi des Juifs ».

Au faux doit se substituer le vrai. L'exigence formulée à la fin d'*Une saison en enfer* appelle un accomplissement, attendu dans les *Illuminations*. On sait quelle en est la condition : selon un mouvement amorcé dès le début d'« Alchimie du verbe » (« À moi », 68), se reprendre et être pleinement soi-même, « *dans une âme et un corps* » — les siens (86). L'illumination fondatrice correspondrait alors, non plus à la formule de 1871, « Je est un autre », mais à « Je est *je* », pleinement *je*, multiplié, enrichi, intense. L'« ardente patience » est peut-être cela, ce consentement à être enfin soi, et l'« ardente hygiène » de « H » (LP II, 148) une réduction à soi, moins suspecte que l'idée gobinienne de pureté de la race aryenne ou que l'évocation de la pratique sexuelle solitaire à laquelle trop souvent on a réduit ce poème.

« Posséder la vérité » trouve un écho, peut-être plus qu'un prolongement, dans « Conte ». Le Prince qui en est le protagoniste et qui rappelle inévitablement le fantasme de « nature princière » dans « Âge d'or » veut « voir la vérité, l'heure du désir et de la satisfaction essentiels » (95-96). Cela n'a plus rien de commun avec le jeu de substitution du Voyant, au perpétuel effort pour voir une chose à la place d'une autre. Voir la vérité, au terme, se confondra avec la volonté de ne plus voir que soi-même, comme le Prince finit par se confondre avec le Génie en qui il a reconnu son double.

L'affabulation orientale peut sembler désuète : c'est celle des *Mille et Un Jours* de Pétis de la Croix plus peut-être que celle des *Mille et Une Nuits*, un retour vers ce XVIIIe siècle dont Rimbaud a porté en lui quelque temps la nostalgie. Mais, là encore, l'imagerie conventionnelle est dépassée, subvertie même. Dans « Conte » se déroule un drame, qui relève de ce que James Lawler a appelé *The Theatre of the Self*. « Génie » (150-152) continue ce récit en magnifiant davantage la figure orientale à la fois fascinante et inquiétante que Rimbaud avait mise en place dès 1871 dans « Les Sœurs de charité » (LP I, 191). Les thèmes et motifs essentiels des *Illuminations* sont présents dans ce poème en prose, qu'Yves Bonnefoy considère à juste titre comme l'un des plus beaux de la langue française : le nouvel amour, « mesure parfaite et réinventée » ; le nouveau corps, « dégagement rêvé », « brisement de la grâce croisée de violence nouvelle » ; la nouvelle harmonie, « musique plus intense », mais aussi « chant clair des malheurs nouveaux ».

Nul poème n'est plus riche en exclamations que cet extraordinaire hymne en prose, où le lyrisme est, dans la partie centrale, porté à l'incandescence. Le début, plus lent, déjà incantatoire, fonde la célébration sur des équivalences, sur ce qu'on peut appeler, au double sens du terme, une reconnaissance, car il s'agit à la fois de reconnaître le Génie de « Conte » et de lui adresser des paroles de reconnaissance. La dernière phrase se déroule comme un immense verset de la grâce, là encore dans les deux sens du mot. Cette grâce n'est plus croisée de violence. Elle naît de la bénévolence d'une figure divine, qui rend reconnaissance pour reconnaissance (« Il nous a connus tous et nous a tous aimés »). Mais ce dieu n'est même pas évasif ; il ne dit rien. Perpétuellement mobile, voyageur comme Hermès, et secret comme lui, il est essentiellement évanescent sans jamais s'évanouir tout à fait.

L'automne d'« Adieu » est passé. On est entré dans la « nuit d'hiver ». La navigation de la vie continue. Ce n'est plus celle, tumultueuse, du « Bateau ivre », ni celle de l'autre barque de Charon dans l'« Adieu » d'*Une saison en enfer*, mais celle d'une quête infinie pour retrouver celui qu'on a trouvé, ou qu'on a cru trouver. Le règne de la nuit, en tout cas, est aboli. Au-delà de l'aurore, c'est décidément le jour : c'est sur ce mot que s'achèvent « Génie » et peut-être les *Illuminations* tout entières.

Il n'est malheureusement pas sûr que Rimbaud ait prévu de placer « Génie » à la fin du recueil qui, dans son état matériel, n'était peut-être qu'une liasse, et qui est apparu comme tel à son premier éditeur, Félix Fénéon, quand il a préparé le texte pour *La Vogue* en 1886. Il était même si incertain, cet ordre, que Fénéon l'a modifié dans le temps fort bref qui sépare les livraisons de la revue et la plaquette publiée aux éditions de la Vogue. « Génie » ne pouvait être placé à la fin ni dans l'un ni dans l'autre cas, puisqu'il fait partie des cinq poèmes en prose plus tardivement révélés dans l'édition Vanier des *Poésies complètes* de Rimbaud en 1895. Il en est de même pour « Solde » (LP II, 135-

136). Mais, à partir de là, une concurrence s'est établie entre ces deux textes et entre deux manières, l'une optimiste, l'autre pessimiste, de concevoir le recueil.

Les *Illuminations* sont alors tiraillées entre célébration et liquidation. La célébration rend hommage à un Génie intermittent, sinon déceptif : le Génie, assurément, des *Illuminations* que Gustave Kahn, dans son article publié le 15 août 1898 dans la *Revue blanche*, définissait comme « de *brusques éclairs de la pensée*, aussitôt notés, cursivement et tels quels » (JJL, 666) — des images fulgurantes, mais du coup fugitives, des étincelles poétiques. « Solde », au contraire, annonce que tout est « à vendre », et l'expression, devenue anaphore, scande le texte comme le ferait un marchand ou un commissaire-priseur. Mais précisément, les nouveaux Corps sont déclarés « sans prix », les richesses sont inépuisables, « jaillissant à chaque démarche », à chaque pas, comme dans les contes de fées. À vendre est ce qui n'a pas été vendu, et aussi ce qui est invendable. Le mouvement de « Solde » est un « *élan* » aussi irrépressible que celui du Génie, et il se perd dans l'infini. Un point de convergence existe entre les deux poèmes et lui seul, point idéal, non marqué, pourrait servir de point focal et même de point final aux *Illuminations*.

*
* *

On peut dès lors revenir à la question première. *Une saison en enfer* faisait appel aux clefs de l'Enfer. Rimbaud les a-t-il échangées, dans les *Illuminations*, pour les clefs du Paradis ?

Il faut placer, à côté du Paradis noir évoqué plus haut, le Paradis bleu, mais peut-être trop bleu, de « Mystique » (LP II, 121-122). Rimbaud a choisi ici une tout autre expression : « l'abîme fleurant et bleu là-dessous ». Un enfer, encore, odorant et fleuri (le premier adjectif invite à réunir ces deux significations), couleur d'azur. Un enfer qui se présente comme un Paradis retourné.

De ce poème en prose, qu'on a parfois rapproché du triptyque *L'Agneau mystique* de Van Eyck, mais qui n'en est nullement l'*ekphrasis*, on peut rapprocher « Fleurs » (LP II, 123-124), floraison dont le délire est compensé par la forme brève et contrainte : formant là encore un abîme lumineux, la mer et le ciel attirent la floraison des « jeunes et fortes roses », allégorie nouvelles de la Jeunesse et de la Force. La comparaison fait de la mer et du ciel réunis « un dieu aux énormes yeux bleus », tenant à la fois d'Hermès et d'un ange de Raphaël qui serait grossi et surmultiplié.

Tout, dans les *Illuminations*, peut se retourner en son contraire, et l'effort inouï de création en désastre. Ainsi en va-t-il, semble-t-il, de la naissance artificielle d'un Être de Beauté [*Being Beauteous*] derrière lequel on croit deviner la figure du « *Being* » de Mary Shelley dans *Frankenstein* (LP II, 99-100). Même chose pour « Les Ponts » dont « un rayon blanc, tombant du haut ciel, anéantit [la] comédie » (110). On voit passer sans « Villes » [I] une image exemplaire à cet égard, qui a fourni à Patrick Grainville le titre d'un de ses romans : « Le paradis des orages s'effondre » (LP II, 115).

Les clefs du Paradis se réduisent peut-être à la « clef » d'une « parade sauvage ». C'est ce qu'invite à penser Rimbaud lui-même dans la phrase apparemment énigmatique sur laquelle s'achève « Parade » (LP II, 98). Et seul ce jeu de mots par équivoque, ou par quasi-équivoque, donne accès à cette signification qu'il se vante, en sphinx nouveau, d'être le seul à posséder. Ne pas le comprendre est passer à côté d'un poème complexe certes, mais d'un poème qui est bien un poème-clef. Les « drôles » qui envahissent à leur tour cette scène intérieure, ce Théâtre du Moi, n'ont rien de comique. Si leur prétendue « comédie » est dite « magnétique », c'est qu'elle a quelque chose de fascinant, donc d'inquiétant. Mais le Paradis qu'ils ouvrent n'est que « le plus violent Paradis de la grimace enragée », c'est-à-dire un autre Enfer. Acharnés eux aussi à modifier les corps, Frankenstein à leur tour multipliés, « ils transforment le lieu et les personnes ». Plus brève ou plus longue que la Saison, « leur raillerie ou leur terreur dure une minute, ou des mois entiers ». Ils sont les maîtres de l'illumination — ou de quelle éternité ? Peut-être de l'« éternullité » dont parlera Laforgue.

Chapitre VII

« IL FAUT ÊTRE ABSOLUMENT MODERNE »

> « Il faut travailler à partir de la *découverte* faite par Rimbaud et Lautréamont (de la nécessité d'une nouvelle rhétorique).
> Et non à partir de la *question* que pose la première partie de leurs œuvres.
> Jusqu'à présent on n'a travaillé qu'à partir de la question (ou plutôt à reposer plus faiblement la question). »

Ce texte de Francis Ponge, recueilli dans *Méthodes*, est daté du 20 avril 1948. Le titre même du livre fait penser à « Matinée d'ivresse », dans les *Illuminations* : « Nous t'affirmons, méthode ! » (LP II, 106). Mais le mot doit être employé au pluriel, et Ponge a compris que Rimbaud, comme Lautréamont, a changé de méthode, même si le renversement n'a jamais été aussi brutal que celui qui s'est opéré des *Chants de Maldoror* aux *Poésies, préface à un livre futur*.

Dès le 15 mai 1871, Rimbaud avait affirmé, plus encore que la nécessité d'une nouvelle rhétorique, la nécessité d'une nouvelle langue : « Trouver une langue » (LP I, 153). Grâce à elle, selon lui, le poète « devra faire sentir, palper, écouter ses inventions », « donn[er] forme » à ce que le Voyant « rapporte *de là-bas* », et proposer de l'informe si ce qu'il a vu n'est que de l'informe. Cette nouvelle langue, Rimbaud la suggérait alors plus qu'il ne la créait, avec un résidu de spiritualité, de correspondances baudelairiennes, d'appel à l'Inconnu, et même d'idéologie du Progrès, d'ailleurs dépassée :

> « Cette langue sera de l'âme pour l'âme, résumant tout, parfums, sons, couleurs, de la pensée accrochant la pensée et tirant. Le poète définirait la quantité d'inconnu s'éveillant en son temps dans l'âme universelle : il donnerait plus — que la formule de sa pensée, que la notation de *sa marche au* Progrès ! » (LP I, 154).

De cette invention d'une langue il reste peu de chose : l'imagerie des « Voyelles » peut en tenir lieu ; le travail analogue sur les consonnes est resté à venir, même si l'ancien alchimiste du verbe en parle au passé après y avoir renoncé (LP II, 69 : « Je réglai la forme et le mouvement de chaque consonne »). Rimbaud n'est jamais allé jusqu'où est allé le dernier Artaud par exemple ou, beaucoup plus artificiellement, le lettrisme d'Isidore Isou, dans les années 1940. Dans « Mes Petites amoureuses », le plus agressivement novateur de ses poèmes en vers dans l'ordre lexical, ni « hydrolat » ni même « pialats » ne sont des mots inventés et le jeu sur les voyelles et les consonnes reste une combinaison d'assonances et d'allitérations.

Les lettres du temps de la Commune correspondent à la première grande poussée de modernité poétique en Rimbaud et à une volonté théorique qui s'exprime avec force dans les deux lettres dites « du Voyant ». Cette poussée s'est prolongée dans les poésies de 1872 sur un autre mode, plus (faussement) verlainien, et tout s'est refermé, comme le rappelle Ponge, sur la phrase finale d'« Alchimie du verbe » : « Je sais aujourd'hui saluer la beauté » (LP II, 77).

L'autre grande poussée de modernité poétique se trouve à la fin de l'« Adieu » d'*Une saison en enfer*.

Elle est contenue dans une phrase qui, curieusement, suit et précède à la fois un adieu : « Il faut être absolument moderne » (LP II, 85). Ponge s'est méfié d'un tel absolu, et sans doute de tout absolu ; il l'a refusé pour lui-même. Et il est significatif qu'il gauchisse la formule rimbaldienne, qu'il l'affaiblisse dans un autre texte, daté de février 1943, qui figure cette fois dans ses *Proêmes* :

« Notre devise doit être :
"Être ou ne pas être ?" — ÊTRE RÉSOLUMENT ».

Le jeu sur Hamlet s'est poursuivi dans l'œuvre de Rimbaud, d'« Ophélie » à « Vies » II dans les *Illuminations* (LP II, 102 : « J'attends de devenir un très méchant fou »). Mais la formule galvaudée, *to be or not to be*, interrogation sur la consistance et la nécessité de la vie, n'a jamais été mise par lui au service d'un doute sur le mode d'être poétique. Il a inscrit au contraire dans son texte de 1873 une affirmation forte, qui ne se borne pas à l'annonce d'un acte énergique (« résolument »), mais exprime l'ambition plus haute d'atteindre ce que Maurice Blanchot appellera *l'absolu littéraire*. Des *Poésies* répudiées à l'ouverture de cet absolu littéraire et à la tentative pour y parvenir, que de chemin parcouru, quel but, ou plutôt quel bond, quel saut inouï !

Moderne, ce mot est devenu en poésie, et plus largement en littérature, inséparable de l'exigence nouvelle : « Il faut être absolument moderne. » Cette phrase est sans point d'exclamation. Concise, elle occupe l'espace d'un alinéa entier. Elle acquiert par son ton, par sa formulation et par sa place, une qualité essentielle pour Rimbaud : la « force ».

Son ton : c'est celui d'un véritable commandement, commandement pour la poésie, mais aussi pour la vie qui en est indissociable. La formule est abrupte et ne laisse pas place à la réplique.

Sa formulation : un impératif (« il faut »), d'autant plus catégorique que l'adjectif est renforcé par un adverbe (« absolument ») qui n'admet ni le doute ni ce qui est appelé dans le prologue d'*Une saison en enfer* les « petites lâchetés en retard » (LP II, 49). « Il faut être absolument moderne » n'est pas « Il faut absolument être moderne » : ce que renforce l'adverbe, ce n'est pas l'ordre, c'est la notion, dont le texte propose un superlatif — un absolu même du moderne.

Sa place : après un trait dans la page et le constat d'un moment décisif, « l'heure nouvelle », le second et dernier mouvement d'« Adieu » prend l'allure d'une marche qui se veut victorieuse. L'impératif nouveau est brandi comme un drapeau. Car cette fin est un commencement. Il y a une tâche prioritaire, une urgence, une « aurore ».

On insiste trop, d'habitude, sur l'ouverture, sur l'appel à un avenir qui pourrait, pour notre plus grande satisfaction, se confondre avec notre modernité. Mais on ne saurait oublier le rejet qui intervient au terme d'un terrible bilan : bilan de la vie de vagabondage avec Verlaine, bilan de l'aventure poétique du « Voyant », bilan d'une récriture dans le sillage des antiques récits de catabase et dans les marges de la Bible à la tranche vert-chou.

Au terme d'*Une saison en enfer*, Rimbaud veut désormais jeter par-dessus bord toute la « vieillerie poétique ». Et comment ne serait-il pas conscient que, dans l'étrange récit même qu'il vient de faire, chemin de croix sans autre croix qu'« un horrible arbrisseau », il est resté marqué par ce qu'on lui a appris ou inculqué : le mythe de la Cimmérie dans « Délires » II, la parabole des Vierges sages et des Vierges folles dans « Délires » I, le *vanitas vanitatum* de l'Ecclésiaste dans « L'Éclair », l'imagerie pieuse de Noël et de l'Épiphanie dans « Matin », le rouge et le noir de l'Enfer dans l'ensemble de l'œuvre ? Il n'est pas même jusqu'à la forme des « feuillets de [...] carnet », fût-il de « damné », qui n'ait quelque chose de vieillot et d'obsolète : ce carnet noir serait au *Cahier vert* de Maurice de Guérin (1810-1839), tardivement découvert, ce que la messe noire est à la messe, ou ce que les baudelairiennes « Litanies de Satan » sont aux Litanies de la Vierge.

Le carnet romantique était souvent l'expression de la souffrance. Maurice de Guérin, considérant le 3 mars 1833 les huit mois qui se sont écoulés depuis qu'il a commencé de tenir son journal, note que « ces huit mois se sont passés dans les plus rudes souffrances [de l'âme] ». Les Romantiques n'ignorent pas le thème de la damnation : c'est encore le titre de l'avant-dernier chapitre de *Champavert* (1833), où le héros poignarde Flava avant de se relever, de descendre la colline et de disparaître dans la brume et la pluie. Le recueil de contes de Pétrus Borel s'achève sur un « *De profundis* », et la formule revient sous la plume du damné d'*Une saison en enfer*, par une habitude mentale qui est devenue un automatisme d'écriture et dont il a du mal à se défaire : « *De profundis Domine*, suis-je bête ! » (« Mauvais sang », LP II, 53).

Rimbaud réalise dans *Une saison en enfer* ce que Pétrus Borel appelait déjà une « rhapsodie » (c'était le titre des ses *Poésies*, publiées en 1831). La modernité se cherche parmi les décombres d'une éducation qui a mêlé le païen et le chrétien, la littérature ancienne et la littérature du XIXe siècle, ce « siècle à mains » (LP II, 49).

Presque à chaque ligne on rencontre un élément intertextuel qui constitue une gêne, et qu'il faut bousculer pour aller de l'avant. Cette prose charrie des clichés, des épaves, comme un torrent qui emporte tout. Or tout se passe comme si, à la fin de l'« Adieu », Rimbaud rejetait définitivement tout cela, dans un ultime sursaut de dégoût, y compris ce droit de citer qu'il s'est si souvent accordé au cours de l'été fiévreux de 1873. Au moment de l'« heure nouvelle », il veut se montrer « très sévère » à l'égard de tout résidu de *vieillerie*, quelle qu'elle soit. Il repousse l'imagerie infernale dont il s'est servi le temps d'une saison, les cantiques auxquels il n'a pu s'empêcher de faire allusion, la référence *in fine* à la nuit de la Passion du Christ, ce projet de contre-évangile qui convoquait inévitablement le texte même de l'Évangile. « Être absolument moderne », c'est délibérément se situer *en avant*, et non plus « à la poupe » (LP I, 145) : contre les cantiques, il faut « tenir le pas gagné », donc ne plus reculer ; les damnés sont des « *arriérés* de toutes sortes », mais désormais ils seront implacablement laissés en arrière ; l'« horrible arbrisseau », avatar de la Croix ou de l'arbre du Bien et du Mal, est relégué « *derrière* moi ». Ce *progrès*, au sens étymologique du terme (le pas en avant), est sans doute la condition du progrès poétique, de la modernité poétique qui, comme la philosophie cartésienne, passe par une *tabula rasa*, pour aboutir à une nouvelle virginité poétique.

Dès sa lettre du 15 mai 1871, Rimbaud avait défini le poète nouveau comme « *un multiplicateur de progrès* » (il soulignait lui-même l'expression), et il avait situé désormais, sans la dire moderne, la poésie à la proue : « La Poésie ne rythmera plus l'action, elle *sera en avant* » (toujours souligné par lui, LP I, 154).

Si, en 1873, il se croit obligé de réaffirmer et de radicaliser cette nécessité d'être *en avant*, c'est qu'il a conscience de ce qui a été bel et bien un échec, en 1870, sans doute, mais de nouveau dans sa tentative de 1871, et encore dans celle qui a suivi, en 1872. Si l'on en juge par les exemples, par les échantillons poétiques qu'il fournissait dans ses lettres de mai 1871, il avait, sous le coup des bouleversements de la Commune, écrit une poésie qui était moins *moderne* que *d'actualité*, en prise sur l'événement. L'expression dont il usait pour présenter à Demeny son premier poème nouveau, « Chant de guerre Parisien », était très significative : « Je commence de suite par un psaume d'actualité. » Il s'agit bien d'une sorte d'oxymore où la nouveauté radicale du contenu (l'actualité) jure avec la forme vieille du psaume, forme dont Rimbaud use d'ailleurs beaucoup moins dans ce poème que de celle, vieillarde (au sens où Péguy dira que Hugo vieillissait vieux, et que Leconte de Lisle vieillissait vieillard), du « Chant de guerre circassien » de François Coppée. La charge rimbaldienne, la « poésie objective » (celle qui, délaissant le sujet, se fixait sur un objet), convoquaient des formes désuètes et doublement flétries.

On comprend alors la réserve d'Yves Bonnefoy à l'égard de certains poèmes de Rimbaud en 1871, quand il se trouve retenu « sur la scène psychologique de l'existence aliénée », mais aussi dans un langage aliéné à l'heure de la libération, « aliénation » qui devrait être une « ascèse créatrice » : « poésie stercoraire », parole du « *on* médiumnique » qui dicte à Rimbaud « Ce qu'on dit au poète à propos de fleurs » (LP I, 168-175), toutes les « vomissures » de celui qui signe Alcide Bava, celui qui *bave*, celui qui, poétiquement ou du moins le croit-il, *bavarde* sur tout, et, comme dirait Paul Celan, *über Dorn*, sur l'épine tout aussi bien.

C'est aussi à ce Rimbaud de 1871, bien plus qu'à celui de 1873, que s'en est pris Milan Kundera dans la critique en règle qu'il a faite, dans *La vie est ailleurs* (1971) ou dans *L'Immortalité* (1990), du *moderne*, et particulièrement de la formule d'« Adieu ». Mais à chercher du côté de la révolte au temps de la Commune, ou des événements d'un autre mois de mai, celui de 1968, l'écrivain tchèque a manqué l'exigence nouvelle, celle sur laquelle se clôt *Une saison en enfer*, celle qui prépare les *Illuminations*.

En 1987, un poète, Claude Esteban, a publié un essai, *Critique de la raison poétique*, qui commence par la phrase de Rimbaud, « Il faut être absolument moderne ». En quatrième de couverture l'auteur précise son intention en posant la question : « Que signifie aujourd'hui pour le poète *être absolument moderne*, selon l'injonction qu'avait lancée Rimbaud ? » Et à cette question il répond :

> « Non plus, sans doute, se déprendre des "vieilleries poétiques", depuis longtemps dévaluées, mais peut-être s'inquiéter des multiples mandements qui ont fini par instaurer, tant bien que mal, une sorte de *raison poétique*, implicite parfois, impérieuse toujours. »

À l'équivoque d'un Baudelaire avançant dans un « déchirement spirituel », à une telle « conscience écartelée de l'avenir poétique », Esteban oppose l'*élan* rimbaldien, dont « Génie », dans les *Illuminations*, est la plus belle des illustrations. Dès lors, « *être absolument moderne*, c'est moins une constatation empirique de l'entendement qu'une réponse charnelle aux sollicitations mouvantes des choses et à la vigueur de l'événement pur ».

Dès les poésies de 1872, malgré le bilan d'« Alchimie du verbe », ou à cause de lui, on assisterait à une telle saisie absolue de l'instant dans lequel est *retrouvée* l'*éternité*. Être « fils du soleil », comme il est dit dans les *Illuminations* (« Vagabonds », LP II, 116), c'était « rire [...] au soleil », comme un enfant à ses « parents » (« Bannières de mai », LP I, 237), c'était vivre en « étincelle d'or de la lumière *nature* » (« Alchimie du verbe », LP II, 73). Mais le temps de l'embrasement solaire est passé, comme celui du feu infernal avec lequel il avait fini par se confondre. Au lieu de « la mer mêlée / Au soleil » (LP II, 74), où le génie devait naître comme Vénus anadyomène, Rimbaud s'est senti pris dans une impasse dont il s'est échappé à grand-peine — et cette impasse était aussi celle de la contrainte de la « vieillerie poétique ». Quand *veille* s'est, subtilement et autoritairement à la fois, substitué à *vieille*, le mouvement en avant a été lancé, le « pas gagné » s'est révélé décisif. Les *Illuminations*, venant assurément après *Une saison en enfer*, ne se contentent pas de ranimer une lumière perdue. Elles font naître la poésie à une lumière nouvelle. On peut délibérément laisser de côté les enluminures et autres « *painted plates* ». Au temps déjà lointain des gravures brillamment coloriées (LP I, 187-188), a succédé celui d'une création verbale sporadique, fulgurante, qui donne au poète, dans l'instant même, mais, il le craint, dans l'instant seul, la certitude, l'illusion peut-être, d'être un créateur *absolu*.

Cette modernité-là, Claude Esteban la caractérise comme « une modernité abrupte, absolue, intransigeante dans son exigence du *neuf*, difficilement praticable sans doute pour celui qui cherche encore à parler et à écrire, mais plus satisfaisante sans doute que tous les retours ; celle qui se contentera de dire “un petit vide sur le mur” » (« *un pequeño vacío en la pared* », expression du poète cubain José Lezama Lima, 1900-1976). Qu'il y ait eu en Rimbaud, quand il a écrit les *Illuminations*, le besoin dévorant d'une telle modernité absolue, c'est une certitude pour le lecteur qui va de l'appel aux nouveaux déluges après une création manquée à l'hymne au Génie, à la célébration de la « fécondité de l'esprit » et de l'« immensité de l'univers » né de cet esprit même, à l'annonce — enfin — du « dégagement rêvé ». « Son jour ! » : c'est bien une nouvelle aurore, ou, mieux, *l*'aurore. « Son pas ! » : c'est bien le *pas*, mieux que *gagné*, grandi, mythifié comme le pas d'un géant.

La rédaction est-elle, dans les *Illuminations*, à la hauteur de l'ambition, telle doit être l'interrogation nouvelle, même quand, conformément au schéma suggéré par Ponge, le temps de l'affirmation succède au temps de la question. Interrogation du lecteur de Rimbaud, et peut-être interrogation de Rimbaud lui-même.

Le premier degré de la voyance était illustré, selon une modalisation plus prudente, par Jules Verne dans *Voyages et aventures du capitaine Hatteras* (1866) à l'approche des icebergs :

> « Ne dirait-on pas une ville étrange, une ville d'Orient avec ses minarets et ses mosquées sous la pâle lueur de la lune ? »

On pourrait multiplier les analogies entre « Le Bateau ivre » et les romans d'aventures qui s'affinent au XIXe siècle dans la catégorie du roman scientifique. N'est-il pas une autre *Nautilus*, à la manière du navire de *Vingt mille lieues sous les mers* ? Rimbaud, d'une autre manière, rencontre bien la littérature moderne dans l'un de ses aspects, l'imagination des romanciers ne se passant pourtant pas plus que la sienne du support odysséen. Comme avec Ishmael dans le célèbre roman de Herman Melville, *Moby Dick* (1851), le Bateau ivre remonte vers le monstre antédiluvien qu'était le Léviathan (LP I, 205). Les romanciers du XIXe siècle ont multiplié ces monstres qui figurent aussi dans le catalogue des manifestations de l'hallucination simple dressée dans « Alchimie du verbe » (LP II, 71 : « les monstres, les mystères »).

Les deux références, l'antique et la moderne, se trouvent réunies dans l'expression étonnamment synthétique de « Dévotion », dans les *Illuminations* :

> « Ce soir, à Circeto des hautes glaces, grasse comme le poisson, et enluminée comme les dix mois de la nuit rouge — (son cœur ambre et spunk), — pour ma seule prière muette comme ces régions de nuit et précédant des bravoures plus violentes que ce chaos polaire » (LP II, 142).

Ce n'est pas la seule manifestation de l'imagination polaire qui, dans ces poèmes en prose, prend la relève de l'imagination solaire ou, mieux, de la possession solaire à la fois appelée et redoutée dans les poésies de 1872, puissamment évoquée et finalement rejetée en 1873 dans « Alchimie du verbe ». Le motif est déjà présent dans « Après le Déluge » (LP II, 90 : « Et le Splendide-Hôtel fut bâti dans le chaos de glaces et de nuit du pôle »). La description est étendue dans « Barbare » (LP II, 131-133). C'est sur une évocation polaire, plus lumineuse, que s'achève « Métropolitain » (131). Il en demeure une touche, et même un fond de décor, dans « *Being Beauteous* », où la création de l'Être de beauté se fait dans ce qui était le dernier paysage du *Frankenstein* (1818) de Mary Shelley.

On pourrait encore parler, à propos de ce verset de « Dévotion », d'un effet de double parodie : parodie du roman de conquête scientifique ou, plus précisément, du récit polaire, dont *The Narrative and Adventures of Arthur Gordon Pym of Nantucket*, publié par Edgar Poe dès 1838 et traduit par Baudelaire, en 1857-1858, sous le titre *Les Aventures d'Arthur Gordon Pym*, fournit une manière de paradigme ; parodie aussi de la mythologie homérique puisqu'à Circé, mi-déesse, mi-magicienne, se substitue son étrange avatar, Circeto, à la suite de la double modification par le diminutif dérisoire et par le masculin inattendu. On en vient à se demander si les implications de ce dixième acte de dévotion ne sont pas multiples et si les effets n'en sont pas pervers. On croit même deviner une allusion à Verlaine, dans la troisième dévotion (« À Lulu, — démon — qui a conservé un goût pour les oratoires du temps des Amies et de son éducation incomplète. Pour les hommes ! À Madame*** »). Mais la poésie l'emporte sur l'ironie, et la submerge dans ce qui est aussi une septième vague du texte, la plus grosse : glissement des mots (glaces / grasse), qualification par des substantifs à la fois précieux et étranges (« son cœur ambre et spunk »), multiplication des comparaisons (on pense au « comme comme » de Michel Deguy), appel à des oxymores (nuit enluminée, prière muette), l'illumination va à la fois vers les confins du monde, vers les confins de la lumière et vers les confins de la parole. Il n'est pas jusqu'à l'hermétisme du texte qui ne fasse penser à ce qui était dit du capitaine Achab, le chasseur de baleines, de la Vraie-Baleine (« *Right-*

Whale ») dans *Moby Dick* : « Chaque révélation valait plus par son obscurité qu'une explication lumineuse. »

Quand il disait adieu à la Beauté, dans *Une saison en enfer*, soit en l'injuriant après l'avoir assise sur ses genoux (LP II, 47), soit en la saluant ironiquement (LP II, 77), Rimbaud niait plus fortement que jamais l'existence de Dieu comme artiste suprême et reconnaissait une erreur de sa propre orientation poétique. Après cela, y avait-il encore place pour une quelconque Beauté ? La poésie était-elle de nouveau possible ? Une solution esthétique n'est pas vraiment esquissée dans les dernières lignes d'*Une saison en enfer*. Mais le principe est nettement posé, et c'est donc « Il faut être absolument moderne ».

La Beauté, Edgar Poe l'avait associée à la Vérité dans cette sorte de poème cosmogonique qu'était *Eureka ; an Essay on the Material and Spiritual Universe*, dédié au savant allemand Alexandre von Humboldt, l'auteur de *Cosmos*. *Eureka* avait été publié en 1848 et traduit par Baudelaire (1860-1864). L'écrivain américain offrait ce « Livre de vérités » aux « rêveurs et à ceux qui ont mis leur foi dans les rêves comme dans les seules réalités », moins à cause de ces vérités mêmes qu'« à cause de la Beauté qui abonde dans sa Vérité ». C'était, pour lui, la justification même du nom de « poème ».

Rimbaud, dans les *Illuminations*, pourrait prendre au pied de la lettre la formule sur laquelle dissertait longuement Poe dans le quatrième chapitre d'*Eureka* : « Il faut être Dieu même ! » Car, pour lui, Dieu n'est pas l'incompréhensible qu'on peut espérer un jour comprendre, l'énigme suprême dont celle de « H » pourrait être la reprise ironique (« trouvez Hortense », LP II, 149), l'idée d'absolue unité n'est pas la clef de voûte d'un univers recréé par la consistance (*consistency*), ou plutôt par la cohérence du langage. La cosmogonie moderne de Rimbaud, dans les *Illuminations*, ne saurait conduire, comme celle de Poe, à « l'Esprit de Dieu », mais à un « Génie », apparaissant et disparaissant, qui est bien davantage le génie du poète et le génie du verbe. Car, plus encore que dans l'ouvrage de Poe, qui se présentait aussi comme un à la manière des traités philosophiques, le langage poétique est ici l'instrument d'une nouvelle Genèse, ou plus exactement d'une Genèse recommencée. Le texte placé en tête du recueil par tous les éditeurs depuis Félix Fénéon, « Après le Déluge » (LP II, 89-91), lance un appel à de nouveaux bouleversements : le monde renaissant peu à peu après le Déluge se révèle plus insatisfaisant que jamais ; il faut donc l'abolir, le recouvrir, pour permettre une nouvelle cosmogonie. Du moins est-on conduit à le supposer, car ce poème en prose s'achève de manière élusive. L'évocation cataclysmique est une étonnante *mimèsis* de la montée des eaux : non plus « les vagues à l'assaut des récifs », comme dans « Le Bateau ivre », non plus les vagues de la dévotion, mais un surcroît de menaces, une manière de *monter* et de *relever* toujours plus haut *les déluges*. La multiplication des déluges, se substituant à l'unique Déluge raconté dans la Bible, ne laisse surnager nulle arche de Noé : l'« écume » doit « roul[er] sur le pont » (du navire), à moins que, comme dans « Mouvement », sur un vaisseau qui rappelle davantage celui des conquistadors, des modernes « conquérants du monde », et qui est même une nef de la science, de la technique et de la découverte, un « couple de jeunesse », « s'isol[ant] sur l'arche », ne représente le poète et son génie.

Le poète n'est pas ici celui qui attend l'acte de Dieu, comme Hugo, ou celui qui le recommence, comme Claudel. Il le corrige parce que la Genèse a été manquée. Au « *Fiat Lux* » dont Dieu aurait le privilège s'oppose l'*illuminatio* qui projette une autre lumière, fugitive mais intense, à l'image de la poésie de Rimbaud. Cette nouvelle création explose en fragments comme le nouveau chaos a fait exploser le monde. Destruction et Création alternent sans doute, mais participent de la même essence et de ce même génie qui est celui des « bravoures violentes » de « Dévotion », des effets certains (les « certitudes ») de « Soir historique », de l'ivresse de « Matinée d'ivresse », des « magies » de « Veillées » III. Comme Nerval dans le *Voyage en Orient*, Rimbaud nous rend sensibles à la présence d'un feu souterrain qui n'est plus le feu infernal d'*Une saison en enfer*, mais la chance d'une purification et d'un recommencement.

Poe rythmait d'une manière analogue la cosmogonie d'*Eureka*. Selon son vœu, « un nouvel univers [devait faire] explosion dans l'existence, et s'abîm[er] à son tour dans le non-être, à chaque soupir du cœur de la Divinité ». Et, se retournant vers l'homme, donc vers lui-même, il ajoutait :

> « Et maintenant, ce Cœur divin, quel est-il ? *C'est notre propre cœur.* »

Rimbaud, à son tour, évoque dans « Barbare » « les feux à la pluie du vent de diamants — jetée par le cœur terrestre éternellement carbonisé pour nous » (LP II, 132). Le monde nouveau procède des violences, mais aussi des « douceurs », à la faveur d'une alliance des « monstruosités » (« H ») et des mysticités (« Mystique »). Le nouveau « Bien », le nouveau « Beau » sont salués, dans « Matinée d'ivresse », par une « fanfare atroce », mais il doit en naître une « musique » (« Barbare »), une « nouvelle harmonie » (« À une Raison », 104).

Ce dernier texte est sans doute celui qui rend compte le plus complètement des trois termes essentiels constituant ce qu'on serait tenté d'appeler le nouvel évangile rimbaldien, en tout cas une autre promesse, celle qu'on entend sonner dans « Génie » : après l'inauguration de la « nouvelle harmonie » viennent « la levée des nouveaux hommes » et « le nouvel amour » destiné à faire oublier le faux amour des « couples menteurs ». De quelque côté que se tourne la Puissance démiurgique, qu'elle se « détourne », ou qu'elle se « retourne », c'est désormais toujours, partout, ce nouvel amour qui doit s'instaurer.

Une fois encore, le texte de ce poème en prose prouve qu'à la parodie succède, dans les *Illuminations*, une féconde conjonction de l'imagerie ancienne et des exigences modernes. La « levée des nouveaux hommes » fait penser aux *spartoi*, les hommes semés par Cadmos dans les sillons thébains, mais aussi à la conscription moderne, aux « conscrits du bon vouloir » dans « Démocratie » (LP II, 142-143). La tête qui se détourne et se retourne a le même mouvement que le *numen*, désignant en latin à la fois ce geste et la divinité toute-puissante qui en a le privilège. Mais le « nouvel amour » s'aligne aussi sur le « nouvel ordre amoureux » revendiqué par Charles Fourier (1772-1837) et l'utopie moderne.

C'est à l'utopie qu'appartient « Ville » (LP II, 111), « une métropole crue moderne » sur laquelle passe un doute qui peut-être n'épargne pas la modernité. L'élimination de l'ancien, du connu, des temples ou des églises, risque de n'aboutir qu'à une réduction appauvrissante, à une lassante monotonie, à une uniformité généralisée. La vie même se trouve menacée d'abolition, alors que Rimbaud passe pour avoir voulu la changer. La dernière phrase reste suspendue, comme étouffée par les menaces mortelles dont elle est porteuse. Comme elle, peut-être, sont restées suspendues les *Illuminations*, dans leur incertitude et leur inachèvement.

L'idée la plus couramment admise est que Rimbaud devient absolument moderne quand il abandonne les vers au profit de la prose. Verlaine avait déjà été frappé par ce « prosateur étonnant » qui se révéla en lui quand il le fréquenta. André Breton affirme en 1920 que « les *Illuminations* n'ont rien à voir avec le système métrique » et que « c'est à elles qu'il a été donné d'entrer en communication avec notre moi le plus intime, à elles qu'il appartient de nous faire goûter les délices de cette *chasse spirituelle* qui n'est pas seulement pour nous un manuscrit perdu ».

Ces témoignages ne peuvent être invoqués sans nuances ni sans précautions. Verlaine est resté très attaché au vers régulier. Breton qui, après Rimbaud, a pratiqué et le vers libre et le poème en prose réagit dans le texte précédemment cité à l'attaque en règle de Max Jacob contre Rimbaud dans la préface du *Cornet à dés* (1917). Il ne veut pas croire que « Rimbaud n'a[it] ni style ni situation », qu'« il ne condui[se] qu'au désordre et à l'exaspération », qu'il présente non ce « bijou » que doit être le poème en prose, mais « la devanture du bijoutier ».

Rimbaud voulut être « un inventeur bien autrement méritant que tous ceux qui [l'avaient] précédé » (« Vies » II, LP II, 101). Mais il reconnaissait précisément que d'autres, avant lui, avaient inventé le poème en prose : s'il ne fait jamais allusion au *Gaspard de la nuit* (posthume, 1842) d'Aloysius Bertrand (1807-1841), s'il ne se réfère jamais au *Spleen de Paris* (publié en 1869 après la mort de Baudelaire), il peut difficilement ignorer ces pionniers. Certes, Breton leur reprochera de n'avoir cessé de se placer dans le cadre du « poème », au risque d'établir « un modèle du genre », de fixer « la règle du nouveau jeu » et de faire en sorte que désormais on puisse « compos[er] des poèmes en prose tout comme des sonnets ». Mais c'est pour donner un coup de griffe à Max Jacob. Bertrand est resté tourné le plus souvent vers le passé et il conservait les illusions de l'alchimiste du verbe que Rimbaud a abandonnées. Baudelaire, tout en voulant appliquer le procédé à la vie moderne, est resté « subjectif » quand il a « rêvé le miracle d'une prose poétique, musicale, sans rythme et sans rime, assez souple et assez heurtée pour s'adapter aux mouvements lyriques de l'âme, aux ondulations de la rêverie, aux soubresauts de la conscience » (lettre à Arsène Houssaye servant de préface au *Spleen de Paris*).

Rimbaud se distingue de ses prédécesseurs par son

évolution. Pour une fois, il est plus lent, moins radical qu'eux. Il pratique des formes qu'on peut dire intermédiaires. En 1871, il tendait le vers au point de le rendre parfois abrupt. En 1872, au contraire, il cherchait à l'assouplir. Quelquefois même, une bribe de prose intervenait, créant la surprise, telle cette remarque finale venant après six strophes d'alexandrins : « Ce n'est rien : j'y suis ; j'y suis toujours » (« *Qu'est-ce pour nous, mon cœur...* », LP I, 226). Il est probable que « Marine » et « Mouvement », poèmes en vers libres qui appartiennent au « manuscrit » des *Illuminations*, représentent, comme l'a suggéré Breton, une étape intermédiaire, une tentative sans lendemain, et, si l'on peut dire, un double *hapax*.

Là encore, bien des nuances sont nécessaires. Sur le feuillet 22 du manuscrit conservé à la Bibliothèque nationale, « Marine » est suivi d'un bref poème en prose, « Fête d'hiver », qui lui fut même amalgamé, fautivement, dans la première édition de 1886. On pourrait parler du glissement d'un texte vers l'autre, si « Marine » n'était précédé tout aussi bien d'un poème en prose, que ce soit « Fleurs » (sur le feuillet du manuscrit numéroté 20 par l'éditeur) ou « Nocturne vulgaire » (au recto — ou au verso —, numéroté 21, feuillet 22).

« Fête d'hiver » est constitué d'un seul alinéa, aéré, il est vrai, par des tirets. « Nocturne vulgaire » se compose d'un long premier alinéa, toujours coupé de tirets, avant une séquence de trois alinéas plus brefs dont le dernier dépasse à peine la longueur d'un alexandrin. « Fleurs » correspond encore à un autre type : une succession de trois alinéas qui ne sont ni des paragraphes de prose ni des versets, mais s'équilibrent parfaitement. Bien plus, « Marine » et « Mouvement » ne se ressemblent guère : le premier de ces textes (LP II, 126), hésitant entre la prose et le vers, avec deux reprises, au vers 1 et au vers 5, une indentation (décalage à droite du premier mot) comme pour le départ d'un paragraphe, a pu apparaître à certains critiques

(André Guyaux, Michel Murat) comme une manière de prose versifiée ou de vers prosé ; le second texte (LP II, 149-150) ménage des blancs strophiques, hache la syntaxe sans la bousculer, mêle vers courts et vers plus longs, introduit même des vers de douze syllabes (« Les voyageurs entourés des trombes du val », « Cherchant la fortune chimique personnelle », « Un couple de jeunesse s'isole sur l'arche ») dont l'un constitue un alexandrin de facture classique, même si le lexique en est moderne (« Le sport et le comfort [*sic*] voyagent avec eux »).

Deux fois deux questions doivent alors être posées. Dans « Mouvement », où finit le vers régulier, où commence le vers libre ? Dans l'ensemble des *Illuminations*, où cesse le vers, où revient-on à la prose ? « Aube » (LP II, 122-123) est encadré par deux octosyllabes, le premier plus régulier (« J'ai embrassé l'aube d'été »), le second bousculé pour accueillir comme une révélation la plénitude solaire (« Au réveil il était midi »). La première des « Veillées » (LP II, 119-120) a pu être considérée comme un troisième poème en vers libres dans les *Illuminations*, faisant cette fois des concessions à l'assonance et même à la rime.

Dès lors, plutôt que de parler du poème en prose dans les *Illuminations*, mieux vaut souligner qu'aucun de ces textes n'obéit à un patron, qu'aucun ne ressemble aux autres. S'il n'invente pas le poème en prose, Rimbaud le réinvente sans cesse, dans des gestes d'écriture qu'il est vain de vouloir ordonner selon la chronologie d'une progression, encore moins d'un progrès. Et cette perpétuelle réinvention constitue sa modernité même. Rimbaud ne cherche pas, comme Baudelaire, à capter le fugace dans une forme stable. Une forme toujours fuyante est en quête d'un absolu qui se dérobe sans cesse. Pour reprendre les termes d'André Breton, sans les juxtaposer, comme il le fait, Arthur Rimbaud n'est plus « l'endormeur de l'Académie d'Absomphe », il représente, à lui seul, « une espèce d'absolu ». La ligne de fuite va dans la direction d'une ligne de faîte qui nous éblouit, mais se dérobe. Le poète lui-même en eut conscience. Il n'exprime rien d'autre dans « Génie », un texte qui trouve sa parfaite unité dans la multiplication des formes de la célébration.

Qu'il y ait eu évolution du vers pour aboutir à la prose, cela ne fait pas de doute, même si cette évolution n'est pas aussi simple que l'a cru Breton. Mais il faut ajouter qu'une évolution s'est produite, parallèlement, dans la prose rimbaldienne. Les textes disparus font ici cruellement défaut. Nous devons apprendre à nous passer de *La Chasse spirituelle* et de *L'Histoire magnifique*. Mais d'*Un cœur sous une soutane* aux *Illuminations*, que de chemin parcouru ! La « bête nouvelle » faisait la caricature de la vieillerie poétique, et en particulier de cette « forme vieille » (LP I, 155) que Rimbaud reproche à Lamartine, le défunt « cygne des vers » (LP I, 96). Mais elle n'innovait guère pour ce qui est de l'écriture : ces feuillets d'un séminariste bêlant et bêtifiant ne laissaient pas présager les feuillets du carnet de damné.

C'étaient encore des feuillets que les « écritures » du « tout jeune *homme* », dans *Les Déserts de l'amour* (LP I, 208-211). Ils se réduisaient, il est vrai, à un diptyque, à ce qu'on pourrait appeler, avant Yves Bonnefoy, des « récits en rêve ». L'« Avertissement » qui les précède a des allures de confession. Celui qui n'est même pas ici un Cuif errant, puisqu'il se déclare « sans mère », se réclame plus des « Mahométans légendaires » (les sept Dormants de la légende, comme l'a rappelé Salah Stétié) que de son éducation chrétienne. On ne croit guère, d'ailleurs, ni aux « douces considérations religieuses » qui se dégageraient de ses rêves ni aux « consolations sérieuses » qu'il est en droit d'attendre. Sans être moderne au sens plein du terme, la prose est ici admirablement adaptée aux envolées et aux soubresauts du rêve, à ce que ce tout jeune homme appelle « la fuite du bonheur ».

À cet égard, l'expérience n'est pas différente de celle qui est exprimée dans la complainte « *Ô saisons, ô châteaux* » et à la fin d'« Alchimie du verbe ». *Une saison en enfer*, qui dès le début devait être une suite d'« histoires atroces » (LP II, 33), n'est pas sans modèles. On pense en particulier à William Blake et au *Mariage du Ciel et de l'Enfer*, sans parler des modèles musicaux qu'a finement proposés Yoshikazu Nakaji. Mais à ces « quelques feuillets » Rimbaud a donné cette fois une forme définitive ; il a conçu à partir d'eux une composition géniale, destinée à devenir exemplaire (pour un poète comme Jean-Pierre Duprey [1930-1959] par exemple) au lieu d'accueillir des modèles ou de les ruiner.

Le damné a une conscience. Il n'a même peut-être que cela. Et c'est moins une conscience morale où il remâcherait ses péchés (il lui arrive de les trouver « magnifiques ») qu'une conscience aiguë attentive aux moindres variations de son être. La prose de Rimbaud, dans *Une saison en enfer*, veut être d'abord un instrument d'analyse pour ces sauts brutaux. La simple séparation, le trait suffit dans « Mauvais sang » pour créer une rupture. Ou bien l'écrivain se contente d'une antithèse fruste, et d'autant plus vigoureuse :

> « Je serai mêlé aux affaires politiques. Sauvé.
> Maintenant je suis maudit » (LP II, 52).

De brèves exclamations, venant secouer ce long monologue (et l'étonnante confession prêtée au compagnon d'enfer dans « Délires » I), expriment le pressentiment d'un dénouement peut-être catastrophique (« Assez ! »), l'étonnement feint ou réel (« Ah, çà ! »), l'acceptation de l'évidence (« Oui »), ou au contraire le refus (« Non ! »). Ces mots d'une ou deux syllabes contribuent à un rythme nerveux, où l'envol est immédiatement bridé, où le lyrisme brûlé au feu de l'enfer n'est libéré qu'à des fins de dérision et pour des retombées brutales.

On les retrouve dans les *Illuminations*, que nul aujourd'hui ne situera avant *Une saison en enfer*. Rimbaud y pratique une poétique de l'interrompu, celle qu'annonce le titre communiqué par Verlaine. Le « Non ! » qui met fin à la « magie bourgeoise » et qui inaugure le dernier alinéa de « Soir historique » (LP II, 146) n'annonce pas seulement le retour des cataclysmes, comme dans « Après le Déluge » : il rompt avec ce qui a été lu comme avec ce qui est prétendument à lire, le *legendum*, la « légende ».

Claudel a voulu entendre dans la fin d'*Une saison en enfer* une note d'une « pureté édénique ». Et, suivant la chronologie de l'époque, il plaçait cette *Saison* au terme de l'itinéraire poétique de Rimbaud, d'autant plus qu'il était désireux d'y entendre la promesse de la conversion finale. C'était oublier le refus des cantiques, la volonté de « tenir le pas gagné » et d'être « absolument moderne ». Rimbaud l'avait dit clairement dans « L'Impossible » : c'est à un autre Éden qu'il songeait (LP II, 79). Il voulait du *neuf* (« Départ », LP II, 103), une vraie « vue d'aurore » (« Veillées » III, 121), un « chant clair » (« Génie », LP II, 152). Mais il était trop lucide pour ne pas découvrir en même temps la face d'ombre et pour ne pas échapper à cette satisfaction trop facile que proclament ses dévots intempérants.

Chapitre VIII

SOLDE(S)

Quand, à la fin du texte sur Alfred Jarry qui figure dans *Les Pas perdus* (1924) et qu'il date de 1918, André Breton écrit que la statue de Memnon ne chanta jamais plus à propos :

VALSE

Je fus pendant longtemps ouvrier ébéniste

il reprend la célèbre Chanson du décervelage dans *Les Paralipomènes d'Ubu*. Mais comment ne pas retrouver derrière cette *coda* celle de l'œuvre poétique de Rimbaud telle que l'a révélée la première publication de sa lettre à Delahaye du 14 octobre 1875 ? Renvoyant définitivement Verlaine, le « Loyola », à ses « grossièretés », Rimbaud évoque sans guère plus de délicatesse la chambre où il craint de se trouver bientôt s'il est appelé au service militaire : un « Rêve » pioupiesque, comme « Le Cœur supplicié », mais en vers de mirlitons, est suivi d'une « Valse » où il entraîne le fils des propriétaires du nouvel appartement de Charleville, 31, rue Saint-Barthélemy :

Valse

On nous a joints, Lefêvre et moi, etc. (LP II, 157-158).

Breton croira plus tard, dans *Situation surréaliste de l'objet* (1935), assister, grâce à ces couplets, au « triomphe absolu du délire panthéistique, où le merveilleux épouse sans obstacle le trivial et qui demeure comme la quintessence des scènes les plus mystérieuses des drames de l'époque élisabéthaine et du *Second Faust* ». C'était beaucoup dire, et il faut se forcer pour juger avec lui ce texte « entre tous admirable » et le considérer avec Mario Richter comme l'une des « deux cimes de Rimbaud » — l'autre étant « Dévotion », dans les *Illuminations*.

Beaucoup plus justement, Jean-Jacques Lefrère en parle comme d'un « texte de dérision ». « Ces vers, fait-il observer, — qui n'ont rien de tels que la rime sur les noms de fromage — tiennent moins d'un poème que d'une chanson ou des paroles d'une opérette (avec l'habituel etc. final) et sont parfaitement incompréhensibles lorsqu'ils sont extraits du contexte de cette lettre d'octobre 1875 : une chanson d'appelé entre "Le Conscrit de 1810" et "Bientôt nous repartirons" » (JJL, 729).

L'opérette, cela connaît Verlaine. Il a collaboré dans ce genre avec Emmanuel Chabrier et avec Charles de Sivry, le demi-frère de sa femme Mathilde, que Rimbaud a fréquenté chez les Zutistes. Ce pourrait être de la part de ce dernier une nouvelle moquerie à l'égard du « Loyola ». Mais c'est bien plus que cela : pour un adieu à la poésie, et cette fois définitivement, il revient à ses anciens procédés, pastiche, parodie, charge. « Rêve » et « Valse » sont un pastiche des *couplets* (et dans le second cas, à l'usage d'un *couple*, où le fils Lefèbvre, devenu Lefèvre, par bêlement, a remplacé Verlaine). C'est une charge de la vie à la caserne telle que l'imagine le futur conscrit. C'est une parodie de sa propre manière, des « Fêtes de la patience » en 1872, de sa tentation vers-libriste dans « Marine » et « Mouvement », du « Génie » même des *Illuminations*, confondu avec le « génie » au sens militaire du mot, qui ne sait plus dire indéfiniment que : « Je suis le

Roquefort ! » ou « Je suis le gruère / Et le Brie... ». Yves Bonnefoy a parfaitement raison d'ajouter ce commentaire : « le porteur lumineux de la promesse n'en est par ce biais que plus durement dénoncé ». Ce n'est plus seulement la « réalité rugueuse » que Rimbaud a « à étreindre », comme dans l'« Adieu » d'*Une saison en enfer* (LP II, 84), mais le bouffon, le sordide, l'excrémentiel (des « émanations », des « explosions » qui n'ont plus rien à voir — ou à sentir — avec celles du « cœur terrestre éternellement carbonisé pour nous » dans « Barbare », LP II, 132).

Est-ce extrapoler que d'interpréter « Rêve » et « Valse » comme le signe et l'aveu d'un échec ? De « je ne sais plus dire que cela » à « je ne sais plus parler » qui menaçait déjà dans le « Matin » d'*Une saison en enfer* (LP II, 82), il n'y a qu'un pas, allégrement franchi par le voyageur, l'aventurier, le commerçant d'Aden et de Harar. Non pas Hermès aux sandales ailées, mais — coup de griffe de Verlaine — « l'*homme* aux semelles de vent », et non le dieu que le démiurge des *Illuminations* avait rêvé d'être. Un mystique peut-être, mais, selon la formule de Claudel, « un mystique à l'état sauvage » et, selon toute vraisemblance, jusqu'à la fin, un mystique sans Dieu, celui des chrétiens ou celui de l'islam, « *Allah Kérim* » (JJL, 1158).

On peut lire dans cette lettre du 14 octobre 1875, qui s'ouvre sur un autre projet, passer le « bachot » ès sciences, peut-être pour devenir un jour ingénieur comme il en rêvera pour son fils (lettre aux siens du 6 mai 1883, OC, 603), la prise de conscience d'une impossibilité de tout dégagement : de Charleville, de l'obligation militaire sans doute, mais aussi, mais surtout, de ces modèles d'après lesquels il n'a pratiquement jamais cessé d'écrire — fût-ce pour les ridiculiser et les faire parler d'une voix autre.

Sans doute a-t-il eu « *une fois* une jeunesse aimable, héroïque, fabuleuse, à écrire sur des feuilles d'or »

Dessin de Verlaine, faisant doublement allusion à Rimbaud, à leur séjour commun et mouvementé à Stuttgart (la Vingince Strasse [rue de la Vengeance] se substituant à la Wagner Strasse où résidait Rimbaud), à la manière dont Rimbaud a été dépouillé à Vienne (« Vièn' ») par un cocher de fiacre. Ces « dargnières nouvelles » font donc allusion à des incidents qui datent, le premier de fin février-début mars 1875, le second d'avril 1876 (voir H, 408, JJL 697-704, 739). Voici la transcription du « Coppée » de Verlaine :

« C'est pas injuss' d'se voir dans un' pareill' situate ?
Et pas la queu' d'un pauv' keretzer sous la patte !
J'arrive à Vièn' avec les méyeur intentions
(Sans compter que j'compt' sur des brévêts dinvention)
En arrêvant j'me coll' quêqu' Fanta comm' de jusse
Bon ! V'là qu'un cocher d'fiac' m'vol' tout : c'est pas injusse ?
Voui, m'fait tout jusqu'à ma limace et mon grimpant
Et m'plant' là dans la strass' par un froid pas foutant,
Non ! vrai, pour le début en v'làty un d'triomphe !
Ah la sal' bête ! Encor plus pir' que la daromphe ! »

F. Cée

« La daromphe » désigne Mme Rimbaud. C'est, en langage verlaino-rimbaldien, le féminin de *daron* : le patron.

Dans la marge de gauche : « L'accent parisiano-ardennais desideratur. »

(LP II, 82), comme les oracles de la Sibylle de Cumes. Sans doute a-t-il cru que « la terre avait » pour lui « des versants fertiles en princes et en artistes », ceux qu'il aurait pu devenir (« Jeunesse », LP II, 137). Sans doute a-t-il espéré, *une fois* enfin, dans les *Illuminations*, créer par lui-même et connaître cette légèreté que procure le dégagement, au point de pouvoir écrire :

> « J'ai tendu des cordes de clocher à clocher ; des guirlandes de fenêtre à fenêtre ; des chaînes d'or d'étoile à étoile, et je danse » (LP II, 108).

Mais le « Matin » n'était que l'attente d'un nouveau « Noël sur la terre » (LP II, 83). Le prince, l'artiste, n'était qu'un « *homme* de constitution ordinaire », dans un étrange sonnet en prose de quatorze lignes (137-138). Les clochers des églises, toujours là, les guirlandes, comme dans les fêtes populaires, les chaînes — fussent-elles d'or — sont le support de ce qui reste un détachement plus qu'un absolu dégagement. Car « absolu » ne signifie rien d'autre, étymologiquement, que « dégagé », au sens le plus fort du terme.

L'art poétique, dans les *Illuminations*, devait s'affirmer comme une invention pure. Et c'est ainsi que, dans sa ferveur, le lecteur d'aujourd'hui croit ressentir ces textes admirables. Mais il est sûr que Rimbaud, après coup, a cessé de les percevoir comme tels. Le doute même les ronge parfois. On ne sait plus ce qui est moderne esthétique de la brisure, et bris (« les bras de cristal », LP II, 100), chute (LP II, 122), dispersion (LP II, 106), anéantissement (LP II, 110).

Et si, au lieu d'attendre encore des épiphanies, on décidait de tout solder... Faut-il placer « Solde » ou « Génie » au terme des *Illuminations* ? Telle est, on le sait, l'alternative à laquelle se trouvent confrontés ceux qui tentent de constituer l'ensemble en recueil — ce recueil que Rimbaud n'a jamais achevé.

Tout est déclaré « À vendre », dans « Solde » (LP

II, 135-136). L'anaphore revient obstinément, comme si le seul déploiement possible de la force, de l'ultime vigueur, était consacré à cette liquidation générale de tout ce en quoi Rimbaud a cru, de ce qu'il a créé, inventé, ou simplement rêvé. À cet égard, le renoncement est le même que dans la première partie de l'« Adieu » d'*Une saison en enfer*, quand il dénonçait les « pouvoirs surnaturels » qu'il avait cru pouvoir « acquérir » et quand il faisait l'amer constat :

> « Eh bien ! je dois enterrer mon imagination et mes souvenirs ! Une belle gloire d'artiste et de conteur emportée ! » (LP II, 84).

L'amertume se fait grimaçante au point de départ du texte (« À vendre ce que les Juifs n'ont pas vendu »). Se trouvent ruinés les espoirs du siècle du progrès : le temps (qui, selon l'idéologie bourgeoise, est de l'argent), la science (aboutissement à une technique, et à une technique du profit), le sens de l'économie et de la prétendue honnêteté du peuple (« la probité infernale des masses »), la fraternité des associations, coopératives et autres phalanstères, l'ordre et tout aussi bien l'anarchie, tout ce que l'esprit positiviste a substitué aux « féeries » — les migrations, les sports, et le confort à l'anglaise ou à l'américaine, le « *comfort* ». Aux illusions du présent se joignent les illusions de l'avenir qui, à l'avance, doivent être mises au nombre — au compte — des illusions perdues.

Le triple projet qui a présidé aux *Illuminations* est arrêté en plein cours : les nouveaux corps (« À vendre les Corps sans prix, hors de toute race, de tout monde, de tout sexe, de toute descendance ! »), la nouvelle harmonie (« À vendre les applications de calcul et les sauts d'harmonie inouïe »), le nouvel amour même, auquel se substitue ici « l'amour maudit » — on aurait envie de dire : décidément maudit. Ce dernier n'est plus illustré que par une mort des amants qualifiée d'« atroce » : elle n'a rien à voir avec « La Mort des amants » de Baudelaire, palingénésie fabuleuse dans le cadre presque trop joli d'« un soir fait de rose et de bleu mystique », ni même avec « Les Amants de Paris », poème perdu ou imaginaire dont Rimbaud avait entretenu Demeny dans sa lettre du 15 mai 1871 (LP I, 153).

Le « Solde de diamants sans contrôle », plus attendu peut-être, témoigne d'un goût pour la matière précieuse brute, tel l'or dans « Mauvais sang », telles les « pierres précieuses » d'« Après le Déluge » se cachant, s'enfouissant pour conserver leur virginité, n'acceptant donc ni la souillure d'un contrôle ni même celle d'un regard. Le poète-démiurge a pu se parer du privilège du thaumaturge capable de faire « jaill[ir] » les « richesses », et ceci « à chaque démarche » : non point celle du démarcheur, mais plutôt celle du marcheur. Il avançait, et à chacun de ses pas se découvraient les trésors d'un nouvel Eldorado. Telle aurait dû être la vraie féerie. Et ces joyaux, il les a prodigués au fil des *Illuminations* : « herbages [...] d'émeraude » dans « Mystique », « pièces d'or jaune semées sur l'agate », « piliers d'acajou supportant un dôme d'émeraudes », « fines verges de rubis » dans « Fleurs », diamant dans « Angoisse », « pluie du vent de diamants » dans « Barbare », « bras de cristal » dans le petit texte sans titre qui suit « *Being Beauteous* » et le continue en le brisant, « ciels [...] de cristal » (« Les Ponts »), « disques de cristal » (« Fleurs », de nouveau), « éclats précieux » (« *Fairy* »).

Mais voici que l'énumération prend l'allure du catalogue d'un soldeur. Elle pourrait n'être que platement descriptive. Elle échappe à ce danger dans les *Illuminations* grâce à la poétique de la surprise. Dans « Solde », le mouvement est celui de la marche du semeur. Car ce vendeur qui avance en jetant tour à tour ses marchandises, comme un marchand liquide son stock, répand des semences stériles dans des sillons sans fin.

Le semeur de Hugo était silencieux dans *Les Chansons des rues et des bois*. Le vendeur fait bruyamment l'article de ses marchandises, même s'il les rejette comme dévaluées. Il renie jusqu'à l'« élan insensé et infini » qui l'a poussé vers les « splendeurs invisibles », vers les « délices insensibles » — autant de mirages qui l'ont abusé.

Les *Illuminations* laisseraient-elles deviner une autre « histoire de [s]es folies », d'autres « Délires » ? Assisterait-on au recommencement d'*Une saison en enfer* ? Et cette redite laisserait-elle place au doute sur la chronologie suggérée jusqu'ici ? « Solde » donne pourtant l'impression d'un perpétuel recommencement, comme si tout ce qui est déclaré à vendre ne pouvait être vendu, comme si « l'immense opulence » était « inquestionable » (au sens de l'anglais *unquestionable* : incontestable). La formule serait alors à situer entre celle de Baudelaire (« Au fond de l'inconnu pour trouver du *nouveau* ») et celle de Claudel (« Au fond du fini pour trouver de l'inépuisable »). Le « à vendre » conduit à « ce qu'on ne vendra jamais », donc à ce qui échappe à tout solde. Les vendeurs ne sont pas plus « à bout de solde » que le poète n'est à bout de souffle. Ce souffle ne semble devoir s'épuiser que dans le « Rêve » et la « Valse » d'octobre 1875.

Le plus inquiétant, dans « Solde », est peut-être l'abandon de « l'occasion, unique, de dégager nos sens ». Le poème paraît alors en retrait par rapport à la fin de « Jeunesse », une série de quatre textes dans les *Illuminations* (LP II, 139). Même si l'éloge est implicite, une menace semble peser encore sur ce vœu de *dégagement* qui doit permettre à Rimbaud de retrouver la « liberté libre » et à sa poésie de se passer enfin de tout modèle et de tout support.

Que la volonté poétique de dégagement n'aboutisse pas *absolument*, malgré tant de beautés fulgurantes, il n'est pas possible de se le cacher. Cela ne diminue nullement la qualité précieuse et justement vantée des

Illuminations. Au contraire, une humanité s'en dégage à cause de cela. Une souffrance aussi, pour le poète, qui se heurte à sa propre insatisfaction.

La reprise du motif de l'« en marche » est révélatrice à cet égard. L'expression était présente à la fin de « Mauvais sang » (LP II, 57), et elle était doublement parodique, renvoyant au titre du Livre V des *Contemplations* (1856) de Victor Hugo et à l'ordre fondamental donné au conscrit, au fantassin cette fois, dans l'armée. Le progrès, Rimbaud décidément n'y croit pas ou n'y croit plus. « Solde » le confirme. Dans le poème en prose des *Illuminations* intitulé « Démocratie » (LP II, 142-143), la formule est volontairement variée (« C'est la vraie marche. En avant, route ! ») au terme d'une prosopopée de mercenaires et de colons. On en vient à se demander si le *soldat* ne pourrait pas être, pour Rimbaud, une caricature du *soldeur* — ou l'inverse.

Jusqu'à l'hôpital de la Conception, à Marseille, où il est venu pour y mourir, le souci du service militaire inaccompli a tourmenté Rimbaud. Isabelle lui a parlé de poursuites pour insoumission, et il lui répond avec des cris indignés dans sa lettre du 24 juin 1891 :

> « Quelle nouvelle horreur me racontez-vous ? Quelle est encore cette histoire de service militaire ? [...]
> [...] La prison après ce que je viens de souffrir, il vaudrait mieux la mort ! Oui, depuis longtemps d'ailleurs, il aurait mieux valu la mort ! Que peut faire au monde un homme estropié ? Et à présent encore réduit à s'expatrier définitivement ! Car je ne reviendrai certes plus avec ces histoires, — heureux encore si je puis sortir d'ici par mer ou par terre et gagner l'étranger » (OC, 732-733).

Sans doute l'affaire s'est arrangée (lettres d'Isabelle du 4 et du 8 juillet), la crainte du piège s'est dissipée, et s'est éloigné le spectre d'un emprisonnement dans l'hôpital même par l'autorité militaire (lettre du 15 juillet à Isabelle, OC, 739). Mais Rimbaud croit devoir encore écrire au Commandant du recrutement à Marseille une lettre où il demande — mi-crainte, mi-ironie — qu'on lui donne son « congé définitif, si toutefois [il] n'[est] plus propre à aucun service » (OC, 742). Ce séjour à la Conception, qui n'en finit pas, n'est-il pas encore le fait de l'autorité militaire ? Ce « service » dont il dit vouloir changer dans l'ultime message dicté à Isabelle le 9 novembre (OC, 743) n'est-il pas un service militaire transformé en incarcération à l'hôpital ? Et repartir grâce aux Messageries maritimes, la compagnie qui gère les voyages en Orient, n'est-ce pas une dernière tentative de désertion ?

L'en-marche de « Solde » n'a rien de la marche forcée des soldats, ni de la marche à l'étoile. Il ne trouve son sens que dans son accomplissement, qui est un accomplissement poétique. C'est au fur et à mesure de la marche que surgissent les marchandises à vendre. Le solde n'est donc pas la vente de l'ancien, mais la vente du nouveau, du toujours nouveau. Le poète ne prodigue pas des invendus. Et on ne peut pas interpréter de cette façon la proposition qui lance le texte :

> « À vendre ce que les Juifs n'ont pas vendu »

c'est-à-dire non pas ce que les Juifs n'ont pas réussi à vendre, mais quelque chose qui est essentiellement différent. Les marchandises sont impolluées, inconnues tant d'une prétendue élite que de la masse, elles restent increéées, ininventées. Le poète ne liquide pas non plus des invendables, comme les casseroles ou le fil rouge confié à Alfred Ilg, l'ingénieur suisse qui était le conseiller de Ménélik, roi du Choa et futur empereur d'Éthiopie : c'est de l'« unique », du « sans prix ». Ou alors, si c'est de l'invendable, c'est à cause de cela même : c'est de l'inestimable, donc encore une fois, « ce qu'on ne vendra jamais ».

On l'a déjà fait observer (Jean-Luc Steinmetz, en particulier, dans sa biographie de Rimbaud), ce message du 9 novembre 1891, précédant de quelques heures la mort et restant suspendu, commence par une manière de solde :

> « UN LOT : UNE DENT SEULE.
> UN LOT : DEUX DENTS.
> UN LOT : TROIS DENTS.
> UN LOT : QUATRE DENTS.
> UN LOT : DEUX DENTS » (OC, 743).

La première phrase adressée à « Monsieur le Directeur » s'achève sur le mot « compte », rappelant involontairement les « vendeurs » qui « ne seront jamais à bout de solde » (LP II, 136).

L'agonisant brade des lots d'ivoire et en même temps se préoccupe de ses richesses, et en particulier de l'avoir, laissé sur son compte, aux Messageries maritimes. S'il le récupérait, il pourrait repartir. L'ambiguïté de la démarche rimbaldienne est là, jusqu'au bout, et elle apparaissait tant dans la fin d'*Une saison en enfer* que dans les *Illuminations* : abandon de lots, émerveillement de ce qui les constitue ; legs d'un acquis, constitution d'un nouveau trésor. Le poète de « Solde » était l'inventeur d'une sorte de vente par liquidation permanente. Le marchand de Harar, qui a si souvent et si péniblement dû liquider son stock, ne résiste pas au mouvement de cette liquidation. Cet « élan insensé » l'emporte encore quand il n'est plus qu'un « cul-de-jatte » (lettres à Isabelle du 2 juillet, du 10 juillet 1891, OC, 736, 737 ; le mot est souligné la seconde fois), un « impotent », un « malheureux », « complètement paralysé » (message du 9 novembre, OC, 743).

Dans un dernier sursaut, ce 9 novembre 1891, Rimbaud nie sa mort imminente, il s'apprête à repartir, à bord d'on ne sait quel bateau en direction de Suez. Et pourtant il constitue des lots comme pour un testament.

Isabelle compte *pour* lui, tout en avertissant sa mère de ne pas compter *sur* lui, ni sur « son avoir » (lettre du 28 octobre 1891).

Le geste du « solde », devenu geste verbal dans les *Illuminations*, geste final dans le dernier message dicté à Isabelle, est récurrent dans la vie et dans les écrits de Rimbaud. N'était-ce pas toute la liste des poètes de son temps « rompu[s] aux formes vieilles » qu'il soldait dans la lettre à Demeny du 15 mai 1871 (LP I, 156) ? Ou tout aussi bien tous ses vers de l'année 1870, quand il demandait au même Demeny de les brûler, dans sa lettre du 10 juin 1871 (LP I, 165) ? À Izambard, dans la lettre qu'il lui adressait le 12 juillet suivant, et que celui-ci a qualifiée de « littératuricide », il faisait part de son désir de lui rétrocéder, pour qu'il puisse les revendre à un libraire d'occasion, un certain nombre de livres, autant de lots encore dans un « ballot » ; et il ajoutait :

> « Je saurais démontrer à mon crocodile que l'achat d'une telle collection donnerait de portenteux [prodigieux] bénéfices. Je ferais rutiler les titres inaperçus. Je réponds de me découvrir une audace avachissante dans ce brocantage » (LP I, 166-167).

À Londres, faussement désemparé après le départ de Verlaine, au début du mois de juillet 1873, gémissant de n'avoir plus un seul *penny* pour poster une missive, il en envoie pourtant une, le 5, en se déclarant contraint et forcé de revendre les habits du compagnon (OC, 386) qui l'a laissé « en plan », comme l'écrit Verlaine à un nommé Matuszewicz, chargé d'aller récupérer ce qu'il pourra de hardes, de livres et de manuscrits dans l'appartement de Great College Street (OC, 846). Verlaine écrit aussi à la logeuse, Mrs Smith (banalité et sordidité vont de pair). « Trop tard », répond Rimbaud narquois, « tout est vendu, sauf un paletot » et, sauf, heureusement, « livres et manuss » (OC, 387).

Sur le 70e parallèle.

Dessin de Delahaye qui l'a daté du 9 août 1877. Voir son *Rimbaud*, Messein, 1923, p. 63 et l'album de Jean-Marie Carré, *Autour de Verlaine et de Rimbaud. — Dessins inédits de Paul Verlaine, de Germain Nouveau et d'Ernest Delahaye*, Gallimard, 1949, p. 12 : « en 1877, Rimbaud part pour la Scandinavie comme interprète du cirque Loisset. Il n'y restera que quelques mois, puisqu'il se fera rapatrier, au début de l'été, par le consul de France à Stockholm. [D'où le dessin de Delahaye :] on y voit Rimbaud emmitouflé d'une énorme pelisse fourrée trinquer — c'est de l'absinthe ! — avec un grand ours polaire », en s'écriant : « Oh la la !... C'est plus des javanais qu'il me faut !... »

Voir JJL, 759-760, qui, au sujet de cet épisode, est précis et prudent.

Plusieurs fois, par la suite, Rimbaud a parlé d'acheter des livres. En mai 1873, dans le post-scriptum d'une lettre, il demande à Delahaye de lui faire envoyer le *Faust* de Goethe : il lui adressera des timbres pour le prix, et pour le transport, qui doit coûter un sou (LP II, 35). Le camarade l'a-t-il fait ? On peut en douter. Faute de timbres, il a dû différer, puis oublier la commission dont il était chargé. Rimbaud commençait alors son « Livre païen », son « Livre nègre », qu'il annonçait dans cette même lettre et qui devait aboutir à *Une saison en enfer*. C'est plutôt dans l'une des *Illuminations*, « Vagabonds » (LP II, 116), qu'on trouverait une possible allusion à Faust (« ce satanique docteur »), mais la référence est si lointaine qu'elle ne rend même pas nécessaire la connaissance du texte de Goethe ou de la traduction de Nerval.

On peut supposer que Rimbaud acheta quelques livres de langues, des manuels, des vocabulaires, des dictionnaires pour apprendre l'anglais à Londres, l'allemand à Stuttgart, l'italien avant de se rendre en Italie. « John Arthur Rimbaud » ne prétendit-il pas, dans une demande d'emploi adressée le 14 mai 1877 au consul des États-Unis à Brême, qu'il parlait et écrivait l'anglais, l'allemand, le français, l'italien et l'espagnol (OC, 543) ? Antoine Adam, dans la seconde édition de la Pléiade, en conclut qu'il savait ces cinq langues. Quelle naïveté ! Il n'est même pas sûr que Rimbaud n'ait pas eu besoin de se faire aider pour rédiger la notice dans un anglais correct...

Mais bientôt, et pour une durée plus longue, d'autres achats de livres allaient préoccuper Rimbaud. En octobre 1875, il envisageait d'acquérir les manuels utilisés par le collège de Charleville pour préparer le « bachot » ès sciences (OC, 518). Il en parlait, le 14, dans sa lettre à Delahaye, mais le projet s'est perdu dans les émanations de la chambrée, dans le tourbillon de la valse dansée avec Lefèbvre.

Des sciences, il est passé aux techniques. De Chypre, où il est revenu et où il surveille la construction du palais destiné au gouverneur général, il commande le 23 mai 1880, par l'intermédiaire de sa famille, un *Album des scieries forestières et agricoles* et *Le Livre du charpentier* (OC, 551-552). Il n'est même pas sûr que la commission ait été faite. Mais les commandes vont aller se multipliant et, mandats aidant, elles seront pour la plupart satisfaites. La liste est impressionnante, par exemple, dans la lettre datée d'Aden, le 2 novembre 1880 (OC, 557-560). Tout y passe, et ce seront bientôt *Les Constructions métalliques* de Monge (565), le *Dictionary of Engineering Military and Civil* (566), le *Manuel du Voyageur* de Kaltbrünner (570). Le lecteur de ces lettres est près de demander grâce quand on découvre brusquement par la lettre du 15 janvier 1885 (Rimbaud est alors revenu à Aden) qu'il a revendu tous ces livres, à l'exception du *Coran* (OC, 632), et à perte d'ailleurs.

Cette grande liquidation s'explique par la lassitude, la mobilité de ses projets, l'écroulement du rêve de l'ingénieur, ou son report sur la génération suivante. Elle s'explique plus encore par les mauvaises affaires qu'il a faites, la faillite de la firme Mazeran, Viannay, Bardey et Cie, ses patrons d'Aden, au début de 1884, la peur qui a dû être la sienne entre la résiliation de son contrat et le nouveau contrat que, le 19 juin, il a pu enfin signer avec la nouvelle firme, Bardey frères, née des cendres de la précédente. Dans des moments pareils, Rimbaud est sujet à l'angoisse, enclin à la précipitation.

En octobre 1885, un nouveau projet l'occupe et, on s'en doute, une nouvelle liquidation l'attend :

> « Il me vient quelques milliers de fusils d'Europe. Je vais former une caravane, et porter cette marchandise à Ménélik, roi du Choa » (OC, 639).

L'histoire de la caravane Labatut commence. Elle se terminera en 1887 par un lamentable *fiasco*, et Rimbaud devra rendre compte au vice-consul de France à

Le nouveau Juif errant, dessin de Delahaye, 1876, reproduit pour la première fois par André Breton dans *Les Nouvelles littéraires* (23 août 1924). À gauche la nouvelle église de Charleville. Le « Cuif » errant est muni de son « passe-porc », sous le regard d'un « hanneton colossal », de gendarmes et de douaniers, et d'un bûcheron(?) qui s'écrie : « Ça, c'est un Valaque, si tu veux ! »

Le roi nègre (1876) : Rimbaud en Afrique, imaginé par Delahaye.

Aden, M. de Gaspary, de « la liquidation de la caravane de feu Labatut », donc de sa propre faillite (OC, 678). L'inventaire n'occupe pas moins de trois pages ; il devra être refait ; et ce nouveau, cet interminable solde continuera de tarauder Rimbaud à Marseille, sur son lit de souffrance, en 1891.

On se perd très vite dans le maquis de ses lettres d'Arabie et d'Afrique, de ces lettres d'affaires, ensemble considérablement enrichi depuis la publication par Jean Voellmy, en 1965, de la correspondance échangée entre Rimbaud et Ilg. Un troisième homme est entré dans le circuit : César Tian, un commerçant d'Aden qui doit devenir le fournisseur principal des marchandises vendues directement par Rimbaud à Harar et indirectement par Ilg au Choa. Rimbaud veut alors traiter avec lui d'égal à égal, d'associé à associé, et il désigne Tian comme son « correspondant à Aden » (lettre à Ilg du 25 juin 1888). Ce correspondant n'est nullement exclusif. Rimbaud se réserve le droit de travailler aussi en liaison avec d'autres, par exemple Sotiro, un Grec installé à Zeilah, sur la mer Rouge. Il se donne surtout l'impression, l'illusion sans doute, de pouvoir agir seul. « Je travaille aussi à mon compte, seul », écrit-il à sa mère de Harar, le 10 novembre 1890 ; « et je suis libre, d'ailleurs, de liquider mes affaires dès qu'il me conviendra » (OC, 720).

La liquidation, toujours la liquidation... On aurait envie de dire : Rimbaud est, toujours, partout, poursuivi par le démon de la liquidation. Le mot est insistant dans les lettres à Ilg. Le ton devient plus impérieux, presque rageur, à l'approche de la catastrophe finale, quand il souffre sans savoir qu'une tumeur cancéreuse lui ronge le genou droit : « Il faut en finir. Bazardez donc tout ce qui reste », ordonne-t-il à Ilg le 20 février 1891.

On hésiterait à multiplier ces citations, à en constituer un centon, si ce n'était la meilleure façon de montrer cet entêtement de Rimbaud dans la liquidation d'une affaire, dans la constitution du solde qui doit permettre un nouveau départ ou qui, dans tous les sens du terme, est nécessaire avant le départ. Écrire, pour lui, maintenant, c'est répéter, *indesinenter*, incessamment, comme le refrain d'« Âge d'or » et comme la Valse avec Lefèbvre. Il recommence avec obstination, avec une impatience grandissante, avec des éclats, avec le sentiment de devenir fou parce que ça n'en finit pas. L'Afrique ne lui a pas appris la patience, mais la lui a imposée. L'Afrique, ou les Européens : ceux de Charleville, qui lui ont fait attendre pendant des mois des livres ou de la monnaie ; les « sieurs négociants », toujours pressés quand ils veulent leur argent, désespérément lents quand il s'agit de payer.

Rimbaud a rêvé, dans la phase finale de son aventure, de faire le commerce de l'ivoire, une matière qui n'a cessé de prendre du prix à ses yeux. Le « j'aurai de l'or » du damné d'*Une saison en enfer* a tendu à se transformer en « j'aurai de l'ivoire ». Explorateur amateur, il avait surtout obtenu des renseignements qu'il voulait exploiter sur la route de l'ivoire. *Voyant*, d'une nouvelle manière, il imaginait « les éléphants [qui] pullulent autour du lac Chambara ». Errant, il eût aimé, comme il le disait déjà en 1881, partir à cheval pour trafiquer dans l'inconnu, et il allait rendre ces marches épuisantes responsables de son mal.

On comprend aussi pourquoi, dans ses délires de mourant, à Marseille, il rêve de repartir vers l'Orient avec son ancien serviteur indigène. « Moi, il m'appelle parfois Djami », note Isabelle, « mais je sais que c'est parce qu'il le veut, et que cela rentre dans son rêve voulu ainsi ; au reste, il mêle tout et... avec art. Nous sommes au Harar, nous partons toujours pour Aden, et il faut chercher des chameaux, organiser la caravane ; il marche très facilement avec la nouvelle jambe articulée, nous faisons quelques tours de promenade sur de beaux mulets richement harnachés ; puis il faut travailler, tenir les écritures, faire des lettres. Vite, vite, on nous attend, fermons les valises et partons » (lettre d'Isabelle à sa mère du 28 octobre 1891). Curieux rêve, et l'interprétation qu'en donne la pas si bonne sœur est plus que douteuse : au cauchemar d'un retour vers Aden, comparable à l'affreux itinéraire de Harar à Warambot (7-17 avril 1891) dont des notes du malade conservent la trace, se substitue le rêve d'un nouveau départ, de nouvelles caravanes, à la recherche de l'ivoire...

Un lot... un lot... un lot... un lot... un lot... : le mot sonne-t-il comme un espoir ou comme un glas ? L'ambiguïté, l'incertitude demeurent jusqu'au dernier solde de Rimbaud.

« Toujours cet exécrable Harar » : l'image lancinante a hanté aussi André Breton comme le son d'un glas, en particulier en 1930 dans le *Second Manifeste du Surréalisme*. Et pourtant il n'a pas manqué d'être fasciné par l'exil volontaire du poète et il a même exalté, au temps de l'affaire Barrès, en 1921, ce renoncement délibéré à poursuivre son œuvre littéraire. Pour lui, le choix qu'a fait Rimbaud, dans la deuxième partie de sa vie, d'« une forme d'activité qu'en apparence rien ne relie à son activité première n'arrive pas à la renier complètement ». Certes, « Rimbaud fait du commerce en Abyssinie » ; mais « il échappe par là à un si grand nombre d'autres pièges que le représenter à la fin de sa vie comme un commis voyageur apparaît comme une image grossière. Rimbaud continue à montrer à l'égard du monde la même horreur qu'autrefois. Il cherche avec désespoir à échapper à un esclavage et la certitude de n'y pas parvenir ne le fera pas changer de route. Le prétendu cynisme de Rimbaud n'a en tout cas pas raison de cet incurable désir ».

Yves Bonnefoy s'est montré lui aussi désireux de maintenir une continuité sous la rupture apparente. « Le Harar », écrit-il en 1961, « ne serait pas le déni de la vie passée de Rimbaud, mais plutôt son prolongement. » Et pourtant il nous conseille de ne pas lire la correspondance des quinze dernières années, à l'exception des lettres de Marseille. « Ne lisons pas les lettres de Rimbaud africain à sa famille », écrit-il ; « ne cherchons pas à savoir si celui qui voulut un jour *voler le feu* a vendu ceci plutôt que cela. » Cette correspondance peut donner en effet l'impression d'un désert, et du désert d'une existence. Dès l'arrivée à Aden, en août 1880, le paysage se réduit à un « roc affreux, sans un seul brin d'herbe ni une goutte d'eau bonne » (OC, 555). En Abyssinie, Rimbaud s'étonne des « immenses espaces » sur lesquels une vingtaine d'Européens « sont disséminés » (lettre aux siens du 4 août 1888). Lui-même, dans cette lettre, il se présente comme horriblement isolé :

> « Je m'ennuie beaucoup, toujours ; je n'ai même jamais connu personne qui s'ennuyât autant que moi. Et puis, n'est-ce pas misérable, cette existence sans famille, sans occupation intellectuelle, perdu au milieu des nègres dont on voudrait améliorer le sort et qui, eux, cherchent à vous exploiter et vous mettent dans l'impossibilité de liquider des affaires à bref délai ? » (OC, 701).

Nulle glorification ici du « vrai royaume des enfants de Cham », comme dans « Mauvais sang » (LP II, 55). Rimbaud, qui vécut peut-être quelque temps avec une femme abyssine et tint à laisser un legs à son fidèle Djami, considère sans indulgence les indigènes auxquels il se trouve mêlé. Cette lettre du 4 août 1888 est remarquable, puisqu'il les accuse de l'empêcher de procéder à ces liquidations dont il a perpétuellement besoin.

Et c'est une autre source de cette beauté qui est trop souvent déniée à la correspondance des années 1876-1891. Rimbaud voudrait toujours repartir pour ailleurs. Mais s'il reste peu de temps en Allemagne, s'il ne fait que traverser l'Italie, s'il déserte très vite à Java, si les deux séjours à Chypre n'occupent qu'un peu plus d'une année, sa vie, pendant plus de dix ans, se partage principalement entre Aden et Harar, même s'il a quelques velléités de changement, attiré par Zanzibar ou par Panama.

On serait tenté de paraphraser « L'Impossible » en écrivant : « c'est à Aden que je songeais », au lieu de : « c'est à l'Éden que je songeais ! » (LP II, 79). Mais ce faux Éden tourne à l'Enfer, ainsi que la succursale de Harar et le désert qui l'entoure. Chassé du Mont-Troodos, à Chypre, par le froid (OC, 551), Rimbaud entre dès son arrivée à Aden dans la fournaise (OC, 555). Très vite aussi, il s'y sent « comme prisonnier », et il rusera avec cette prison, plus qu'il n'en sortira au fur et à mesure de ses nombreux déplacements. Aden est le point d'attache où il revient toujours, en particulier quand la maladie le contraint de quitter Harar en avril 1891.

Le vocabulaire est redevenu celui d'*Une saison en enfer*, sans les pointes d'audace, sans les ruptures de syntaxe ou de ton. La souffrance physique le « fai[t] damner » (OC, 668), et il parle de ces contrées comme de « satanés pays » (OC, 676). Ses patrons, il les a « envoyés au diable » (OC, 639) ; mais il ne lui échappe pas pour autant.

Et jusqu'au bout, son démon se confirme comme étant le démon du solde, de la liquidation. Qu'on en juge plutôt par les deux dernières lettres qu'il ait écrites d'Aden, alors qu'il était entré à l'hôpital européen de la ville. À César Tian, le 6 mai 1891, il accuse réception du relevé soldant enfin les comptes de « l'affaire participation au Harar », et il prend soin de préciser :

> « Il demeure entendu que le solde de mon compte chez vous ne me sera réglé qu'après la liquidation des affaires en suspens au Harar dont le résultat sera à partager par moitié » (OC, 728).

D'une manière plus étonnante, il écrit à sa mère le 30 avril pour accuser réception des deux bas pour varices qu'il l'avait chargée de commander pour lui en France. Comme il a, sur l'ordre du médecin, « la jambe bandée, liée, reliée, enchaînée, de façon à ne pouvoir la mouvoir », il constate que ces bas sont devenus inutiles. Et le post-scriptum de la lettre s'achève par cette phrase abrupte :

« Je les revendrai quelque part » (OC, 728).

Au-delà du « Solde » des *Illuminations* qui semblait mettre fin à l'œuvre poétique, la correspondance des quinze dernières années de la vie de Rimbaud doit se lire aussi comme un immense solde, perpétuellement recommencé, précipité les derniers temps comme il l'avait été dans ces moments cruciaux de la création rimbaldienne : les lettres à Demeny du 15 mai et du 10 juin 1871 ; « Alchimie du verbe » et l'« Adieu » d'*Une saison en enfer* en 1873 ; « Solde » dans les *Illuminations*, probablement en 1874 ; la lettre à Delahaye du 14 octobre 1875. La mort en est le terme obligé, et pourtant, passé le 10 novembre 1891, les commentateurs « ne sont pas à bout de solde » et « n'ont pas à rendre leur commission de si tôt » (LP II, 136).

Épilogue

LE TOMBEAU DE RIMBAUD

Arthur Rimbaud, celui qui peut-être avait eu le projet de « *changer la vie* » (LP II, 66), s'est trouvé finalement confronté à la mort. Les lettres de Marseille marquent lourdement la halte forcée de l'infatigable marcheur, à commencer par le télégramme adressé à sa mère le 22 mai 1891 :

> « Lundi matin, on ampute ma jambe. Danger de mort. Affaires sérieuses à régler » (OC, 730).

La liquidation était en effet plus sérieuse que jamais : c'était une affaire de vie et l'affaire d'une vie. On se rappelle la question brûlante, dans *Une saison en enfer* : « Vite ! est-il d'autres vies ? » (LP II, 56). Rimbaud n'y croit guère, même si, après avoir rappelé cette exigence déjà déçue dans « Alchimie du verbe » (LP II, 75), il a intitulé « Vies » une suite de trois poèmes en prose dans les *Illuminations* (LP II, 101-102). Sur son lit, à l'hôpital de la Conception, dont le nom semblerait devoir plutôt annoncer une naissance, il s'obstine à imaginer qu'il pourrait recommencer la même existence : « vivre toujours là-bas », aux abords de la mer Rouge ou sur les plateaux abyssins. Et s'il doit mourir, ce doit être aussi là-bas, là « où [l]e jettera son destin » (lettre à Isabelle du 24 juin 1891, OC, 733).

Le destin en a décidé autrement. Malgré un ultime retour dans la ferme de Roche le 23 juillet, après la pathétique arrivée en gare de Voncq, malgré le désir obsédant de « retourn[er] là-bas », c'est à Marseille qu'il revient : le 23 août, au petit matin, son frère aîné, Frédéric, le conducteur de diligences, humble et trop souvent humilié, conduit cette fois le malade dans une simple carriole jusqu'à la gare. On le hisse dans le wagon. Isabelle accompagne celui qui a tant de mal à admettre qu'il n'est plus qu'« un tronçon immobile » (OC, 737). Le 24 août, il est de nouveau inscrit sur les registres de l'hôpital de la Conception, sous le nom de « Jean Rimbaud », comme « pensionnaire » (JJL, 1149). Le sursis, Isabelle le sait, n'est plus qu'une question de jours. Obstinée, elle aussi, elle veut « qu'il fasse une bonne mort » (lettre à sa mère du 3 octobre). Il atteint l'âge de 37 ans le 20 octobre. Il a encore seize jours à vivre — si c'est encore une vie que celle-là. Quelle vie avait d'ailleurs été la sienne ? Le registre, à l'hôpital, porte :

> « Rimbaud (Jean-Nicolas), 37 ans, négociant, né à Charleville, de passage à Marseille, décédé le 10 novembre 1891, à dix-heures du matin. — Diagnostic : *Carcinose généralisée* » (JJL, 1164).

Qu'est devenu Arthur, celui qui répondait au troisième prénom devenu le premier, et ici gommé ? Peut-être était-il mort déjà, comme Verlaine l'avait cru en 1886 — et plus tôt encore, en 1875, quand il avait définitivement renoncé à la poésie, et n'allait plus considérer que comme des « rinçures » ce qui est pour nous aujourd'hui son œuvre. On a traité bien souvent *du* silence de Rimbaud (c'est, entre autres, le titre d'un essai de Gabriel Bounoure, publié en 1958, réédité en 1991). Il serait plus juste de parler *des* silences de Rimbaud : ceux qui, déjà, ponctuaient certains de ses textes (dès « Les Étrennes des orphelins », et encore dans « Veillées » III) ; ceux qu'il évoquait (dans les deux poèmes de Bruxelles, en juillet 1872 ; à la fin d'« Enfance », dans les *Illuminations*) ; celui qu'il a fait sur sa vie littéraire devenue vie antérieure, à l'heure du nouveau départ vers l'aventure ; celui qu'il oppose aux indiscrets qui viennent le relancer (Paul Bourde, un ancien condisciple devenu journaliste qui, le 29 février 1888, lui donne du « Monsieur » et lui apprend qu'il est « devenu à Paris dans un très petit cénacle une sorte de personnage légendaire » et qu'on a publié de lui « prose et vers » ; Laurent de Gavoty, directeur de *La France moderne*, qui veut voir en lui « le chef de l'école décadente et symboliste » et l'invite à collaborer à sa revue, le 17 juillet 1890 ; Germain Nouveau qui lui écrit d'Alger, vraiment trop tard, le 12 décembre 1893) ; celui enfin dans lequel il s'enferme quand il se sait condamné à mort.

Rimbaud allait être enterré à Charleville, après le transport de son corps, le 14 novembre 1891. Mais à chacun des morts en lui, à chacun de ses silences, il convient d'affecter un tombeau.

Le tombeau officiel, tout d'abord. Yves Bonnefoy l'a évoqué sans indulgence dans les dernières pages de son livre de 1961 :

> « Arrêtons-nous à cette tombe [...], en ce lieu sans mirage où tant de jeunes gens ont voulu venir, au cimetière de Charleville. Là certes, sous la pierre marquée d'une simple date, dans l'immobilité de la mort, c'est la matière, c'est la limitation qui triomphent, cette dégradation si aisée du réel en chose, contre laquelle Rimbaud avait tant lutté. [...] Cette tombe de petit-bourgeois ou de paysan, étriquée, sociale, avare, confirme qu'une vie a été volée de la vie et qu'un homme a dû échanger l'avenir contre le destin, la liberté du fils du soleil contre la condition accablée du commerçant et du travailleur. »

Cette tombe serait bonne pour le soi-disant négo-

Le tombeau de Rimbaud, au cimetière de Charleville, « cette tombe étriquée, sociale, avare » (Yves Bonnefoy).

ciant peut-être ; assurément pas pour « le premier Rimbaud », « le *Génie* que l'homme plus mûr, à bout d'inventions et de force, avait fini par chasser pour l'avoir abusé d'une impossible promesse ».

Cette tombe : mais quelle tombe ? Le 14 novembre 1891 le cercueil fut déposé dans le caveau familial, où une place avait été aménagée pour lui, après une cérémonie religieuse à l'église Saint-Merri de Charleville. Les obsèques s'étaient déroulées dans la plus stricte intimité : Frédéric lui-même en avait été exclu. Mme Rimbaud en revanche n'avait pas lésiné sur les cierges, les tentures et la musique. Comme l'écrit Jean-Jacques Lefrère, « de tous les poètes maudits, Rimbaud est celui qui eut le plus de luxe et le moins de monde à sa cérémonie funèbre » (JJL, 1166).

Plus de huit années passent. En mai 1900, on refait le caveau familial. Le 20, on exhume les cendres de Vitalie ; le 24, c'est le tour d'Arthur ; le 25, celui de M. Cuif. Mme Rimbaud a été constamment présente, et elle a veillé à tout, en particulier à se ménager une place entre le cercueil d'Arthur, à gauche, et, à droite, celui où ont été réunis les restes de son père et ceux de Vitalie. Elle est satisfaite : « Tout est en ordre », et elle a une pensée respectueuse pour chacun des défunts. À l'occasion de ce qui apparaît donc comme son second enterrement, le fils a droit à une oraison funèbre qui le donne en exemple :

> « Mon pauvre Arthur, qui ne m'a jamais rien demandé, et qui par son travail, son intelligence, sa bonne conduite, avait amassé une fortune, et amassé très honnêtement, il n'a jamais trompé personne ; au contraire, on lui a fait perdre beaucoup d'argent, qu'on lui doit encore ; et le cher enfant était très charitable, cela est bien connu » (lettre à sa fille Isabelle du 1er juin 1900).

En se rappelant « Les Poètes de sept ans » (LP I, 159), on peut dire que « la Mère, fermant le livre du devoir », ici le livre d'une vie, n'a gardé que le souvenir de ce qu'Yves Bonnefoy appellerait le deuxième Rimbaud, ou Rimbaud l'Africain.

En mai 1886, il en avait été tout différemment à l'occasion sinon d'obsèques anthumes, du moins d'une publication massive et décisive d'œuvres de Rimbaud, entrecoupée d'une annonce sinistre. La revue *La Vogue*, diffusée par la librairie J. Barbou, 41, rue des Écoles, et dirigée par Léo d'Orfer, un ami de Verlaine, puis par Gustave Kahn, qui s'est cru et s'est dit l'inventeur du vers-libre, publie tour à tour un poème de 1871, « Les Premières Communions » (le 4 avril), *Les Illuminations* [*sic*], les poèmes en prose, incomplets, étant augmentés de poèmes en vers de 1872 (15 mai, 29 mai, 7 juin, 13 juin, 28 juin, avec la mention « seront continuées », à la suite du dernier texte, « Démocratie »). Hélas, on annonce à la fin du numéro suivant, le 5 juillet, sous forme d'*erratum* :

> « Au lieu de : *(seront continuées),* lire : *Fin*. — Est terminée, en effet et hélas, l'intégrale publication de l'œuvre de l'équivoque et glorieux défunt. »

À la fin de l'été pourtant, sans que la fausse nouvelle soit démentie, la révélation ou, cette fois, la quasi-révélation va reprendre, avec une nouvelle édition, en quelque sorte testamentaire, d'*Une saison en enfer* dans les numéros du 6 septembre, du 13 septembre et du 20 septembre 1886.

Entre-temps, Félix Fénéon, qui avait été chargé de préparer le texte, avait réuni en une plaquette et dans un ordre différent le « recueil » des *Illuminations*, toujours incomplet et mêlé à la fois. Une préface avait été demandée à Verlaine, qui ne s'avisait pas davantage de distinguer dans ces « courtes pièces » la « prose exquise » des « vers délicieusement faux exprès » et qui datait le tout des années 1873-1875. L'auteur, indiquait-il, « a maintenant dans les trente-deux ans, et voyage en Asie, où il s'occupe de travaux d'art ». Mais une ombre passe, dans le paragraphe suivant :

> « On l'a dit mort plusieurs fois. Nous ignorons ce détail, mais en serions bien triste. Qu'il le sache, au cas où il n'en serait rien. Car nous fûmes son ami et le restons de loin. »

Étrange tristesse pour une mort qui ne serait qu'un détail... Étrange *Requiem* pour un ex-ami triplement éloigné, dans le temps, dans l'espace, dans l'autre monde... Verlaine en tout cas n'est pas avare d'éloges : Rimbaud est devenu un « ingénieur de génie » après avoir été « l'immense poète ». Mais, *venenum in cauda* : « comme qui dirait le Faust du *Second Faust*, [...] vivant élève de Méphistophélès ».

Dû à un grand poète vivant, un hommage l'est encore plus à un poète disparu. C'est la fonction de ce qu'on appelle en littérature un « Tombeau ». Le plus bel exemple que pouvait connaître Rimbaud est *Le Tombeau de Théophile Gautier*, publié en 1873 (et réédité en 2001 aux éditions Champion). C'était une sorte de « Parnasse » du deuil, et, en effet, la plupart de ceux qui avaient collaboré aux deux séries du *Parnasse contemporain* en 1866 et en 1869-1871 étaient là : Leconte de Lisle, Heredia, Banville, Dierx, Sully Prudhomme, Coppée, Mérat, Valade entre autres. À nos yeux, l'ensemble est dominé par deux chefs-d'œuvre, le poème « À Théophile Gautier » de Victor Hugo, et « Toast funèbre » de Mallarmé.

Mallarmé est, plus que tout autre, le poète des « Tombeaux », dont il s'est fait une spécialité avec « Le Tombeau d'Edgar Poe » (1877), « Le Tombeau de Charles Baudelaire » (1895) et ce « Tombeau » publié dans *La Revue blanche*, le 1er janvier 1897, qui est un tombeau de Verlaine, disparu un an plus tôt. Il n'a pas composé de sonnet analogue pour Rimbaud. Mais on peut considérer comme une manière de « Tombeau de Rimbaud » le texte en prose qu'il lui a

Photographie de Stéphane Mallarmé (1842-1898) vers l'âge de 30 ans, quand il fréquentait les Vilains Bonshommes, et vit Rimbaud, sans doute le 2 décembre 1871.

consacré en 1896 et qu'il a repris dans *Divagations* l'année suivante.

Comme pour « Le Tombeau d'Edgar Poe », il répondait à une commande américaine, non plus pour le *Memorial Volume* publié à Baltimore, après l'inauguration d'un monument, mais pour la revue *The Chap Book*, dont le directeur, Harrisson Rhodes, ancien hôte des mardis rue de Rome, est aussi le destinataire de la lettre fictive qui constitue l'article. Il existe désormais un volume, publié en 1895, qui réunit l'œuvre complète, *Une saison en enfer*, *Illuminations* et *Poëmes* (dans l'ordre et l'orthographe de Mallarmé). Il faut, selon lui, « beaucoup de silence » pour laisser la rêverie au sujet de Rimbaud se déployer comme dans l'espace d'un culte, celui aussi où s'est donné libre cours avant de disparaître le nouvel Euphorion (toujours le *Second Faust...*) ou le nouveau Phaéton :

> « Éclat, lui, d'un météore, allumé sans motif autre que sa présence, issu seul et s'éteignant. Tout, certes, aurait existé, depuis, sans ce passant considérable, comme aucune circonstance littéraire vraiment n'y prépara : le cas personnel demeure, avec force. »

Mallarmé dit avoir rencontré Rimbaud une fois, à l'occasion du Dîner mensuel des Vilains Bonshommes, à l'hôtel Camoëns, rue Cassette. Était-ce le 1er juin 1872, comme on l'a supposé ? La présence, dans les papiers de Mallarmé, d'un carton d'invitation portant cette date reste un indice insuffisant. Après l'incident Carjat, Rimbaud était indésirable chez les Vilains Bonshommes... Et il convient bien plutôt de retenir, comme le fait Jean-Jacques Lefrère, la date du 2 décembre 1871 (JJL, 364).

L'auteur du « Tombeau » se fie d'ailleurs moins à sa mémoire qu'il ne laisse aller sa rêverie sur ce « Quelqu'un ». Il ne se donne pas la peine de faire un portrait de Rimbaud. Il se contente de citer celui qu'a laissé Verlaine, avant de s'attarder sur ses mains inquiétantes. Il cite les cinq premières strophes du « Bateau ivre » et salue « un éveil génial, en ce chef-d'œuvre ». Il connaît d'autres poèmes de 1871, « Les Assis », « Les Chercheuses de poux », « Les Premières communiantes » (*lapsus* pour « Les Premières Communions », poème que Verlaine avait contribué à faire connaître dès *Les Poètes maudits* et le premier publié dans *La Vogue*). Il y découvre les signes d'« une puberté perverse et superbe ».

Il énumère quelques anecdotes : les voyages à pied vers Paris ; la collecte au temps de la Commune pour celui qui se serait fait passer pour un « franc-tireur du parti » ; le séjour chez Banville, rue de Buci, avec l'épisode du dieu nu et des poux ; l'affaire de Bruxelles ; les voyages successifs. Ce sont encore les mains qui, selon Mallarmé, assurent l'unité du personnage, caressant des objets précieux comme jadis les pages des livres.

L'important n'est pas là. Mallarmé est bien davantage requis par « la date mystérieuse, pourtant naturelle » à laquelle Rimbaud « s'opère, vivant, de la poésie ». Celle, donc, de 1875, quand « l'effleur[ait] une avant-brise du Levant ». Pour lui, ce qu'il est convenu d'appeler le silence de Rimbaud n'a rien d'un accident. Le poète, à l'âge fatidique de « Vingt ans » (LP II, 81, 138), « rejette des rêves, par sa faute ou la leur ». La crise de 1873 avait conduit à la formule « Il faut être absolument moderne ». Celle de 1875, repartant du constat de « Matin », « *Je ne sais plus parler* », aggravé, aboutirait à quelque chose qui reste non-dit : « Il faut être radicalement muet. »

Mallarmé n'utilise pas cette formule, qu'on peut seulement inférer d'une évolution qu'il constate sans la condamner, sans même nécessairement la regretter, sans se plaindre non plus de ce qui est resté inédit ou perdu, ni songer « à quelque chose qui eût pu être ». Car, selon lui, « prolonger l'espoir d'une œuvre de maturité nuit, ici, à l'interprétation exacte d'une aventure unique dans l'histoire de l'art. Celle d'un enfant trop précocement touché et impétueusement par l'aile littéraire qui, avant le temps presque d'exister, épuisa d'orageuses et magistrales fatalités, sans recours à du futur ». Le futur, il était ailleurs : Jean-Pierre Richard, en 1955, l'a appelé, dans les pages les plus pénétrantes qui aient jamais été consacrées à Rimbaud, « la poésie du devenir ».

C'était aussi une poésie de l'avenir, celle de notre modernité poétique. L'éclat des *Illuminations* a été l'étincelle-Poésie, et aux mythes de Rimbaud étudiés et le plus souvent moqués par Étiemble, il faudrait ajouter celui de ce Rimbaud-Euphorion, apparaissant et disparaissant, comme le Génie des *Illuminations* (LP II, 152), et « s'anéantissant probablement » avec lui, avec le Prince, « dans la santé essentielle » (« Conte », LP II, 96). « Laissez-moi danser ! laissez-moi sauter, au sein des airs ! Tout pénétrer et tout saisir, voilà ma joie ! » s'écriait le fils de Faust et d'Hélène de Sparte (peut-être l'Hélène de « *Fairy* », LP II, 133). Ce *tout* résonne aussi dans le texte des *Illuminations*, comme était sensible dans les poésies de 1872 la quête de l'instant si beau. Mais un jour vient où la volonté de partir, fermement annoncée (LP II, 52, 103), l'emporte. « Je sens des ailes qui se déplient », dit Euphorion dans la traduction (partielle) du *Second Faust* de Goethe par Gérard de Nerval : « Là-bas, là-bas, il faut aller ! admirez mon vol ! » Il vole, en effet, mais tel celui d'Icare, son corps retombe tandis que l'auréole de sa tête radieuse monte comme une comète vers le ciel.

Le *corps* de Rimbaud était-il son *tombeau*, conformément à la formule socratique du *sôma / sêma* ? N'était-il, comme dans l'épisode d'Euphorion, qu'une « enveloppe matérielle » destinée à disparaître ? Rimbaud, dans les *Illuminations*, avait cru pouvoir inventer « un nouveau corps amoureux » (« *Being Beauteous* »), mais il s'était brisé comme du cristal (LP II, 99). Au-delà de la première mort, du silence de 1875 — celui auquel, en définitive, Mallarmé, vingt ans plus tard, a élevé un Tombeau —, il lui a fallu traîner sous d'ardents climats, puis en France le temps d'une autre saison en enfer (mai-novembre 1891) une dépouille encore vivante et souffrante. Sa correspondance des quinze dernières années est ponctuée de ces ahans du corps patient : « Je me porte mal : j'ai des battements du cœur qui m'ennuient fort » (Chypre, le 23 mai 1880, OC, 551) ; « on sue des litres d'eau par jour ici » (Aden, le 22 septembre 1880, 556) ; « je suis habitué à vivre de fatigue » (Aden, le 25 mai 1881, 570) ; « quelle existence désolante je traîne sous ces climats absurdes et dans ces conditions insensées ! » (Aden, le 5 mai 1884, 620) ; « ma santé est fort délabrée, une année ici en vaut cinq ailleurs » (Aden, le 14 avril 1885, 633) ; « je dois donc passer le reste de mes jours errant, dans les fatigues et les privations, avec l'unique perspective de mourir à la peine » (Le Caire, le 20 août 1887, 668) ; « je vais mal à présent » (Harar, le 20 février 1891, 722) ; « douleurs atroces », « horribles souffrances » (Aden, le 20 avril 1891, 727) ; « sans ces bâtons, je ne puis faire un pas, je ne puis exister. [...] Plutôt souffrir un an comme un damné, que d'être amputé » (Marseille, le 15 juillet 1891, 741).

Avant sa vie d'aventures, Rimbaud avait sans doute imaginé d'après la lecture de récits l'histoire des « féroces infirmes retour des pays chauds » (« Mauvais sang », LP II, 52). Et si, devenu « cul-de-jatte », il rêve encore des « courses à travers monts, [d]es cavalcades, [d]es promenades, [d]es déserts, [d]es rivières et [d]es mers » (Marseille, le 10 juillet 1891, OC, 737), peut-il oublier les tortures qu'il lui est arrivé de transposer sur les paysages mêmes (« Tout le littoral de cette sale Mer Rouge est [...] torturé par les chaleurs », Aden, le 10 septembre 1884, 626) ?

Et si la vie elle-même était un tombeau ? Ce serait une autre manière pour elle d'être *absente* (LP II, 64). Le Baudelaire des « Spleen » en avait l'impression. Rimbaud, courageusement, comme l'Antigone de Sophocle, emmurée vivante, qu'il avait appris à admi-

Photographie de Rimbaud à Harar, en 1883. « En Abyssinie, sobre et sombre, Rimbaud est *redevenu Cuif* » (Alain Borer, *Rimbaud en Abyssinie*, éd. du Seuil, 1984, p. 57).

rer dans la classe d'Izambard (LP I, 65), a cru pouvoir affronter le sous-terre, fût-il l'enfer, temporaire il est vrai, de la *Saison*.

Jean-Pierre Richard a fait observer combien, pour le poète des *Illuminations*, il était « suprêmement important de neutraliser [l]e *haut*, de l'occuper ou de le boucher ». Un poème comme « Fleurs » (LP II, 121-122), renvoyant de l'azur à l'abîme, est particulièrement remarquable à cet égard. « Dans mainte Illumination », écrit Richard, qui prend l'exemple de « Barbare », « le paysage se renverse, — "choc des glaçons aux astres" — et se retrouve cul par-dessus tête. Le ciel s'y étend alors en bas, toujours dangereux, mais désormais naturel comme un gouffre terrestre. »

À la fin d'« Enfance », donc dans « Enfance » V, « le ciel », poursuit le critique, « se trouve nié plus radicalement encore : Rimbaud s'y rêve muré, enseveli dans une tombe. Dans ce tombeau "blanchi à la chaux", et non plus illuminé par le soleil, "très loin sous terre", "très vivement éclairé" par une lampe artificielle, il s'accorde alors le luxe de rêver à la seule épaisseur terrestre qui l'entoure et qui le protège. Il imagine bien autour de lui des "gouffres d'azur", des "puits de feu", mais ces gouffres ni ces puits ne lui sont immédiatement présents. Dans ce tombeau il est absurdement chez lui, possesseur de son monde, et "maître du silence". En lui aucune nostalgie du vertical, de la lumière : "Pourquoi une apparence de soupirail blêmirait-elle au coin de la voûte ?" Ici encore, comme dans l'"Alchimie du verbe", on peut constater que de son paysage Rimbaud a bien réussi à *écarter l'azur* ».

Mais ce tombeau, il le concevait alors comme temporaire, *loué* pour lui, sans doute, là encore, le temps d'une saison (LP II, 94-95). Devait-il en resurgir, tel un enfant-dieu ? Le contre-évangile rimbaldien a rencontré ici une singulière limite, et ce n'est pas la moindre raison de son silence.

Incapable de se dégager de la mortalité, malgré son extraordinaire soif de vie, Rimbaud s'est aperçu aussi qu'il ne pouvait pas se dégager de tout ce qui encombrait sa création poétique. Malgré ses fulgurances, ses bondissements, il s'est découvert prisonnier, non tant des mots que de la *mimèsis*. Il a si souvent voulu écrire *d'après* qu'il doute de pouvoir écrire *après* : après le déluge des images reçues, des mythologies d'école, des complaintes apprises, des magies fallacieuses, des alchimies plus trompeuses encore, des enfers de l'artificiel. Veut-il trouver « le lieu et la formule » (« Vagabonds », LP II, 116) ? Il ne trouve peut-être en définitive qu'« Hortense », ou « H » (LP II, 148-149) — un souffle, du vide...

À faire de Rimbaud un mythe, on en viendrait à oublier le risque qu'il a pris et auquel il a succombé. Son aphasie, toute différente de Baudelaire, ne s'explique pas par un accident de santé, ni même par un accident de langage. Elle est la retombée d'un haut vol, la chute au tombeau du silence. On pense à ce qu'écrira André du Bouchet dans ses carnets (1952-1956) :

> *« Ma parole*
> *me*
> *Sert à creuser un gouffre*
> *Comme une pelle*
> *Et je retrouve ce*
> *gouffre*
> *devant moi ».*

ANTHOLOGIE

Cette anthologie n'est pas seulement un choix de textes de Rimbaud qui serait destiné, conformément à l'étymologie du mot, à donner la fleur — ou les fleurs — de son œuvre. Elle cherche à éclairer tour à tour une genèse, une postérité et l'aventure de celui qui, selon Mallarmé, s'est « opér[é] vivant de la poésie ».

I. — NAISSANCES

Pour paraphraser la célèbre formule de Péguy au sujet de Descartes, Rimbaud fut ce piéton français qui « partit d'un si bon pas ». En 2001, un nouveau poète, Henri Droguet, a mis en épigraphe de son recueil *La Main au feu* cette phrase extraite de la lettre à Demeny du 28 août 1871 : « Tenez : je suis un piéton, rien de plus » (OC, 268). « Sensation », « Ma Bohême », ces deux poèmes de 1870 font assister, dans leur transparence, à la naissance d'un poète qui se plaît à faire son portrait en bohémien. Le motif n'était pas neuf (voir « Bohémiens » dans *Les Vignes folles* d'Albert Glatigny, en 1860). Avec le très jeune Arthur Rimbaud, il le devient.

*

Sensation

Daté de mars 1870 dans le « Recueil Demeny » où Rimbaud l'a recopié sous sa forme définitive (notre texte) en septembre ou octobre, ce poème fut envoyé à Théodore de Banville avec « Credo in unam *» (« Soleil et Chair ») et « Ophélie » le 24 mai. Il était alors daté* *du 24 avril. « Nous sommes aux mois d'amour », écrivait Rimbaud au maître du* Parnasse contemporain *: « J'ai dix-sept ans. L'âge des espérances et des chimères, comme on dit, — et voici que je me suis mis, enfant touché par le doigt de la Muse, — pardon si c'est banal, — à dire mes bonnes croyances, mes espérances, mes sensations, toutes ces choses des poètes — moi j'appelle cela du printemps. »*

Par les soirs bleus d'été, j'irai dans les sentiers,
Picoté par les blés, fouler l'herbe menue :
Rêveur, j'en sentirai la fraîcheur à mes pieds.
Je laisserai le vent baigner ma tête nue.

Je ne parlerai pas, je ne penserai rien :
Mais l'amour infini me montera dans l'âme,
Et j'irai loin, bien loin, comme un bohémien,
Par la nature, — heureux comme avec une femme.

*

Ma Bohême

« Comme un bohémien » : cette comparaison du poème précédent se trouve développée en images dans cette « fantaisie » qui figure également dans le « Recueil Demeny ». C'est sans doute, malgré l'allusion à « septembre » (v. 10), un témoignage de la nouvelle fugue, en octobre 1870, par les routes de Belgique.

Je m'en allais, les poings dans mes poches crevées ;
Mon paletot aussi devenait idéal ;
J'allais sous le ciel, Muse ! et j'étais ton féal ;
Oh ! là ! là ! que d'amours splendides j'ai rêvées !

Mon unique culotte avait un large trou.
— Petit Poucet rêveur, j'égrenais dans ma course
Des rimes. Mon auberge était à la Grande-Ourse.
— Mes étoiles au ciel avaient un doux frou-frou

Et je les écoutais, assis au bord des routes,
Ces bons soirs de septembre où je sentais des
[gouttes
De rosée à mon front, comme un vin de vigueur ;

Où, rimant au milieu des ombres fantastiques,
Comme des lyres, je tirais les élastiques
De mes souliers blessés, un pied près de mon cœur !

*
* *

Dès 1870 Rimbaud s'était plu à pasticher des poèmes, avec une touche d'ironie, mais il lui arrivait de passer à la charge. En 1871, il s'affirme comme poète de la subversion. Sa révolte contre la société s'exprime à la faveur de la parodie systématique de textes dont il emprunte la forme en la vidant de son contenu. Voici quelques exemples de confrontation avec d'apparents modèles qui sont en réalité des cibles.

*

Alphonse DAUDET (1840-1897)

Les Prunes

C'est l'exemple choisi par Banville dans son Petit Traité de poésie française *(1872). Ces « trois triolets » qu'il a « détach[és] d'un poème écrit en triolets agiles et gracieux » peuvent être mis en regard du poème en trois triolets de Rimbaud.*

De tous côtés, d'ici, de là,
Les oiseaux chantaient dans les branches.
En si bémol, en ut, en la,
De tous côtés, d'ici, de là.
Les prés en habit de gala

Étaient pleins de fleurettes blanches.
De tous côtés, d'ici, de là,
Les oiseaux chantaient dans les branches.

Fraîche sous son petit bonnet,
Belle à ravir, et point coquette,
Ma cousine se démenait,
Fraîche sous son petit bonnet.
Elle sautait, allait, venait,
Comme un volant sur la raquette :
Fraîche sous son petit bonnet,
Belle à ravir, et point coquette.

Arrivée au fond du verger,
Ma cousine lorgne les prunes ;
Et la gourmande en veut manger,
Arrivée au fond du verger.
L'arbre est bas ; sans se déranger
Elle en fait tomber quelques-unes.
Arrivée au fond du verger,
Ma cousine lorgne les prunes.

Les Amoureuses, 1858.

*

RIMBAUD

Le Cœur supplicié

On connaît trois versions de ce poème. Voici la première, envoyée à Izambard dans la lettre du 13 mai 1871. C'est l'époque de la Commune dont la Semaine sanglante (21-28 mai) marquera le dénouement catastrophique. Rimbaud s'est-il rendu à Paris à ce moment-là, a-t-il participé à la révolution, a-t-il assisté, dans la caserne de Babylone, à des scènes vulgaires qui se trouveraient ici transposées ? Il est impossible de l'affirmer, dans l'état actuel de nos connaissances. Mais ce qui ne fait pas de doute, c'est que l'écœurement a succédé à l'enthousiasme des premiers temps.

Mon triste cœur bave à la poupe,
Mon cœur est plein de caporal :
Ils y lancent des jets de soupe,
Mon triste cœur bave à la poupe :
Sous les quolibets de la troupe
Qui lance un rire général,
Mon triste cœur bave à la poupe,
Mon cœur est plein de caporal !

Ithyphalliques et pioupiesques
Leurs insultes l'ont dépravé !
À la vesprée ils font des fresques
Ithyphalliques et pioupiesques.
Ô flots abracadabrantesques,
Prenez mon cœur, qu'il soit sauvé :
Ithyphalliques et pioupiesques
Leurs insultes l'ont dépravé !

Quand ils auront tari leurs chiques,
Comment agir, ô cœur volé ?
Ce seront des refrains bachiques
Quand ils auront tari leurs chiques :
J'aurai des sursauts stomachiques
Si mon cœur triste est ravalé :
Quand ils auront tari leurs chiques,
Comment agir, ô cœur volé ?

*

Compléments

1. Le triolet selon Banville.

Le Triolet est une des conquêtes de notre temps, qui non-seulement l'a renouvelé et se l'est assimilé, mais qui lui a donné un mouvement, une force comique et un éclat qu'il n'avait jamais eu autrefois.

Écrit sur deux rimes, il se compose de huit vers,

et commence le plus habituellement par un vers masculin.

Prenons, pour être clair, la combinaison où il commence par un vers masculin. Dans ce cas, le premier vers, le troisième vers et le cinquième vers (masculins) riment ensemble, d'une part ; — et d'autre part, le second vers et le sixième vers (féminins) riment ensemble. — Puis le premier vers (masculin) reparaît — comme Refrain — de façon à former le quatrième vers ; et le même premier vers (masculin) suivi du second vers (féminin) reparaissent — comme Refrain — de façon à former le septième et le huitième vers.

Petit poëme bon pour la satire et l'épigramme et qui mord au vif, faisant une blessure nette et précise.

*

2. Les variantes

*Nous donnons, à titre de document, les deux autres versions. « Le Cœur du pitre » a été inséré dans une lettre adressée à Paul Demeny le 10 juin 1871. « Le Cœur volé », au titre adouci, comme le note Émilie Noulet (*op. cit., *p. 256), est une version plus tardive, recopiée en août par Delahaye à l'usage de Verlaine.*

Le Cœur du pitre

Mon triste cœur bave à la poupe,
Mon cœur est plein de caporal :
Ils y lancent des jets de soupe,
Mon triste cœur bave à la poupe :
Sous les quolibets de la troupe
Qui pousse un rire général,
Mon triste cœur bave à la poupe,
Mon cœur est plein de caporal !

Ithyphalliques et pioupiesques
Leurs insultes l'ont dépravé !

À la vesprée ils font des fresques
Ithyphalliques et pioupiesques.
Ô flots abracadabrantesques,
Prenez mon cœur, qu'il soit sauvé :
Ithyphalliques et pioupiesques
Leurs insultes l'ont dépravé !

Quand ils auront tari leurs chiques,
Comment agir, ô cœur volé ?
Ce seront des refrains bachiques
Quand ils auront tari leurs chiques :
J'aurai des sursauts stomachiques
Si mon cœur triste est ravalé :
Quand ils auront tari leurs chiques,
Comment agir, ô cœur volé ?

Le Cœur volé

Mon triste cœur bave à la poupe,
Mon cœur couvert de caporal :
Ils y lancent des jets de soupe,
Mon triste cœur bave à la poupe :
Sous les quolibets de la troupe
Qui pousse un rire général,
Mon triste cœur bave à la poupe,
Mon cœur couvert de caporal !

Ithyphalliques et pioupiesques
Leurs quolibets l'ont dépravé !
Au gouvernail on voit des fresques
Ithyphalliques et pioupiesques.
Ô flots abracadabrantesques,
Prenez mon cœur, qu'il soit lavé !
Ithyphalliques et pioupiesques
Leurs quolibets l'ont dépravé !

Quand ils auront tari leurs chiques,
Comment agir, ô cœur volé ?
Ce seront des hoquets bachiques
Quand ils auront tari leurs chiques :
J'aurai des sursauts stomachiques,

Moi, si mon cœur est ravalé :
Quand ils auront tari leurs chiques,
Comment agir, ô cœur volé ?

*
* *

François Coppée (1842-1908)

Chant de guerre circassien

Les Circassiens sont une peuplade du Caucase.

Du Volga, sur leurs bidets grêles,
Les durs Baskirs vont arriver.
Avril est la saison des grêles,
Et les balles vont le prouver.

Les neiges ont fini leurs fontes,
Les champs sont verts d'épis nouveaux ;
Mettons les pistolets aux fontes
Et les harnais d'or aux chevaux.

Que le plus vieux chef du Caucase
Bourre en présence des aînés,
Avec le vélin d'un ukase
Les longs fusils damasquinés !

Qu'on ait le cheval qui se cabre
Sous les fourrures d'Astracan,
Et qu'on ceigne son plus grand sabre,
Son sabre de caïmacan !

Laissons les granges et les forges.
Que les fusils de nos aïeux
Frappent l'écho des vieilles gorges
De leur pétillement joyeux !

Et vous, prouvez, fières épouses,
Que celles-là que nous aimons

Aussi bien que nous sont jalouses
De la neige vierge des monts.

Adieu, femmes qui serez veuves ;
Venez nous tendre l'étrier ;
Et puis, si les cartouches neuves
Nous manquent, au lieu de prier,

Au lieu de filer et de coudre,
Pâles, le blanc linceul des morts,
Au marchand turc, pour de la poudre,
Vendez votre âme et votre corps.

Le Reliquaire. — Poèmes divers, 1866.

*

RIMBAUD

Chant de guerre Parisien

C'est le premier des trois « psaumes d'actualité » que Rimbaud inclut dans sa lettre à Demeny du 15 mai 1871, donc en pleine Commune. Il évoque la manière dont les Versaillais (le gouvernement de Thiers, installé à Versailles), soutenus par les propriétaires agricoles (« les Ruraux »), font pleuvoir, au printemps, les obus sur Paris insurgé au temps de la Commune.

Le Printemps est évident, car
Du cœur des Propriétés vertes,
Le vol de Thiers et de Picard
Tient ses splendeurs grandes ouvertes !

Ô Mai ! quels délirants cul-nus !
Sèvres, Meudon, Bagneux, Asnières,
Écoutez donc les bienvenus
Semer les choses printanières !

Ils ont schako, sabre et tam-tam
Non la vieille boîte à bougies

Et des yoles qui n'ont jam, jam...
Fendent le lac aux eaux rougies !

Plus que jamais nous bambochons
Quand arrivent sur nos tanières
Crouler les jaunes cabochons
Dans des aubes particulières !

Thiers et Picard sont des Éros,
Des enleveurs d'héliotropes,
Au pétrole ils font des Corots :
Voici hannetonner leurs tropes...

Ils sont familiers du Grand Truc !...
Et couché dans les glaïeuls, Favre
Fait son cillement aqueduc,
Et ses reniflements à poivre !

La Grand ville a le pavé chaud,
Malgré vos douches de pétrole,
Et décidément, il nous faut
Vous secouer dans votre rôle...

Et les Ruraux qui se prélassent
Dans de longs accroupissements,
Entendront des rameaux qui cassent
Parmi les rouges froissements !

*
* *

Louisa Siefert (1845-1877)

Jeune poétesse lyonnaise, dont Rimbaud a lu le premier recueil, Rayons perdus, *au cours de l'été 1870.*

Enfantines

« *Elle excuse tout, elle croit tout, elle espère tout, elle supporte tout.* »
I Corinthiens, xiii, 7.

La grand'mère s'était assise, avait tiré
Le saint livre du vieil étui tout déchiré,

Avait pris dans saint Paul à la première épître
Dite « aux Corinthiens » le treizième chapitre,
Avait placé le livre ouvert sur ses genoux,
Puis appelé près d'elle avec un ton très-doux
Son petit-fils. L'enfant, de ses lèvres pourprées,
Épelait lentement les syllabes sacrées.
Il apprenait à lire et soupirait souvent
De prendre tant de peine à devenir savant.

Au lieu de s'amuser et faire du tapage,
Et de tant s'appliquer sur cette grande page,
Où tous les mots semblaient de la moitié plus longs,
Au lieu d'aller courir après les papillons.
Mais tout en soupirant, il en était à lire
Le septième verset, lorsque avec un sourire,
Détachant ses regards du livre de la foi :
« Ô grand'mère, dit-il, la charité, c'est toi ! »

Mai 18...
Rayons perdus, 1868.

*

RIMBAUD

Les Poètes de sept ans (début)

Poème daté du 26 mai 1871 et ouvrant la lettre à Demeny du 10 juin. Il a donc, à cette date, une portée sociale et satirique avant d'ouvrir sur l'aventure rêvée (dans la partie non retenue pour cette anthologie).

Et la Mère, fermant le livre du devoir,
S'en allait satisfaite et très fière, sans voir,
Dans les yeux bleus et sous le front plein d'éminences
L'âme de son enfant livrée aux répugnances.

Tout le jour il suait d'obéissance ; très
Intelligent ; pourtant des tics noirs, quelques traits,
Semblaient prouver en lui d'âcres hypocrisies.
Dans l'ombre des couloirs aux tentures moisies,

En passant il tirait la langue, les deux poings
À l'aine, et dans ses yeux fermés voyait des points.

Une porte s'ouvrait sur le soir : à la lampe
On le voyait, là-haut, qui râlait sur la rampe,
Sous un golfe de jour pendant du toit. L'été
Surtout, vaincu, stupide, il était entêté
À se renfermer dans la fraîcheur des latrines :
Il pensait là, tranquille et livrant ses narines.

Quand, lavé des odeurs du jour, le jardinet
Derrière la maison, en hiver, s'illunait,
Gisant au pied d'un mur, enterré dans la marne
Et pour des visions écrasant son œil darne,
Il écoutait grouiller les galeux espaliers.
Pitié ! Ces enfants seuls étaient ses familiers
Qui, chétifs, fronts nus, œil déteignant sur la joue,
Cachant de maigres doigts jaunes et noirs de boue
Sous des habits puant la foire et tout vieillots,
Conversaient avec la douceur des idiots !
Et si, l'ayant surpris à des pitiés immondes,
Sa mère s'effrayait ; les tendresses, profondes,
De l'enfant se jetaient sur cet étonnement.
C'était bon. Elle avait le bleu regard, — qui ment !
[...]

*
* *

Théophile GAUTIER (1811-1872)

Études de mains

Publié pour la première fois dans La Presse *le 4 août 1851, ce poème évoque tour à tour les mains d'Impéria, courtisane italienne du* XVI*e* *siècle, et celles de Lacenaire, célèbre criminel qui fut exécuté à Paris à l'âge de 26 ans en 1826 : il se voulait révolté contre la société tel le Manfred de Byron.*

I
IMPÉRIA

Chez un sculpteur, moulée en plâtre,
J'ai vu l'autre jour une main
D'Aspasie ou de Cléopâtre,
Pur fragment d'un chef-d'œuvre humain ;

Sous le baiser neigeux saisie
Comme un lis par l'aube argenté,
Comme une blanche poésie
S'épanouissait sa beauté.

Dans l'éclat de sa pâleur mate
Elle étalait sur le velours
Son élégance délicate
Et ses doigts fins aux anneaux lourds.

Une cambrure florentine,
Avec un bel air de fierté,
Faisait, en ligne serpentine,
Onduler son pouce écarté.

A-t-elle joué dans les boucles
Des cheveux lustrés de don Juan,
Ou sur son caftan d'escarboucles
Peigné la barbe du sultan,

Et tenu, courtisane ou reine,
Entre ses doigts si bien sculptés,
Le sceptre de la souveraine
Ou le sceptre des voluptés ?

Elle a dû, nerveuse et mignonne,
Souvent s'appuyer sur le col
Et sur la croupe de lionne
De sa chimère prise au vol.

Impériales fantaisies,
Amour des somptuosités ;
Voluptueuses frénésies,
Rêves d'impossibilités,

Romans extravagants, poèmes
De haschisch et de vin du Rhin,
Courses folles dans les bohèmes
Sur le dos des coursiers sans frein ;

On voit tout cela dans les lignes
De cette paume, livre blanc
Où Vénus a tracé des signes
Que l'amour ne lit qu'en tremblant.

II

LACENAIRE

Pour contraste, la main coupée
De Lacenaire l'assassin,
Dans des baumes puissants trempée,
Posait auprès, sur un coussin.

Curiosité dépravée !
J'ai touché, malgré mes dégoûts,
Du supplice encor mal lavée
Cette chair froide au duvet roux.

Momifiée et toute jaune
Comme la main d'un pharaon,
Elle allonge ses doigts de faune
Crispés par la tentation.

Un prurit d'or et de chair vive
Semble titiller de ses doigts
L'immobilité convulsive,
Et les tordre comme autrefois.

Tous les vices avec leurs griffes
Ont, dans les plis de cette peau,
Tracé d'affreux hiéroglyphes,
Lus couramment par le bourreau.

On y voit les œuvres mauvaises
Écrites en fauves sillons,
Et les brûlures des fournaises
Où bouillent les corruptions ;

Les débauches dans les Caprées
Des tripots et des lupanars,
De vin et de sang diaprées,
Comme l'ennui des vieux Césars !

En même temps molle et féroce,
Sa forme a pour l'observateur
Je ne sais quelle grâce atroce,
La grâce du gladiateur !

Criminelle aristocratie,
Par la varlope ou le marteau
Sa pulpe n'est pas endurcie,
Car son outil fut un couteau.

Saints calus du travail honnête,
On y cherche en vain votre sceau.
Vrai meurtrier et faux poëte,
Il fut le Manfred du ruisseau !

Émaux et camées, 1852.

*

RIMBAUD

Les Mains de Jeanne-Marie

Confié à Verlaine, tardivement découvert, ce poème d'inspiration communarde célèbre les mains d'une « pétroleuse », Anne-Marie Menand, dite « Jeanne-Marie ». Mais Rimbaud emprunte la forme et le motif à la poésie « artiste » de Gautier, ironiquement pastichée.

Jeanne-Marie a des mains fortes,
Mains sombres que l'été tanna,
Mains pâles comme des mains mortes.
— Sont-ce des mains de Juana ?

Ont-elles pris les crèmes brunes
Sur les mares des voluptés ?

Ont-elles trempé dans des lunes
Aux étangs de sérénités ?

Ont-elles bu des cieux barbares,
Calmes sur les genoux charmants ?
Ont-elles roulé des cigares
Ou trafiqué des diamants ?

Sur les pieds ardents des Madones
Ont-elles fané des fleurs d'or ?
C'est le sang noir des belladones
Qui dans leur paume éclate et dort.

Mains chasseresses des diptères
Dont bombinent les bleuisons
Aurorales, vers les nectaires ?
Mains décanteuses de poisons ?

Oh ! quel Rêve les a saisies
Dans les pandiculations ?
Un rêve inouï des Asies,
Des Khenghavars ou des Sions ?

— Ces mains n'ont pas vendu d'oranges,
Ni bruni sur les pieds des dieux :
Ces mains n'ont pas lavé les langes
Des lourds petits enfants sans yeux.

Ce ne sont pas mains de cousine
Ni d'ouvrières aux gros fronts
Que brûle, aux bois puant l'usine,
Un soleil ivre de goudrons.

Ce sont des ployeuses d'échines,
Des mains qui ne font jamais mal,
Plus fatales que des machines,
Plus fortes que tout un cheval !

Remuant comme des fournaises,
Et secouant tous ses frissons
Leur chair chante des Marseillaises
Et jamais les Eleisons !

Ça serrerait vos cous, ô femmes
Mauvaises, ça broierait vos mains,
Femmes nobles, vos mains infâmes
Pleines de blancs et de carmins.

L'éclat de ces mains amoureuses
Tourne le crâne des brebis !
Dans leurs phalanges savoureuses
Le grand soleil met un rubis !

Une tache de populace
Les brunit comme un sein d'hier ;
Le dos de ces Mains est la place
Qu'en baisa tout Révolté fier !

Elles ont pâli, merveilleuses,
Au grand soleil d'amour chargé,
Sur le bronze des mitrailleuses
À travers Paris insurgé !

Ah ! quelquefois, ô Mains sacrées,
À vos poings, Mains où tremblent nos
Lèvres jamais désenivrées,
Crie une chaîne aux clairs anneaux !

Et c'est un soubresaut étrange
Dans nos êtres, quand, quelquefois,
On veut vous déhâler, Mains d'ange,
En vous faisant saigner les doigts !

*
* *

Léon DIERX (1838-1912)

Le Vieux Solitaire

Originaire de l'île de La Réunion, comme Leconte de Lisle, il fut, comme lui, fonctionnaire et poète impeccable. Selon Banville, ce poème aurait dû servir de modèle à Rimbaud pour « Le Bateau ivre ». Mais celui-ci en a fait tout autre chose.

Je suis tel qu'un ponton sans vergues et sans mâts,
Aventureux débris des trompes tropicales,
Et qui flotte, roulant des lingots dans ses cales,
Sur une mer sans borne et sous de froids climats.

Les vents sifflaient jadis dans ses mille poulies.
Vaisseau désemparé qui ne gouverne plus,
Il roule, vain jouet du flux et du reflux,
L'ancien explorateur des vertes Australies !

Il ne lui reste plus un seul des matelots
Qui chantaient sur la hune en dépliant la toile.
Aucun phare n'allume au loin sa rouge étoile ;
Il tangue, abandonné tout seul sur les grands flots.

La mer autour de lui se soulève et le roule,
Et chaque lame arrache une poutre à ses flancs ;
Et les monstres marins suivent de leurs yeux blancs
Les mirages confus du cuivre sous la houle.

Il flotte, épave inerte, au gré des flots houleux,
Dédaigné des croiseurs aux bonnettes tendues,
La coque lourde encor de richesses perdues,
De trésors dérobés aux pays fabuleux.

Tel je suis. Vers quels ports, quels récifs, quels [abîmes,
Dois-tu les charrier, les secrets de mon cœur ?
Qu'importe ? Viens à moi, Caron, vieux [remorqueur,
Écumeur taciturne aux avirons sublimes !

Poèmes et poésies, 1864.

*

RIMBAUD

Le Bateau ivre

Composé peut-être pour éblouir les poètes parnassiens, ce poème, tout en respectant le cadre convenu d'« une centaine d'hexamètres », exprime l'ivresse de la libération suivie du désenchantement de Rimbaud après la Commune.

Comme je descendais des Fleuves impassibles,
Je ne me sentis plus guidé par les haleurs :
Des Peaux-Rouges criards les avaient pris pour
[cibles
Les ayant cloués nus aux poteaux de couleurs.

J'étais insoucieux de tous les équipages,
Porteur de blés flamands ou de cotons anglais.
Quand avec mes haleurs ont fini ces tapages
Les Fleuves m'ont laissé descendre où je voulais.

Dans les clapotements furieux des marées
Moi l'autre hiver plus sourd que les cerveaux
Je courus ! Et les Péninsules démarrées [d'enfants,
N'ont pas subi tohu-bohus plus triomphants.

La tempête a béni mes éveils maritimes.
Plus léger qu'un bouchon j'ai dansé sur les flots
Qu'on appelle rouleurs éternels de victimes,
Dix nuits, sans regretter l'œil niais des falots !

Plus douce qu'aux enfants la chair des pommes
L'eau verte pénétra ma coque de sapin [sures,
Et des taches de vins bleus et des vomissures
Me lava, dispersant gouvernail et grappin.

Et dès lors, je me suis baigné dans le Poème
De la Mer, infusé d'astres, et lactescent,

Dévorant les azurs verts ; où, flottaison blême
Et ravie, un noyé pensif parfois descend ;

Où, teignant tout à coup les bleuités, délires
Et rhythmes lents sous les rutilements du jour,
Plus fortes que l'alcool, plus vastes que nos lyres,
Fermentent les rousseurs amères de l'amour !

Je sais les cieux crevant en éclairs, et les trombes
Et les ressacs et les courants : je sais le soir,
L'Aube exaltée ainsi qu'un peuple de colombes,
Et j'ai vu quelquefois ce que l'homme a cru voir !

J'ai vu le soleil bas, taché d'horreurs mystiques,
Illuminant de longs figements violets,
Pareils à des acteurs de drames très-antiques
Les flots roulant au loin leurs frissons de volets !

J'ai rêvé la nuit verte aux neiges éblouies,
Baiser montant aux yeux des mers avec lenteurs,
La circulation des sèves inouïes,
Et l'éveil jaune et bleu des phosphores chanteurs !

J'ai suivi, des mois pleins, pareille aux vacheries
Hystériques, la houle à l'assaut des récifs,
Sans songer que les pieds lumineux des Maries
Pussent forcer le mufle aux Océans poussifs !

J'ai heurté, savez-vous, d'incroyables Florides
Mêlant aux fleurs des yeux de panthères à peaux
D'hommes ! Des arcs-en-ciel tendus comme des
[brides
Sous l'horizon des mers, à de glauques troupeaux !

J'ai vu fermenter les marais énormes, nasses
Où pourrit dans les joncs tout un Léviathan !
Des écroulements d'eaux au milieu des bonaces,
Et les lointains vers les gouffres cataractant !

Glaciers, soleils d'argent, flots nacreux, cieux de
[braises !
Échouages hideux au fond des golfes bruns
Où les serpents géants dévorés des punaises
Choient, des arbres tordus, avec de noirs parfums !

J'aurais voulu montrer aux enfants ces dorades
Du flot bleu, ces poissons d'or, ces poissons
[chantants.
— Des écumes de fleurs ont bercé mes dérades
Et d'ineffables vents m'ont ailé par instants.

Parfois, martyr lassé des pôles et des zones,
La mer dont le sanglot faisait mon roulis doux
Montait vers moi ses fleurs d'ombre aux ventouses
[jaunes
Et je restais, ainsi qu'une femme à genoux...

Presque île, ballottant sur mes bords les querelles
Et les fientes d'oiseaux clabaudeurs aux yeux
[blonds
Et je voguais, lorsqu'à travers mes liens frêles
Des noyés descendaient dormir, à reculons !

Or moi, bateau perdu sous les cheveux des anses,
Jeté par l'ouragan dans l'éther sans oiseau,
Moi dont les Monitors et les voiliers des Hanses
N'auraient pas repêché la carcasse ivre d'eau,

Libre, fumant, monté de brumes violettes,
Moi qui trouais le ciel rougeoyant comme un mur
Qui porte, confiture exquise aux bons poètes,
Des lichens de soleil et des morves d'azur,

Qui courais, taché de lunules électriques,
Planche folle, escorté des hippocampes noirs,
Quand les juillets faisaient crouler à coups de
[triques
Les cieux ultramarins aux ardents entonnoirs ;

Moi qui tremblais, sentant geindre à cinquante
[lieues
Le rut des Béhémots et les Maelstroms épais,
Fileur éternel des immobilités bleues,
Je regrette l'Europe aux anciens parapets !

J'ai vu des archipels sidéraux ! et des îles
Dont les cieux délirants sont ouverts au vogueur :
— Est-ce en ces nuits sans fonds que tu dors et
[t'exiles,
Million d'oiseaux d'or, ô future Vigueur ?

Mais, vrai, j'ai trop pleuré ! Les Aubes sont
[navrantes,
Toute lune est atroce et tout soleil amer :
L'âcre amour m'a gonflé de torpeurs enivrantes.
Ô que ma quille éclate ! Ô que j'aille à la mer !

Si je désire une eau d'Europe, c'est la flache
Noire et froide où vers le crépuscule embaumé
Un enfant accroupi, plein de tristesses, lâche
Un bateau frêle comme un papillon de mai.

Je ne puis plus, baigné de vos langueurs, ô lames,
Enlever leur sillage aux porteurs de cotons,
Ni traverser l'orgueil des drapeaux et des flammes,
Ni nager sous les yeux horribles des pontons.

*
* *

Sully Prudhomme (1839-1907)

Naissance de Vénus

De formation scientifique, il devint l'un des écrivains les plus glorieux de son temps et fut le premier à obtenir le prix Nobel de littérature en 1901. Sa pre-

mière manière, dont voici une illustration, est proche du Parnasse.

Quand la mer eut donné ses perles à ma bouche,
Son insondable azur à mon regard charmant,
Elle m'a déposée, en laissant à ma couche
Sa fraîcheur éternelle et son balancement.

Je viens apprendre à tous que nul n'est solitaire,
Qu'Iris naît de l'orage et le souris des pleurs ;
L'horizon gris s'épure, et sur toute la terre
L'Érèbe encor brûlant s'épanouit en fleurs.

Je parais, pour changer, reine des harmonies,
Les rages du chaos en flottantes langueurs ;
Car je suis la beauté : des chaînes infinies
Glissent de mes doigts blancs au plus profond des
[cœurs.

Les parcelles de l'air, les atomes des ondes,
Divisés par les vents se joignent sur mes pas ;
Par mes enchantements comme assoupis, les
[mondes
Se cherchent en silence et ne se heurtent pas.

Les cèdres, les lions me sentent, et les pierres
Trouvent, quand je les frappe, un éclair dans leur
[nuit.
Ardente et suspendue à mes longues paupières,
La vie universelle en palpitant me suit.

J'anime et j'embellis les hommes et les choses ;
Au front des Adonis j'attire leur beau sang,
Et du sang répandu je fais le teint des roses ;
J'ai le moule accompli de la grâce en mon flanc.

Moi, la grande impudique et la grande infidèle,
Toute en chaque baiser que je donne en passant,
De tout objet qui touche apportant le modèle,
J'apporte le bonheur à tout être qui sent.

Stances et poèmes, 1865.

*

RIMBAUD

« *L'étoile a pleuré rose...* »

Sur cette figure mythologique de Vénus anadyomène — naissant des eaux —, Rimbaud a composé en 1870 un long poème parnassien (« Credo in unam »*, devenu « Soleil et Chair »), puis le portrait-charge d'une beauté vieillissante, adipeuse, flétrie et gâtée (« Vénus anadyomène »). Le quatrain sans titre qui suit, connu par une copie de Verlaine, est une reprise de la première strophe du poème de Sully Prudhomme. Mais c'est aussi une étude de couleurs, comme « Voyelles », que ce quatrain suit dans le dossier Rimbaud réuni par Verlaine.*

L'étoile a pleuré rose au cœur de tes oreilles,
L'infini roulé blanc de ta nuque à tes reins
La mer a perlé rousse à tes mammes vermeilles
Et l'Homme saigné noir à ton flanc souverain.

*

Francis PONGE (1899-1986)

Naissance de Vénus

Sur le même motif, Francis Ponge écrivait en 1922 cette nouvelle variation.

« Oh ! la vague ne me ressouvient pas : je n'y suis plus :

Ici tout est exprès : ici la mer, limitée par deux autres éléments, s'évapore, et sent, et bleuit : les mots secs, en définitive, c'est une grande étendue d'eau salée :

Vénus d'ailleurs arrive, avec son peintre qui lève

à chaque instant un œil indicatif pour la remarquer présente : il signe maintenant :

Oui, sur le sable où j'agonise, la voici : voici, c'est le présent où l'imparfait me quitte : je n'y suis plus. »

Le Grand Recueil, « Lyres », 1961.

*
* *

La relation poétique de Rimbaud avec Baudelaire et avec Verlaine est plus complexe. Le premier, salué comme « un vrai Dieu » dans la lettre à Demeny du 15 mai 1871, offrait, dans le sonnet des « Correspondances », un système, mais aussi une « sorcellerie évocatoire » qui justifiait la comparaison souvent faite avec le sonnet des « Voyelles ».

*

Charles Baudelaire (1821-1867)

Correspondances

John Jackson, dans son édition des Fleurs du Mal *(Le Livre de Poche classique, 1999), a bien mis en valeur le « statut particulier » de ce poème, où l'unité du monde sensible est confirmée par « la richesse et la facilité associative de [l]a sensibilité » baudelairienne (p. 266-267).*

La Nature est un temple où de vivants piliers
Laissent parfois sortir de confuses paroles ;
L'homme y passe à travers des forêts de symboles
Qui l'observent avec des regards familiers.

Comme de longs échos qui de loin se confondent
Dans une ténébreuse et profonde unité,

Vaste comme la nuit et comme la clarté,
Les parfums, les couleurs et les sons se répondent.

Il est des parfums frais comme des chairs d'enfants,
Doux comme les hautbois, verts comme les prairies,
— Et d'autres, corrompus, riches et triomphants,

Ayant l'expansion des choses infinies,
Comme l'ambre, le musc, le benjoin et l'encens
Qui chantent les transports de l'esprit et des sens.

Les Fleurs du Mal, 1857, 1861, 1868.

*

RIMBAUD

Voyelles

Confié à Émile Blémont, un ami de Verlaine, qui fonde La Renaissance littéraire et artistique *en avril 1872, ce sonnet, contrairement aux « Corbeaux », n'y paraîtra pas. Il était connu dans le cercle zutiste. À tant d'hypothèses plus ou moins hasardeuses (l'abécédaire colorié, l'influence de la Cabbale, le décryptage érotique, la bluette amoureuse, etc.), on peut préférer le simple commentaire de Rimbaud lui-même dans « Alchimie du verbe » : « Voyelles » est un exercice préliminaire dans l'entreprise du Voyant.*

A noir, E blanc, I rouge, U vert, O bleu : voyelles,
Je dirai quelque jour vos naissances latentes :
A, noir corset velu des mouches éclatantes
Qui bombinent autour des puanteurs cruelles,

Golfes d'ombre ; E, candeurs des vapeurs et des
[tentes,
Lances des glaciers fiers, rois blancs, frissons
[d'ombelles ;
I, pourpres, sang craché, rire des lèvres belles
Dans la colère ou les ivresses pénitentes ;

U, cycles, vibrements divins des mers virides,
Paix des pâtis semés d'animaux, paix des rides
Que l'alchimie imprime aux grands fronts studieux ;

O, suprême Clairon plein des strideurs étranges,
Silences traversés des Mondes et des Anges :
— O l'Oméga, rayon violet de Ses Yeux !

(Texte de l'autographe.)

*
* *

La fréquentation de Verlaine a entraîné aussi une émulation poétique qui va de la contamination, dans l'*Album zutique*, au dégagement. La période la plus riche est le printemps et l'été de 1872. Parallèlement aux *Romances sans paroles* de Verlaine, Rimbaud élabore ce qu'il appellera des « espèces de romances ». Ainsi « Fêtes de la faim » reprend le « tour si gai, si facile » des « Chevaux de bois » verlainiens. L'un et l'autre de ces poèmes datent du séjour à Bruxelles en juillet-août 1872.

*

Paul Verlaine (1844-1896)

Bruxelles
Chevaux de bois

C'est l'un des « Paysages belges », seconde partie des Romances sans paroles. *Une autre version figurera dans* Sagesse.

Par Saint-Gille,
Viens nous-en,
Mon agile
Alezan.
(V. Hugo.)

Tournez, tournez, bons chevaux de bois,
Tournez cent tours, tournez mille tours,

Tournez souvent et tournez toujours,
Tournez, tournez au son des hautbois.

Le gros soldat, la plus grosse bonne
Sont sur vos dos comme dans leur chambre ;
Car, en ce jour, au bois de la Cambre
Les maîtres sont tous deux en personne.

Tournez, tournez, chevaux de leur cœur
Tandis qu'autour de tous vos tournois
Clignote l'œil du filou sournois.
Tournez au son du piston vainqueur.

C'est ravissant comme ça vous saoule,
D'aller ainsi dans ce cirque bête !
Bien dans le ventre et mal dans la tête,
Du mal en masse et du bien en foule.

Tournez, tournez, sans qu'il soit besoin
D'user jamais de nuls éperons
Pour commander à vos galops ronds,
Tournez, tournez, sans espoir de foin.

Et dépêchez, chevaux de leur âme,
Déjà, voici que la nuit qui tombe
Va réunir pigeon et colombe,
Loin de la foire et loin de madame.

Tournez, tournez ! le ciel en velours
D'astres en or se vêt lentement.
Voici partir l'amante et l'amant.
Tournez au son joyeux des tambours.

Champ de foire de Saint-Gilles, août 1872.

Romances sans paroles, 1874.

*

RIMBAUD

Fêtes de la faim

*Datant d'août 1872, ce poème joue sur les mots, sur des souvenirs de contes (*Barbe bleue*,* Le Petit Poucet*), sur le monde de l'enfance. Mais le désir essentiel est retrouvé plus que la satisfaction n'est atteinte.*

Ma faim, Anne, Anne,
Fuis sur ton âne.

Si j'ai du *goût*, ce n'est guères
Que pour la terre et les pierres.
Dinn ! dinn ! dinn ! dinn ! je pais l'air,
Le roc, les terres, le fer.

Tournez, les faims ! paissez, faims,
Le pré des sons !
Puis l'humble et vibrant venin
Des liserons.

Les cailloux qu'un pauvre brise,
Les vieilles pierres d'églises,
Les galets, fils des déluges,
Pains couchés aux vallées grises !

Mes faims, c'est les bouts d'air noir ;
L'azur sonneur ;
— C'est l'estomac qui me tire.
C'est le malheur.

Sur terre ont paru les feuilles :
Je vais aux chairs de fruit blettes.
Au sein du sillon je cueille
La doucette et la violette.

Ma faim, Anne, Anne !
Fuis sur ton âne

(Version d'août 1872).

Faim

Si j'ai du goût, ce n'est guère
Que pour la terre et les pierres.
Je déjeune toujours d'air,
De roc, de charbons, de fer.

Mes faims, tournez. Paissez, faims,
  Le pré des sons.
Attirez le gai venin
  Des liserons.

Mangez les cailloux qu'on brise,
Les vieilles pierres d'églises ;
Les galets des vieux déluges,
Pains semés dans les vallées grises.

(Version abrégée par Rimbaud lui-même dans « Alchimie du verbe », *Une saison en enfer*, 1873.)

II. — « EN AVANT »

À partir de là, le mouvement s'inverse. Rimbaud tend à devenir un modèle qui fascine et qui donne à réfléchir. La liaison avec Verlaine a cessé, le « Loyola » est rejeté avec violence en 1875. Pourtant le « pauvre Lélian » reste séduit par la poésie de son ancien compagnon. Verlaine vient *après* dans le premier des parallèles qui sont ici proposés.

*

RIMBAUD

Vagabonds

Cette pièce des Illuminations *est, avec « Délires I » dans* Une saison en enfer, *le témoignage le plus transparent que Rimbaud nous ait laissé de son aventure avec Verlaine. Au terme, la quête essentielle est celle d'un seul.*

Pitoyable frère ! Que d'atroces veillées je lui dus ! « Je ne me saisissais pas fervemment de cette entreprise. Je m'étais joué de son infirmité. Par ma faute nous retournerions en exil, en esclavage. » Il me supposait un guignon et une innocence très bizarres, et il ajoutait des raisons inquiétantes.

Je répondais en ricanant à ce satanique docteur, et finissais par gagner la fenêtre. Je créais, par delà la campagne traversée par des bandes de musique rare, les fantômes du futur luxe nocturne.

Après cette distraction vaguement hygiénique, je m'étendais sur une paillasse. Et, presque chaque nuit, aussitôt endormi, le pauvre frère se levait, la bouche pourrie, les yeux arrachés, — tel qu'il se rêvait ! — et me tirait dans la salle en hurlant son songe de chagrin idiot.

J'avais en effet, en toute sincérité d'esprit, pris l'engagement de le rendre à son état primitif de fils du Soleil, — et nous errions, nourris du vin des cavernes et du biscuit de la route, moi pressé de trouver le lieu et la formule.

*

VERLAINE

Laeti et errabundi

Le titre signifie « heureux et vagabonds ». Publié pour la première fois en 1888, il évoque la vie du couple en 1872-1873. À noter qu'on avait dit Rimbaud défunt en 1886. Verlaine l'a cru (voir p. 161).

Les courses furent intrépides
(Comme aujourd'hui le repos pèse !)
Par les steamers et les rapides.
(Que me veut cet at home obèse ?)

Nous allions, — vous en souvient-il,
Voyageur où ça disparu ? —
Filant légers dans l'air subtil,
Deux spectres joyeux, on eût cru !

Car les passions satisfaites
Insolemment outre mesure
Mettaient dans nos têtes des fêtes
Et dans nos sens, que tout rassure,

Tout, la jeunesse, l'amitié,
Et nos cœurs, ah ! que dégagés
Des femmes prises en pitié
Et du dernier des préjugés,

Laissant la crainte de l'orgie
Et le scrupule au bon ermite,
Puisque quand la borne est franchie
Ponsard ne veut plus de limite.

Entre autres blâmables excès
Je crois que nous bûmes de tout,
Depuis les plus grands vins français
Jusqu'à ce faro, jusqu'au stout,

En passant par les eaux-de-vie
Qu'on cite comme redoutables,
L'âme au septième ciel ravie,
Le corps, plus humble, sous les tables.

Des paysages, des cités
Posaient pour nos yeux jamais las ;
Nos belles curiosités
Eussent mangé tous les atlas.

Fleuves et monts, bronzes et marbres,
Les couchants d'or, l'aube magique,
L'Angleterre, mère des arbres,
Fille des beffrois, la Belgique,

La mer, terrible et douce au point, —
Brochaient sur le roman très cher
Que ne discontinuait point
Notre âme — et *quid* de notre chair ?... —

Le roman de vivre à deux hommes
Mieux que non pas d'époux modèles,
Chacun au tas versant des sommes
De sentiments forts et fidèles.

L'envie aux yeux de basilic
Censurait ce mode d'écot :
Nous dînions du blâme public
Et soupions du même fricot.

La misère aussi faisait rage
Par des fois dans le phalanstère :
On ripostait par le courage,
La joie et les pommes de terre.

Scandaleux sans savoir pourquoi
(Peut-être que c'était trop beau)
Mais notre couple restait coi
Comme deux bons porte-drapeau,

Coi dans l'orgueil d'être plus libres
Que les plus libres de ce monde,
Sourd aux gros mots de tous calibres,
Inaccessible au rire immonde.

Nous avions laissé sans émoi
Tous impédiments dans Paris,
Lui quelques sots bernés, et moi
Certaine princesse Souris,

Une sotte qui tourna pire...
Puis soudain tomba notre gloire,
Tels, nous, des maréchaux d'empire
Déchus en brigands de la Loire,

Mais déchus volontairement !
C'était une permission,
Pour parler militairement,
Que notre séparation,

Permission sous nos semelles,
Et depuis combien de campagnes !
Pardonnâtes-vous aux femelles ?
Moi, j'ai peu revu ces compagnes,

Assez toutefois pour souffrir.
Ah, quel cœur faible que mon cœur !
Mais mieux vaut souffrir que mourir
Et surtout mourir de langueur.

On vous dit mort, vous. Que le Diable
Emporte avec qui la colporte
La nouvelle irrémédiable
Qui vient ainsi battre ma porte !

Je n'y veux rien croire. Mort, vous,
Toi, dieu parmi les demi-dieux !
Ceux qui le disent sont des fous.
Mort, mon grand péché radieux,

Tout ce passé brûlant encore
Dans mes veines et ma cervelle
Et qui rayonne et qui fulgore
Sur ma ferveur toujours nouvelle !

Mort tout ce triomphe inouï
Retentissant sans frein ni fin
Sur l'air jamais évanoui
Que bat mon cœur qui fut divin !

Quoi, le miraculeux poème
Et la toute-philosophie,
Et ma patrie et ma bohème
Morts ? Allons donc ! tu vis ma vie !

Parallèlement, 1889.

*
* *

Nul texte n'est plus violent à l'égard de Verlaine qu'*Une saison en enfer*. Déjà la rupture est radicale et totale après l'incident du 10 juillet 1873. Là encore, le mouvement s'inverse, et l'intérêt se déplace vers ce qu'éveille, dans la postérité poétique, ce texte vraiment oraculaire. Le lecteur pourra aller du texte de Rimbaud vers ce qu'il a suscité. Deux exemples seront empruntés à *Une saison en enfer*, deux autres aux *Illuminations*.

*

RIMBAUD

Nuit de l'enfer (début)

*C'est la troisième section d'*Une saison en enfer *(1873). Du mystérieux « poison » il a déjà été question dans le prologue (« Ah ! j'en ai trop pris ») et dans « Mauvais sang » : après le vœu de « boire des liqueurs fortes comme du métal bouillant », Rimbaud évoquait « une liqueur non taxée » (alors que l'alcool est taxé), « de la fabrique de Satan ». Ce poison qui brûle et que consomme un damné imbibé de tous les alcools est une variante du feu infernal.*

J'ai avalé une fameuse gorgée de poison. — Trois fois béni soit le conseil qui m'est arrivé ! — Les entrailles me brûlent. La violence du venin tord mes membres, me rend difforme, me terrasse. Je meurs de soif, j'étouffe, je ne puis crier. C'est l'enfer, l'éternelle peine ! Voyez comme le feu se relève ! Je brûle comme il faut. Va, démon !

J'avais entrevu la conversion au bien et au bonheur, le salut. Puis-je décrire la vision, l'air de l'enfer ne souffre pas les hymnes ! C'était des millions de créatures charmantes, un suave concert spirituel, la force et la paix, les nobles ambitions, que sais-je ?

Les nobles ambitions !

Et c'est encore la vie ! — Si la damnation est éternelle ! Un homme qui veut se mutiler est bien damné, n'est-ce pas ? Je me crois en enfer, donc j'y suis. C'est l'exécution du catéchisme. Je suis esclave de mon baptême. Parents, vous avez fait mon malheur et vous avez fait le vôtre. Pauvre innocent ! — L'enfer ne peut attaquer les païens. — C'est la vie encore ! Plus tard, les délices de la damnation seront plus profondes. Un crime, vite, que je tombe au néant, de par la loi humaine.

[...]

*

Jean-Pierre DUPREY (1930-1959)

« J'ai avalé une fameuse gorgée de poison »

Lycéen à Rouen, Jean-Pierre Duprey décide de « n'être que poète » dès 1945 et publie quatre textes dès l'année suivante. Son recueil Derrière son double *paraît en 1950. Il se suicidera le 2 octobre 1959 après avoir « revécu, jusqu'à l'âge de vingt-neuf ans, à Rouen et à Paris, l'aventure mentale de Rimbaud », comme l'a écrit Alain Jouffroy (*Arthur Rimbaud et la liberté libre*, éd. du Rocher, 1991, p. 93).*

Qu'il ose venir ? qu'il vienne ? La route souffre pour deux, de plus elle fait souffrir, de là vient le mal ! Le malheur a pour lui le rythme, la fantaisie, l'ironie. Ça en dit long.

On ne se reprend pas, ce qui est dit est dit, le destin ne s'achète pas, il est là sur le chemin, il vous attend au carrefour, la boule de cristal est vraiment trop lucide ! Au fond je m'en fiche de savoir qui je suis, mais où aller ? que faire ? c'est trop brutal, trop vrai, alors où est le mensonge ?

Non on ne change pas, on voyage, c'est tout, n'en parlons plus, les grands rêves sont les plus terribles. Je souffre surtout de ne pas assez souffrir, j'aurais aimé l'atroce jouissance de la roue mais ce supplice est trop doux ou bien le hasard trop complaisant, alors que faire ?

Plus rien, rien, la farce exécrable s'impose, mourir au champ d'honneur est une mort trop pure, serais-je vraiment un intouchable ?

— Je ne le sais même pas, ce poison n'a aucun goût.

(1946.)

*
* *

RIMBAUD

Adieu

*La dernière page d'*Une saison en enfer *est, comme le note Yves Bonnefoy, « particulièrement secrète, discontinue, elliptique, comme si Rimbaud hésitait à tout écrire et, sachant que la présence d'une idée est plus créatrice que sa formule, comme s'il désirait se proposer à soi-même un message de sibylle » (*Rimbaud par lui-même*, p. 131). Postérieure au drame de Bruxelles,* *elle consomme la rupture avec les « couples menteurs » et envisage un nouveau départ.*

L'automne déjà ! — Mais pourquoi regretter un éternel soleil, si nous sommes engagés à la découverte de la clarté divine, — loin des gens qui meurent sur les saisons.

L'automne. Notre barque élevée dans les brumes immobiles tourne vers le port de la misère, la cité énorme au ciel taché de feu et de boue. Ah ! les haillons pourris, le pain trempé de pluie, l'ivresse, les mille amours qui m'ont crucifié ! Elle ne finira donc point cette goule reine de millions d'âmes et de corps morts *et qui seront jugés* ! Je me revois la peau rongée par la boue et la peste, des vers plein les cheveux et les aisselles et encore de plus gros vers dans le cœur, étendu parmi les inconnus sans âge, sans sentiment... J'aurais pu y mourir... L'affreuse évocation ! J'exècre la misère.

Et je redoute l'hiver parce que c'est la saison du comfort !

— Quelquefois je vois au ciel des plages sans fin couvertes de blanches nations en joie. Un grand vaisseau d'or, au-dessus de moi, agite ses pavillons multicolores sous les brises du matin. J'ai créé toutes les fêtes, tous les triomphes, tous les drames. J'ai essayé d'inventer de nouvelles fleurs, de nouveaux astres, de nouvelles chairs, de nouvelles langues. J'ai cru acquérir des pouvoirs surnaturels. Eh bien ! je dois enterrer mon imagination et mes souvenirs ! Une belle gloire d'artiste et de conteur emportée !

Moi ! moi qui me suis dit mage ou ange, dispensé de toute morale, je suis rendu au sol, avec un devoir à chercher, et la réalité rugueuse à étreindre ! Paysan !

Suis-je trompé ? la charité serait-elle sœur de la mort, pour moi ?

Enfin, je demanderai pardon pour m'être nourri de mensonge. Et allons.

Mais pas une main amie ! et où puiser le secours ?

Oui, l'heure nouvelle est au moins très sévère.

Car je puis dire que la victoire m'est acquise : les grincements de dents, les sifflements de feu, les soupirs empestés se modèrent. Tous les souvenirs immondes s'effacent. Mes derniers regrets détalent, — des jalousies pour les mendiants, les brigands, les amis de la mort, les arriérés de toutes sortes. — Damnés, si je me vengeais !

Il faut être absolument moderne.

Point de cantiques : tenir le pas gagné. Dure nuit ! le sang séché fume sur ma face, et je n'ai rien derrière moi, que cet horrible arbrisseau !... Le combat spirituel est aussi brutal que la bataille d'hommes ; mais la vision de la justice est le plaisir de Dieu seul.

Cependant c'est la veille. Recevons tous les influx de vigueur et de tendresse réelle. Et à l'aurore, armés d'une ardente patience, nous entrerons aux splendides villes.

Que parlais-je de main amie ! Un bel avantage, c'est que je puis rire des vieilles amours mensongères, et frapper de honte ces couples menteurs, — j'ai vu l'enfer des femmes là-bas ; — et il me sera loisible de *posséder la vérité dans une âme et un corps*.

Une saison en enfer, 1873.

*

Paul CLAUDEL (1868-1955)

Vers *Tête d'Or*

Paul Claudel, découvrant dans la revue La Vogue, *en 1886,* Les Illuminations *[*sic*], puis* Une saison en enfer, *a subi un choc qui l'a conduit à privilégier, par la suite, l'*« influence séminale » *de Rimbaud, parmi* *d'autres qui furent seulement* « formatrices » *(Eschyle, Virgile, Dante, Shakespeare, Dostoïevski). Cette émotion a été préparatoire à sa conversion même, le 25 décembre 1886 :*

> « J'avais complètement oublié la religion et j'étais à son égard d'une ignorance de sauvage. La première lueur de vérité me fut donnée par la rencontre des livres d'un grand poète, à qui je dois une éternelle reconnaissance, et qui a eu dans la formation de ma vie une part prépondérante, Arthur Rimbaud. La lecture des *Illuminations*, puis, quelques mois après, d'*Une saison en enfer*, fut pour moi un événement capital. Pour la première fois, ces livres ouvraient une fissure dans mon bagne matérialiste et me donnaient l'impression vivante et presque physique du surnaturel. Mais mon état habituel d'asphyxie et de désespoir restait le même ».
>
> (« Ma Conversion », 1913).

*

*De tous ces textes, c'est sans doute la fin d'*Une saison en enfer *qui a compté le plus. Lors du sixième de ses entretiens radiophoniques avec Jean Amrouche, en 1951, publiés sous le titre de* Mémoires improvisés, *Claudel expliquera comment les contradictions intérieures qu'il a connues à la suite de la lecture d'« Adieu », entre 1886 et 1890 (date de sa soumission à l'Église), sont reflétées dans son drame de* Tête d'Or *(première version, 1890).*

> La position où se trouve Simon Agnel c'est celle de Rimbaud, à la fin de la *Saison en enfer*, quand ayant épuisé sa Saison en Enfer, comme on dit, sa Saison au Purgatoire comme on pourrait plutôt dire de Tête d'Or, il se demande : « Qu'est-ce que je vais faire bientôt de l'existence ? »

Il ne veut pas être vaincu, pas plus que moi je ne voulais non plus être vaincu. Et alors, il s'agit maintenant de savoir ce que je vais faire de cette force, qui est en moi. Et Rimbaud répond, à peu près comme moi j'ai répondu :

Et le matin, armés d'une ardente patience, nous entrerons aux splendides villes.

C'est la conclusion, je peux dire également, de *Tête d'Or*. Seulement, cette ardente patience, c'est la Princesse, c'est la femme, qui le lui apprend. Il s'agit de ne pas être vaincu. Il s'agit de ne pas être ce que j'ai vu être ce malheureux Verlaine et ce malheureux Villiers de L'Isle-Adam, que j'avais rencontré chez Mallarmé, c'est-à-dire un vaincu. Je veux être un vainqueur.

*
* *

RIMBAUD

Départ

L'une des Illuminations *les plus elliptiques. Sa date est difficile à déterminer. Cette prose semble apporter une confirmation à la décision prise au terme de l'« Adieu » d'*Une saison en enfer.

Assez vu. La vision s'est rencontrée à tous les airs.

Assez eu. Rumeurs des villes, le soir, et au soleil, et toujours.

Assez connu. Les arrêts de la vie. — Ô Rumeurs et Visions !

Départ dans l'affection et le bruit neufs !

*

René CHAR (1907-1988)

« Tu as bien fait de partir, Arthur Rimbaud ! »

Pour Char, Rimbaud est, avec Antonin Artaud, Paul Éluard ou Martin Heidegger, l'un des « Grands Astreignants » avec lesquels il dialogue (voir Michel Jarrety, dans le Dictionnaire de poésie de Baudelaire à nos jours, *PUF, 2001, p. 134). Le poète des* Matinaux *a maintes fois célébré Rimbaud — le Rimbaud d'« Aube » dans les* Illuminations, *celui qui, selon lui, a su « parer [le] crépuscule » d'« un monde en agonie » en usant « des teintes de l'aube de l'âge d'or ». Son départ obéit à une nécessité existentielle et poétique à la fois.*

Tu as bien fait de partir, Arthur Rimbaud ! Tes dix-huit ans réfractaires à l'amitié, à la malveillance, à la sottise des poètes de Paris ainsi qu'au ronronnement d'abeille stérile de ta famille ardennaise un peu folle, tu as bien fait de les éparpiller aux vents du large, de les jeter sous le couteau de leur précoce guillotine. Tu as eu raison d'abandonner le boulevard des paresseux, les estaminets des pisse-lyres, pour l'enfer des bêtes, pour le commerce des rusés et le bonjour des simples.

Cet élan absurde du corps et de l'âme, ce boulet de canon qui atteint sa cible en la faisant éclater, oui, c'est bien là la vie d'un homme ! On ne peut pas, au sortir de l'enfance, indéfiniment étrangler son prochain. Si les volcans changent peu de place, leur lave parcourt le grand vide du monde et lui apporte des vertus qui chantent dans ses plaies.

Tu as bien fait de partir, Arthur Rimbaud ! Nous sommes quelques-uns à croire sans preuve le bonheur possible avec toi.

La Fontaine narrative, 1947.

*

* *

RIMBAUD

Dévotion

Il n'est pas interdit de reconnaître dans les deux premières de ces « mystérieuses passantes » qu'a saluées André Breton dans ce poème en prose (ou en versets) les « Deux Bonnes Sœurs » de Baudelaire. Mais la série des paroles votives se poursuit dans une énumération qui épaissit le mystère et semble devoir se perdre, non dans un air raréfié, « supérieur », comme l'« Élévation » dans Les Fleurs du Mal, *mais dans un tel mélange, une telle multiplicité d'« airs », qu'on en vient à craindre l'asphyxie comme dans un autre poème des* Illuminations, *« Enfance ».*

À ma sœur Louise Vanaen de Voringhem : — Sa cornette bleue tournée à la mer du Nord. — Pour les naufragés.

À ma sœur Léonie Aubois d'Ashby. Baou — l'herbe d'été bordonnante et puante. — Pour la fièvre des mères et des enfants.

À Lulu, — démon — qui a conservé un goût pour les oratoires du temps des Amies et de son éducation incomplète. Pour les hommes ! À madame***.

À l'adolescent que je fus. À ce saint vieillard, ermitage ou mission.

À l'esprit des pauvres. Et à un très haut clergé.

Aussi bien à tout culte en telle place de culte mémoriale et parmi tels événements qu'il faille se rendre, suivant les aspirations du moment ou bien notre propre vice sérieux.

Ce soir, à Circeto des hautes glaces, grasse comme le poisson, et enluminée comme les dix mois de la nuit rouge — (son cœur ambre et spunk), — pour ma seule prière muette comme ces régions de nuit et précédant des bravoures plus violentes que ce chaos polaire.

À tout prix et avec tous les airs, même dans des voyages métaphysiques. — Mais plus *alors*.

*

Yves Bonnefoy (né en 1923)

Dévotion

Le catalogue de l'exposition Yves Bonnefoy. — Livres et documents *(Bibliothèque nationale / Mercure de France, 1992) reproduit p. 111 une page du manuscrit autographe et le présente ainsi, p. 88-89 :*

« Ce texte de 1959 avait paru dans L'Improbable, *il y est resté quand le volume s'est grossi d'*Un rêve fait à Mantoue, *mais il figure aussi dans le volume* Poèmes. *Double insertion, qui signifie que l'auteur le considère comme tout autant un poème que la première forme des "anamnèses" que vont être* L'Arrière-pays, Rue Traversière *et quelques autres "récits en rêves".*

Par la forme aussi bien que par le titre ces pages disent aussi l'attachement d'Yves Bonnefoy à l'œuvre et à la personne de Rimbaud. Et qu'elles soient publiées parmi des essais autant que parmi des poèmes a pour fonction d'indiquer que Rimbaud est source aussi bien pour la réflexion critique que pour le travail plus immédiatement poétique. »

I

Aux orties et aux pierres.

Aux « mathématiques sévères ». Aux trains mal éclairés de chaque soir. Aux rues de neige sous l'étoile sans limite.

J'allais, je me perdais. Et les mots trouvaient mal leur voie dans le terrible silence. — Aux mots patients et sauveurs.

II

À la « Madone du soir ». À la grande table de pierre au-dessus des rives heureuses. À des pas qui se sont unis, puis séparés.

À l'hiver oltr'Arno. À la neige et à tant de pas. À la chapelle Brancacci, quand il fait nuit.

III

Aux chapelles des îles.

À Galla Placidia. Les murs étroits portant mesure dans nos ombres. À des statues dans l'herbe ; et, comme moi peut-être, sans visage.

À une porte murée de briques couleur du sang sur ta façade grise, cathédrale de Valladolid. À de grands cercles de pierre. À un *paso* chargé de terre morte noire.

À Sainte-Marthe d'Agliè, dans le Canavese. La brique rouge et qui a vieilli prononçant la joie baroque. À un palais désert et clos parmi les arbres. (À tous palais de ce monde, pour l'accueil qu'ils font à la nuit.)

À ma demeure à Urbin entre le nombre et la nuit.

À Saint-Yves de la Sagesse.

À Delphes où l'on peut mourir.

À la ville des cerfs-volants et des grandes maisons de verre où se reflète le ciel.

Aux peintres de l'école de Rimini. J'ai voulu être historien par angoisse de votre gloire. Je voudrais effacer l'histoire par souci de votre absolu.

IV

Et toujours à des quais de nuit, à des pubs, à une voix disant *Je suis la lampe, Je suis l'huile.*

À cette voix consumée par une fièvre essentielle. Au tronc gris de l'érable. À une danse. À ces deux salles quelconques, pour le maintien des dieux parmi nous.

L'Improbable ; 1959, *Poèmes*, 1978.

III. — L'AUTRE RIMBAUD ?

Voici quelques extraits de la correspondance de « l'homme aux semelles de vent ». Le principe de présentation a été un classement alphabétique de quelques mots-thèmes qui, bien souvent, viennent en écho de l'œuvre de Rimbaud le poète.

Abrutissements

[...]

Nous sommes maintenant dans la saison des pluies. C'est assez triste. Le gouvernement est le gouvernement abyssin du roi Ménélik [1], c'est-à-dire un gouvernement négro-chrétien ; mais, somme toute, on est en paix et sûreté relatives, et, pour les affaires, elles vont tantôt bien, tantôt mal. On vit sans espoir de devenir tôt millionnaire. Enfin ! puisque c'est mon sort de vivre dans ces pays ainsi...

Il y a à peine une vingtaine d'Européens dans toute l'Abyssinie, y compris ces pays-ci. Or, vous voyez sur quels immenses espaces ils sont disséminés. À Harar, c'est encore l'endroit où il y en a le plus : environ une dizaine. J'y suis le seul de nationalité française. Il y a aussi une mission catho-

---

1. Ménélik II (1842-1913), roi du Choa depuis 1866. Il deviendra empereur d'Éthiopie l'année suivante.

lique avec trois pères, dont l'un Français comme moi, qui éduquent des négrillons.

Je m'ennuie beaucoup, toujours ; je n'ai même jamais connu personne qui s'ennuyât autant que moi. Et puis, n'est-ce pas misérable, cette existence sans famille, sans occupation intellectuelle, perdu au milieu des nègres dont on voudrait améliorer le sort et qui, eux, cherchent à vous exploiter et vous mettent dans l'impossibilité de liquider des affaires à bref délai ? Obligé de parler leurs baragouins, de manger de leurs sales mets, de subir mille ennuis provenant de leur paresse, de leur trahison, de leur stupidité !

Le plus triste n'est pas encore là. Il est dans la crainte de devenir peu à peu abruti soi-même, isolé qu'on est et éloigné de toute société intelligente. [...]

(lettre aux siens,
Harar, 4 août 1888)

Rimbaud est retourné au Harar à la fin du mois d'avril 1888 pour diriger l'agence de Tian. Les affaires, dit-il, ne suffisent pas à son activité, et il s'ennuie. Double abrutissement...

[...]

Ne vous étonnez pas que je n'écrive guère : le principal motif serait que je ne trouve jamais rien d'intéressant à dire. Car, lorsqu'on est dans des pays comme ceux-ci, on a plus à demander qu'à dire ! Des déserts peuplés de nègres stupides, sans routes, sans courriers, sans voyageurs : que voulez-vous qu'on vous écrive de là ? Qu'on s'ennuie, qu'on s'embête, qu'on s'abrutit ; qu'on en a assez, mais qu'on ne peut pas en finir, etc., etc. ! Voilà tout, tout ce qu'on peut dire, par conséquent ; et, comme ça n'amuse pas non plus les autres, il faut se taire. [...]

(lettre à sa mère et à sa sœur,
Harar, 25 février 1890)

*

ARGENT

[...]

Quant à mes intérêts, dont tu parles, ils sont minces et je ne me tourmente nullement à leur sujet. Qui pourrait me faire du tort, à moi qui n'ai rien que mon individu ? Un capitaliste de mon espèce n'a rien à craindre de ses spéculations, ni de celles des autres. [...]

(*lettre à sa mère,*
Aden, 15 avril 1882)

Engagé à Aden par la firme lyonnaise Viannay, Bardey et Cie en juillet 1880, Rimbaud a été employé dans l'agence que cette société avait au Harar. En décembre 1881, il est de retour à Aden. Il a envoyé en France le montant de ses économies, et chargé les siens de s'en occuper (lettre du 7 novembre 1881 : « Je me confie à vous pour ces malheureux fonds »*). Mais sa mère semble plus inquiète que lui au sujet de cet argent.*

[...]

Si je pars d'Aden, ce sera probablement au compte de la Compagnie. Tout cela ne se décidera que dans un mois ou deux ; jusqu'à présent, on ne me laisse rien voir de précis. Quant à revenir en France, qu'irais-je chercher là, à présent ? Il vaut beaucoup mieux que je tâche d'amasser quelque chose par ici ; ensuite, je verrai. L'important et le plus pressé pour moi, c'est d'être indépendant n'importe où. [...]

(*lettre aux siens,*
Aden, 16 novembre 1882)

*

ASSIS

[...]

Voilà le beau résultat : je suis assis, et de temps en temps, je me lève et je sautille une centaine de pas sur mes béquilles, et je me rassois. Mes mains ne peuvent rien tenir. Je ne puis, en marchant, détourner la tête de mon seul pied et du bout des béquilles. La tête et les épaules s'inclinent en avant, et vous bombez comme un bossu. Vous tremblez à voir les objets et les gens se mouvoir autour de vous, crainte qu'on ne vous renverse pour vous casser la seconde patte. On ricane à vous voir sautiller. Rassis, vous avez les mains énervées et l'aisselle sciée, et la figure d'un idiot. Le désespoir vous reprend ; et vous restez assis comme un impotent complet, pleurnichant et attendant la nuit, qui rapportera l'insomnie perpétuelle et la matinée encore plus triste que la veille, etc., etc. La suite au prochain numéro. [...]

(*lettre à Isabelle,*
Marseille, 15 juillet 1891)

Dans cette très longue lettre, Rimbaud raconte tout ce qui lui est arrivé au cours des derniers mois, pour en arriver à ce triste constat.

*

AVENTURE

[...]

La récolte du café aura lieu dans six mois.

Pour moi, je compte quitter prochainement cette ville-ci pour aller trafiquer dans l'inconnu. Il y a un grand lac à quelques journées, et c'est en pays d'ivoire : je vais tâcher d'y arriver. Mais le pays doit être hostile.

Je vais acheter un cheval et m'en aller. [...]

(*lettre aux siens,*
Harar, 4 mai 1881)

Envoyé à Harar en novembre 1880 par la firme Viannay, Bardey et Cie, Rimbaud humait déjà le vent de l'aventure (lettre du 2 novembre aux siens : « Il va sans dire qu'on ne peut aller là qu'armé, et qu'il y a danger d'y laisser sa peau dans les mains des Gallas — quoique le danger n'y soit pas très sérieux non plus »*). Arrivé depuis quelques mois à peine, il songe déjà à aller plus loin. Il parle de deux campagnes à la recherche de l'ivoire dans ses lettres aux siens du 10 juin et d'une expédition dangereuse de six semaines dans sa lettre du 2 juillet. Alfred Bardey a témoigné d'un voyage à Boubasa, à 50 km au sud de Harar, où Rimbaud était allé, seul et premier Européen, créer de nouveaux marchés, et ce de sa propre initiative (lettre à P. Berrichon du 16 juillet 1897, publiée dans le* Mercure de France, *1er avril 1930).*

*

CAMPAGNE

[...]

Comme vous le dites, ma vocation ne sera jamais dans le labourage, et je n'ai pas d'objections à voir ces terres louées : j'espère pour vous qu'elles se loueront bientôt et bien. Garder la maison est toujours une bonne chose. Quant à venir m'y reposer auprès de vous, ce me serait fort agréable : je serais bien heureux, en effet, de me reposer ; mais je ne vois guère se dessiner l'occasion du repos. Jusqu'à présent, je trouve à vivre ici : si je quitte, que rencontrerai-je en échange ? Comment puis-je aller m'enfouir dans une campagne où personne ne me connaît, où je ne puis trouver aucune occasion de gagner quelque chose ? Comme vous le dites, je ne puis aller là que pour me reposer ; et, pour se reposer, il faut des rentes ; pour se marier, il faut des rentes ; et ces rentes-là, je n'en ai rien. Pour longtemps encore, je suis donc condamné à suivre les pistes où je puis trouver à vivre, jusqu'à ce que je puisse racler, à force de fatigues, de quoi me reposer momentanément. [...]

(*lettre aux siens,*
Aden, 30 décembre 1884)

Le jugement de Rimbaud sur la triste campagne de Roche n'a pas changé. Déjà, dans une lettre aux siens du 22 septembre 1880, il écrivait : « Aden [...] est, tout le monde le reconnaît, le lieu le plus ennuyeux du monde, après toutefois celui que vous habitez. » Sa mère croyait-elle l'attirer de nouveau au pays en plaçant en achats de terrain l'argent qu'il envoyait en France ? Il semble que non.

*

Chaos

[...]

Il n'y a ici qu'un chaos de rocs, la rivière et la mer. Il n'y a qu'une maison. Pas de terre, pas de jardins, pas un arbre. En été, il y a quatre-vingts degrés de chaleur. À présent, on en a souvent cinquante. C'est l'hiver. [...]

(*lettre aux siens,*
Larnaca, 15 février 1879)

Rimbaud est arrivé à Chypre le 16 décembre 1878, et il est surveillant d'une carrière à 30 km de Larnaca, sur la côte Est (voir l'article de Roger Millex dans Bateau ivre *n° 19, septembre 1965).*

[...]

Aden est un roc affreux, sans un seul brin d'herbe ni une goutte d'eau bonne : on boit de l'eau de mer distillée. La chaleur y est excessive, surtout en juin et septembre qui sont les deux canicules. La température constante, nuit et jour, d'un bureau très frais et très ventilé est de 35 degrés. Tout est très cher et ainsi de suite. Mais il n'y a pas : je suis comme prisonnier ici et, assurément, il me faudra y rester au moins trois mois avant d'être un peu sur mes jambes[1] ou d'avoir un meilleur emploi. [...]

(*lettre aux siens,*
Aden, 25 août 1880)

Après avoir cherché du travail dans les ports de la mer Rouge, Rimbaud a abouti à Aden avec le projet d'aller en Abyssinie ou à Zanzibar. Il devait y rester plus de trois mois...

[...]

Vous ne vous figurez pas du tout l'endroit. Il n'y a aucun arbre ici, même desséché, aucun brin d'herbe, aucune parcelle de terre, pas une goutte d'eau douce. Aden est un cratère de volcan éteint et comblé au fond par le sable de la mer. On n'y voit et on n'y touche donc absolument que des laves et du sable qui ne peuvent produire le plus mince végétal. Les environs sont un désert de sable absolument aride. Mais ici, les parois du cratère empêchent l'air d'entrer, et nous rôtissons au fond de ce trou comme dans un four à chaux. Il faut être bien forcé de travailler pour son pain, pour s'employer dans des enfers pareils ! On n'a aucune société, que les Bédouins du lieu, et on devient donc un imbécile total en peu d'années. Enfin, il me suffirait de ramasser ici une somme qui, placée ailleurs, me donnerait un intérêt sûr à peu près suffisant pour vivre. [...]

(*lettre aux siens,*
Aden, 28 septembre 1885)

La description d'Aden revient comme un leitmotiv dans les lettres de Rimbaud. Elle est toujours la même. Mais tantôt Rimbaud accepte le lieu (lettre aux siens du 15 janvier 1883), tantôt il se révolte (lettre aux

---

1. Il était tombé malade en arrivant (voir la lettre aux siens du 17 août, OC, 554).

siens du 5 mai 1884 : « Ma vie ici est donc un réel cauchemar »*).*

*

COLONS

[...]

Vos prévisions au sujet de l'épopée de Massaouah sont celles de tout le monde ici. Ils vont faire la *conquête* des mamelons volcaniques disséminés jusqu'à une trentaine de kilomètres de Massaouah, les relier par des voies ferrées de camelote et arrivés à ces extrémités, ils lâcheront quelques volées d'obusiers sur les vautours, et lanceront un aérostat enrubanné de devises héroïques. — Ce sera fini. Ce sera alors le moment de bazarder les quelques centaines qui resteront des quelques milliers de bourriquots et de chameaux achetés ici dernièrement, les planches des baraquements, etc., tout cet infect matériel pour lequel travaillaient avec orgueil leurs fabriques militaires.

Mais après ce moment de délire légitime, que se passera-t-il ? Cette jolie plaine de Massaouah, il faudra encore bien du monde pour la garder. La conquête occasionnera des frais, et il ne sera pas sans périls de la conserver. Il est vrai que leurs sentinelles montent la garde armées chacune d'une mitrailleuse réduite. [...]

(*lettre à Ilg,*
Aden, 1er *février 1888*)

Les Italiens sont installés à Massaouah depuis 1885. Attaqués par les Abyssins, ils ont fait venir une armée de 20 000 hommes. Le rapprochement avec « Démocratie », dans les Illuminations, *peut paraître piquant.*

Alfred Ilg était un ingénieur suisse. Il partit pour l'Abyssinie dès l'âge de 24 ans et devint conseiller du roi Ménélik. Sa correspondance a été publiée par Jean Voellmy aux éditions Gallimard en 1965, et rééditée dans la collection L'Imaginaire.

*

Enfer

[...] Depuis deux ans, mes affaires vont très mal, je me fatigue inutilement, j'ai beaucoup de peine à garder le peu que j'ai. Je voudrais bien en finir avec tous ces satanés pays ; mais on a toujours l'espoir que les choses tourneront mieux, et l'on reste à perdre son temps au milieu des privations et des souffrances que vous autres ne pouvez vous imaginer.

(*lettre aux siens,
Aden, 8 octobre 1887*)

Rentré à Aden après son séjour au Caire, Rimbaud reste très amer à la pensée de l'échec de la caravane Labatut.

[...]

Je suis toujours fort occupé dans ce satané pays. Ce que je gagne n'est pas en proportion des tracas que j'ai ; car nous menons une triste existence au milieu de ces nègres.

[...]

Celui qui vient par ici ne risque jamais de devenir millionnaire, — à moins que de poux, s'il fréquente de trop près les indigènes.

[...]

Je regrette de ne pouvoir faire un tour à l'Exposition[1] cette année, mais mes bénéfices sont loin de me le permettre, et d'ailleurs je suis absolument seul ici, et, moi partant, notre établissement disparaîtrait entièrement. Ce sera donc pour la prochaine ; et à la prochaine je pourrai exposer peut-être les produits de ce pays, et, peut-être, m'exposer moi-même, car je crois qu'on doit avoir l'air excessivement baroque après un long séjour dans des pays comme ceux-ci. [...]

(*lettre à sa mère et à sa sœur,
Harar, 18 mai 1889*)

---

1. La célèbre Exposition universelle de 1889, à Paris.

*

INDIGÈNE

Excusez-moi, mais j'ai renvoyé cette femme sans rémission.

Je lui donnerai quelques thalers et elle partira s'embarquer par le boutre qui se trouve à Rasali pour Obock, où elle ira où elle veut.

J'ai eu assez longtemps cette mascarade devant moi.

Je n'aurais pas été assez bête pour l'apporter du Choa, je ne le serai pas assez pour me charger de l'y remporter. [...]

(*lettre à M. Franzoj,*
Aden, septembre 1885)

Auguste Franzoj était journaliste. Rimbaud a fait sa connaissance en Orient. Cette femme en faveur de qui il semble être intervenu devait être une Abyssine, la compagne de Rimbaud pendant quelque temps. Nous avons deux témoignages sur cette liaison : celui de Françoise Grisard, la femme de chambre de Mme Bardey, et celui de Bardey lui-même (lettre à Paterne Berrichon du 7 juillet 1897).

[...]

Les gens du Harar ne sont ni plus bêtes, ni plus canailles que les nègres blancs des pays dits civilisés ; ce n'est pas du même ordre, voilà tout. Ils sont même moins méchants, et peuvent, dans certains cas, manifester de la reconnaissance et de la fidélité. Il s'agit d'être humain avec eux. [...]

(*lettre aux siens,*
Harar, 25 février 1890)

On songe évidemment aux « faux nègres » de « Mauvais sang », dans Une saison en enfer.

[...]

La mauvaise nourriture, le logement malsain, le vêtement trop léger, les soucis de toutes sortes, l'ennui, la rage continuelle au milieu de nègres aussi bêtes que canailles, tout cela agit très profondément sur le moral et la santé, en très peu de temps. Une année ici en vaut cinq ailleurs. On vieillit très vite, ici, comme dans tout le Soudan. [...]

(*lettre aux siens,*
Harar, 20 février 1891)

*

Mariage

[...]

Isabelle a bien tort de ne pas se marier si quelqu'un de sérieux et d'instruit se présente, quelqu'un avec un avenir. La vie est comme cela, et la solitude est une mauvaise chose ici-bas. Pour moi, je regrette de ne pas être marié et avoir une famille. Mais, à présent, je suis condamné à errer, attaché à une entreprise lointaine, et tous les jours je perds le goût pour le climat et les manières de vivre et même la langue de l'Europe. Hélas ! à quoi servent ces allées et venues, et ces fatigues et ces aventures chez des races étranges, et ces langues dont on se remplit la mémoire, et ces peines sans nom, si je ne dois pas un jour, après quelques années, pouvoir me reposer dans un endroit qui me plaise à peu près et trouver une famille, et avoir au moins un fils que je passe le reste de ma vie à élever à mon idée, à orner et à armer de l'instruction la plus complète qu'on puisse atteindre à cette époque, et que je voie devenir un ingénieur renommé, un homme puissant et riche par la science ? Mais qui sait combien peuvent durer mes jours dans ces montagnes-ci ? Et je puis disparaître, au milieu de ces peuplades, sans que la nouvelle en ressorte jamais. [...]

(*lettre aux siens,*
Harar, 6 mai 1883)

Le désir de se marier s'exprime pour la première fois dans une lettre aux siens de mars 1883 : « Je voudrais faire rapidement, en quatre ou cinq ans, une cinquantaine de mille francs ; je me marierais ensuite. » *Il est curieux de voir que la « philomathie » de Rimbaud se reporte sur son fils futur.*

> Je ne sais encore si le travail va reprendre. On m'a télégraphié de rester, mais je commence à trouver que ça tarde. Il y a six semaines que je suis ici sans travail ; et, par les chaleurs qu'il fait ici, c'est absolument intolérable. Mais enfin, il est évident que je ne suis pas venu ici pour être heureux. Et pourtant je ne puis quitter ces régions, à présent que j'y suis connu et que j'y puis trouver à vivre, — tandis qu'ailleurs je trouverais à crever de faim exclusivement.
>
> Si donc le travail reprend ici, je serai probablement réengagé, pour quelques années, deux ou trois ans, jusqu'à juillet 86 ou 87. J'aurai 32 ou 33 ans à ces dates. Je commencerai à vieillir. Ce sera peut-être alors le moment de ramasser les quelque vingt mille francs que j'aurai pu épargner par ici, et d'aller épouser au pays, où on me regardera seulement comme un vieux et il n'y aura plus que ces veuves pour m'accepter !
>
> Enfin, qu'il arrive seulement un jour où je pourrai sortir de l'esclavage et avoir des rentes assez pour ne travailler qu'autant qu'il me plaira !
>
> Mais qui sait ce qu'il arrivera demain, et ce qui arrivera dans la suite ! [...]
>
> (*lettre aux siens,*
> *Aden, 29 mai 1884*)

Sans emploi à la suite de la liquidation de la firme qui l'avait engagé, Rimbaud traîne son ennui à Aden. Le 7 mai 1884, Alfred Bardey, qui se trouvait alors en France, recevait d'Arabie une lettre où on lui disait : « Rimbaud attend la reprise des affaires, il a l'air fort malheureux de ne point avoir d'occupation. »

> [...]
>
> Pour moi, hélas ! je n'ai ni le temps de me marier ni de regarder se marier. Il m'est tout à fait impos-

sible de quitter mes affaires, avant un délai indéfini. Quand on est engagé dans les affaires de ces satanés pays, on n'en sort plus.

Je me porte bien, mais il me blanchit un cheveu par minute. Depuis le temps que ça dure, je crains d'avoir bientôt une tête comme une houppe poudrée. C'est désolant, cette trahison du cuir chevelu ; mais qu'y faire ? [...]

(*lettre à sa mère,*
Harar, 21 avril 1890)

[...] Pourrais-je venir me marier chez vous, au printemps prochain ? Mais je ne pourrai consentir à me fixer chez vous, ni à abandonner mes affaires ici. Croyez-vous que je puisse trouver quelqu'un qui consente à me suivre en voyage ?

Je voudrais bien avoir une réponse à cette question aussitôt que possible. [...]

(*lettre à sa mère et à sa sœur,*
Harar, 10 août 1890)

[...] Je recommence donc à béquiller. Quel ennui, quelle fatigue, quelle tristesse, en pensant à tous mes anciens voyages, et comme j'étais actif, il y a seulement cinq mois ! Où sont les courses à travers monts, les cavalcades, les promenades, les déserts, les rivières et les mers ? Et à présent l'existence de *cul-de-jatte* ! car je commence à comprendre que les béquilles, jambes de bois et jambes mécaniques, sont un tas de blagues, et qu'on n'arrive avec tout cela qu'à se traîner misérablement sans pouvoir jamais rien faire. Et moi qui justement avais décidé de rentrer en France cet été pour me marier ! Adieu mariage, adieu famille, adieu avenir ! Ma vie est passée, je ne suis plus qu'un tronçon immobile. [...]

(*lettre à Isabelle,*
Marseille, 10 juillet 1891)

Rimbaud a été amputé de la jambe droite le 27 mai. Il songe avec amertume à ses rêves de l'année précédente.

*

PARENTS

[...]

Je ne vous oublie pas du tout, comment le pourrais-je, et si mes lettres sont trop brèves c'est que, toujours en expéditions, j'ai toujours été pressé aux heures de départ des courriers. Mais je pense à tous et je ne pense qu'à vous. Et que voulez-vous que je vous raconte de mon travail d'ici, qui me répugne déjà tellement, et du pays que j'ai en horreur, et ainsi de suite. Quand je vous raconterais les essais que j'ai faits avec des fatigues extraordinaires et qui n'ont rien rapporté que la fièvre, qui me tient à présent depuis quinze jours de la manière dont je l'avais à Roches il y a deux ans ? Mais que voulez-vous je suis fait à tout à présent je ne crains rien. [...]

(*lettre aux siens,*
Harar, vendredi 22 juillet 1881)

Rimbaud a à peine le temps d'écrire des lettres, comment aurait-il — s'il en avait envie — le temps d'écrire des poèmes ?

[...]

Vous avez de moi une somme de 2 500 francs, d'il y a deux ans. Prenez à votre compte les terres que vous avez achetées avec cela, en concurrence des sommes que vous débourserez pour moi. L'affaire est bien simple, et il n'y a pas de dérangements.

Ce qui est surtout attristant, c'est que tu termines ta lettre en déclarant que vous ne vous mêlerez plus de mes affaires. Ce n'est pas une bonne manière d'aider un homme à des mille lieues de chez lui, voyageant parmi des peuplades sauvages et n'ayant pas un seul correspondant dans son pays ! J'aime à espérer que vous modifierez cette intention peu charitable. Si je ne puis même plus l'adresser à ma famille pour mes commissions, où diable m'adresserai-je ? [...]

(*lettre à sa mère,*
Aden, 8 décembre 1882)

Mme Rimbaud ne comprenait pas que son fils dépensât tant d'argent à acheter des livres. Sur sa personnalité, voir Suzanne Briet, Madame Rimbaud, essai de biographie, *suivi de la correspondance de Vitalie Rimbaud-Cuif, Lettres modernes, 1968.*

Je reçois votre lettre du 23 7bre, vos nouvelles m'attristent, ce que vous me racontez de Frédéric est très ennuyeux et peut nous porter grand préjudice à nous autres. Ça me gênerait assez, par exemple, que l'on sache que j'ai un pareil oiseau pour frère. Ça ne m'étonne d'ailleurs pas de ce Frédéric : c'est un parfait idiot, nous l'avons toujours su, et nous admirions toujours la dureté de sa caboche.

Vous n'avez pas besoin de me dire de ne pas engager de correspondance avec lui. Quant à lui donner q[uel]que chose, ce que je gagne est trop péniblement amassé pour que j'en fasse cadeau à un Bédouin de ce genre qui matériellement est moins fatigué que moi, j'en suis sûr. Enfin, j'espère cependant pour vous et pour moi qu'il finira par cesser cette comédie.

Quant à exercer sa langue sur mon compte, ma conduite est connue ici comme ailleurs. Je puis vous envoyer le témoignage de satisfaction *exceptionnel* que la compagnie Mazeran liquidée m'a accordé pour *quatre années de service de 1880 à 84* et j'ai une très bonne réputation ici, qui me permettra de gagner ma vie convenablement. Si j'ai eu des moments malheureux auparavant, je n'ai jamais cherché à vivre aux dépens des gens ni au moyen du mal. [...]

(*lettre à sa mère et à sa sœur,*
Aden, 7 octobre 1884)

Frédéric Rimbaud avait été contraint à un mariage que Mme Rimbaud considérait comme une mésalliance. Arthur accepte la manière dont elle lui a présenté les choses. Comme l'écrit Suzanne Briet, op. cit., *p. 46, il « situe le mal au même endroit sur la carte du mal dressée par sa mère ».*

*

PHILOMATHIE

J'ai reçu votre dernière lettre et la caisse de livres m'est arrivée hier au soir. Je vous en remercie.

L'appareil photographique, et tout le reste, est en excellent état, quoiqu'il ait été se promener à Maurice, et je tirerai bon parti de tout cela.

Quant aux livres, ils me seront très utiles dans un pays où il n'y a pas de renseignements, et où l'on devient bête comme un âne, si on ne repasse pas un peu ses études. Les jours et les nuits, surtout, sont bien longues *[sic]* au Harar, et ces bouquins me feront agréablement passer le temps. Car il faut dire qu'il n'y a aucun lieu de réunion public au Harar ; on est forcé de rester chez soi continuellement. Je compte d'ailleurs faire un curieux album de tout cela.

(*lettre aux siens,*
Aden, 19 mars 1883)

*Rimbaud va repartir pour le Harar. Il a fait acheter en France un appareil photographique et toute une série de livres techniques (*Traité complet des chemins de fer, Traité de Mécanique de l'École de Châlons*) : il est resté le « philomathe » dont parlait Verlaine.*

[...]

Pour les Corans, je les ai reçus il y a longtemps, il y a juste un an, au Harar, même. Quant aux autres livres ils ont en effet dû être vendus.

Je voudrais bien vous faire envoyer quelques livres, mais j'ai déjà perdu de l'argent à cela. Pourtant, je n'ai aucune distraction, ici, où il n'y a ni journaux, ni bibliothèques, et où l'on vit comme des sauvages.

Écrivez cependant à la librairie Hachette, je crois, et demandez quelle est *la plus récente édition* du *Dictionnaire de Commerce et de Navigation*, par Guillaumin. S'il y a une édition récente, d'après 1880, vous pouvez me l'envoyer : il y a deux gros volumes, ça coûte cent francs, mais on peut avoir cela au rabais chez Sauton. Mais s'il n'y a que de vieilles éditions, je n'en veux pas. — Attendez ma prochaine lettre pour cela.

(*lettre aux siens,*
Aden, 15 janvier 1885)

En octobre 1883, Rimbaud avait fait parvenir « à M. Hachette » une lettre où il lui demandait « la meilleure traduction française du Coran *(avec le texte arabe en regard, s'il en existe ainsi) — et même sans le texte ». Non qu'il veuille se convertir à l'islam ; mais pour mieux pouvoir entrer en relations avec les indigènes.*

*

Politique

[...]

Vous me parlez des nouvelles politiques. Si vous saviez comme ça m'est indifférent ! Plus de deux ans que je n'ai pas touché un journal. Tous ces débats me sont incompréhensibles, à présent. Comme les musulmans, je sais que ce qui arrive arrive, et c'est tout. [...]

(*lettre aux siens,*
Harar, 6 mai 1883)

Jules Ferry est revenu aux affaires en février 1883. C'est sans doute à sa politique que faisait allusion la lettre à laquelle répond ici Rimbaud.

[...]

De nouvelles politiques en général, rien de drôle que la condamnation, par défaut, du général Boulanger à la déportation dans une enceinte fortifiée. [...]

(*lettre à Ilg,*
Harar, 12 septembre 1889)

[...]

Les affaires de cette Mer Rouge sont bien changées, elles ne sont plus ce qu'elles étaient il y a six ou sept ans.

C'est l'invasion des Européens, de tous les côtés, qui a fait cela : les Anglais en Égypte, les Italiens à Massaouah, les Français à Obock, les Anglais à Berbéra, etc. Et on dit que les Espagnols aussi vont occuper quelque port aux environs du détroit ! Tous les gouvernements sont venus engloutir des millions (et même en somme quelques milliards) sur toutes ces côtes maudites, désolées, où les indigènes errent des mois sans vivres et sans eau, sous le climat le plus effroyable du globe ; et tous ces millions qu'on a jetés dans le ventre des bédouins n'ont rien rapporté, que les guerres, des désastres de tous genres ! Tout de même, j'y trouverai peut-être quelque chose à faire. [...]

(*lettre aux siens,*
Aden, 25 janvier 1888)

Après l'échec qu'il vient de subir, Rimbaud se morfond à Aden. Il a songé à ce moment-là à se faire journaliste : il aurait voulu être nommé correspondant de guerre du Temps *pour faire la chronique du conflit italo-abyssin. Cette lettre nous présente un tableau de la situation, peu favorable aux affaires.*

Saisons

[...] Je vous souhaite mille chances et un été de cinquante ans sans cesser. [...]

(*lettre aux siens,*
Aden, 22 septembre 1880)

[...] La seule chose qui m'intéresse, sont les nouvelles de la maison et je suis toujours heureux à me reposer sur le tableau de votre travail pastoral. C'est dommage qu'il fasse si froid et si lugubre chez vous, en hiver ! Mais vous êtes au printemps, à présent, et votre climat, à ce temps-ci, correspond avec celui que j'ai ici, au Harar, à présent. [...]

(*lettre aux siens,*
Harar, 6 mai 1883)

[...] L'été aussi va revenir dans trois ou quatre mois, et le séjour ici redeviendra atroce. [...]

(*lettre aux siens,*
Aden, 30 décembre 1884)

[...]

Pour moi, je ne fais que pleurer jour et nuit, je suis un homme mort, je suis estropié pour toute ma vie. Dans la quinzaine, je serai guéri, je pense ; mais je ne pourrai marcher qu'avec des béquilles. Quant à une jambe artificielle, le médecin dit qu'il faudra attendre très longtemps, au moins six mois ! Pendant ce temps, que ferai-je, où resterai-je ? Si j'allais chez vous, le froid me chasserait dans trois mois, et même en moins de temps ; car, d'ici, je ne serai capable de me mouvoir que dans six semaines, le temps de m'exercer à béquiller ! Je ne serais donc chez vous que fin juillet. Et il me faudrait repartir en septembre. [...]

(*lettre à Isabelle,*
Marseille, 23 juin 1891)

Rimbaud partira pour Roche le 23 juillet 1891 et reviendra à Marseille le 24 août.

*

TRAFIC

[...]

Il me vient quelques milliers de fusils d'Europe. Je vais former une caravane, et porter cette marchandise à Ménélik, roi du Choa.

La route pour le Choa est très longue : deux mois de marche presque jusqu'à Ankober, la capitale, et les pays qu'on traverse jusque là sont d'affreux déserts. Mais, là-haut, en Abyssinie, le climat est délicieux, la population est chrétienne et hospitalière, la vie est presque pour rien. Il n'y a là que quelques Européens, une dizaine en tout, et leur occupation est le commerce des armes, que le roi achète à bon prix. S'il ne m'arrive pas d'accidents, je compte y arriver, être payé de suite et redescendre avec un bénéfice de 25 ou 30 mille francs réalisé en moins d'un an.

L'affaire réussissant, vous me verriez en France, vers l'automne 1886, où j'achèterais moi-même de nouvelles marchandises. J'espère que ça tournera bien. Espérez-le aussi pour moi ; j'en ai besoin. [...]

(*lettre aux siens,*
Aden, 22 octobre 1885)

Rimbaud vient de rompre avec les frères Bardey et de signer un engagement avec Pierre Labatut, ancien capitaine au long cours qui vit depuis quinze ans au Choa et entretient de bonnes relations avec le roi de ce pays, Ménélik. Celui-ci s'armant contre l'empereur Jean d'Abyssinie, l'occasion est propice au trafic d'armes. Rimbaud doit conduire à Ankober, la capitale de Ménélik, quelques milliers de fusils achetés à Liège.

Des difficultés de toute sorte, la maladie et la mort de Labatut amèneront un échec complet de l'expédition.

[...]

Ce Tadjoura-ci est annexé depuis un an à la colonie française d'Obock. C'est un petit village Dankali avec quelques mosquées et quelques palmiers. Il y a un fort, construit jadis par les Égyptiens, et où dorment à présent six soldats français sous les ordres d'un sergent, commandant le poste. On a laissé au pays son petit sultan et son administration indigène. C'est un protectorat. Le commerce du lieu est le trafic des esclaves.

D'ici partent les caravanes des Européens pour le Choa, très peu de chose ; et on ne passe qu'avec de grandes difficultés, les indigènes de toutes ces côtes étant devenus ennemis des Européens, depuis que l'amiral anglais Hewett a fait signer à l'empereur Jean du Tigré un traité abolissant la traite des esclaves, le seul commerce indigène un peu florissant. Cependant, sous le protectorat français, on ne cherche pas à gêner la traite, et cela vaut mieux.

N'allez pas croire que je sois devenu marchand d'esclaves. Les m[archand]ises que nous importons sont des fusils (vieux fusils à piston réformés depuis 40 ans), qui valent chez les marchands de vieilles armes, à Liège ou en France, 7 ou 8 francs la pièce. Au roi du Choa, Ménélik II, on les vend une quarantaine de francs. Mais il y a dessus des frais énormes, sans parler des dangers de la route, aller et retour. Les gens de la route sont les Dankalis, pasteurs bédouins, musulmans fanatiques : ils sont à craindre. Il est vrai que nous marchons avec des armes à feu et les bédouins n'ont que des lances : mais toutes les caravanes sont attaquées. [...]

(*lettre aux siens,*
Tadjoura, 3 décembre 1885)

Pendant que Labatut reste à Aden pour le transit des marchandises, Rimbaud entreprend à Tadjoura la formation de la caravane. Cette concession, très isolée, était alors disputée à la France par l'Angleterre. Rochet d'Héricourt, dans ses Voyages sur les rives de la Mer Rouge, *écrit qu'on ne peut imaginer village plus morne, avec ses gourbis délabrés, rejetés, comme qui dirait par la mer, sur cette côte déserte, contre un arrière-plan de montagnes volcaniques s'élevant à une hauteur considérable.*

*

Vie

[...] Hélas ! moi, je ne tiens pas du tout à la vie ; et si je vis, je suis habitué à vivre de fatigue ; mais si je suis forcé de continuer à me fatiguer comme à présent, et à me nourrir de chagrins aussi véhéments qu'absurdes dans ces climats atroces, je crains d'abréger mon existence.

Je suis toujours ici aux mêmes conditions, et, dans trois mois, je pourrais vous envoyer 5 000 francs d'économies ; mais je crois que je les garderai pour commencer quelque petite affaire à mon compte dans ces parages, car je n'ai pas l'intention de passer toute mon existence dans l'esclavage.

Enfin, puissions-nous jouir de quelques années de vrai repos dans cette vie ; et heureusement que cette vie est la seule, et que cela est évident, puisqu'on ne peut imaginer une autre vie avec un ennui plus grand que celle-ci ! [...]

(*lettre aux siens,*
Harar, 25 mai 1881)

Rimbaud a renoncé aux vies multiples dont il était question dans Une saison en enfer *(« Alchimie du verbe ») et dans les* Illuminations *(« Vies »).*

Eh bien, je me résignerai à mon sort. Je mourrai où me jettera le destin. J'espère pouvoir retourner là où j'étais, j'ai des amis de dix ans, qui auront pitié de moi, je trouverai chez eux du travail, je vivrai comme je pourrai. Je vivrai toujours là-bas, tandis qu'en France, hors de vous, je n'ai ni amis, ni connaissances, ni personne. Et si je ne puis vous voir, je retournerai là-bas. En tout cas, il faut que j'y retourne.

(*lettre à Isabelle,*
Marseille, 2 juin 1891)

Rimbaud, on le sait, devait quitter Roche en août 1891, avec l'intention de regagner Aden. Il n'alla pas au-delà de Marseille.

*

VOLONTÉ (DERNIÈRE)

UN LOT : UNE DENT SEULE.
UN LOT : DEUX DENTS.
UN LOT : TROIS DENTS.
UN LOT : QUATRE DENTS.
UN LOT : DEUX DENTS.

Monsieur le Directeur,

Je viens vous demander si je n'ai rien laissé à votre compte. Je désire changer aujourd'hui de ce service-ci, dont je ne connais même pas le nom, mais en tout cas que ce soit le service d'Aphinar. Tous ces services sont là partout, et moi, impotent, malheureux, je ne peux rien trouver, le premier chien dans la rue vous dira cela.

Envoyez-moi donc le prix des services d'Aphinar à Suez. Je suis complètement paralysé : donc je désire me trouver de bonne heure à bord. Dites-moi à quelle heure je dois être transporté à bord...

(probablement au directeur des Messageries
maritimes, Marseille, 9 novembre 1891)

*Début d'une lettre dictée à Isabelle et publiée par elle. C'est le dernier solde rimbaldien, et le plus étrange. Peut-être aussi, comme l'écrit V.-P. Underwood, « l'ultime poème du voyant » (*Rimbaud et l'Angleterre, *p. 249-250).*

REPÈRES BIOGRAPHIQUES

1854 (20 octobre) Naissance à Charleville, dans les Ardennes, de Jean-Nicolas-Arthur Rimbaud, fils du capitaine Frédéric Rimbaud, né en 1814, officier d'infanterie ayant servi en Algérie, et de Vitalie Cuif (née en 1825), son épouse depuis le 8 février 1853. Le couple, qui occupe un appartement au 12 de la rue Napoléon, a déjà un fils, Frédéric, né le 2 novembre 1853. Mais le père, affecté dans différentes garnisons, ne revient que de temps à autre au domicile conjugal. C'est au cours d'une de ces permissions que le futur poète a été conçu. Il est présenté à l'état-civil par le grand-père Cuif et confié à une nourrice, en raison du mauvais état de santé de l'accouchée.

1855 (mars) Le capitaine Rimbaud est envoyé sur le front de Crimée. Il en revient en juin 1856 et prend alors ses quartiers à Grenoble, ne regagnant Charleville que de temps à autre.

1857 (4 juin) Naissance d'une première petite sœur, Victorine, qui va mourir quelques semaines après. Il en reste peut-être quelque chose dans « Enfance » II (LP II, 92).

(5 juillet) Mort du grand-père, Nicolas Cuif. Mme Rimbaud devient pratiquement le chef de famille, « après le départ de l'homme » (« Mémoire », LP I, 253).

1858 (15 juin) Naissance d'une seconde sœur, Vitalie.

1860 (1er juin) Naissance d'Isabelle, le dernier enfant du couple Rimbaud, qui se sépare définitivement en septembre. Peut-être entendra-t-on plus tard les voix de ces sœurs librement transposées dans « Âge d'or » (LP I, 241-242).

1861 (octobre) L'élève Arthur Rimbaud fait son entrée en classe de 9e dans l'Institution Rossat, rue de l'Arquebuse, à Charleville. Frédéric, quoique son aîné d'un an, est dans la même classe, et il a des résultats plus médiocres. L'écart « allait, en quelques années, devenir un gouffre » (JJL, 45).

1862 (décembre) Mme Rimbaud et ses enfants s'installent dans un appartement loué au 13, cours d'Orléans, dans le quartier plus chic dit « les allées ». Arthur est en 8e. Une photographie de classe a été conservée, qui montre Arthur et Frédéric au premier rang (PR, 22-23).

1863 (octobre) Les deux frères entrent en 7e. En août 1864, Arthur raflera la plupart des prix. Parmi les livres qu'il reçut il y avait divers romans d'aventures, en particulier *L'Habitation du désert* de Mayne-Reid. Il s'en souviendra quand, en 1871, il écrira « Les Poètes de sept ans » (LP I, 159-161).

1864 (octobre) Frédéric et Arthur entrent en 6e à l'Institution Rossat, mais après les vacances de Pâques 1865, Mme Rimbaud les retire, sans doute parce qu'elle est gênée financièrement, pour les inscrire, en qualité d'externes libres, au collège municipal de Charleville. Ils y feront toute leur scolarité secondaire, interrompue par la guerre en 1870. L'établissement occupe les locaux d'un ancien couvent et, dans la plupart des classes, les élèves du petit séminaire local sont mêlés aux collégiens proprement dits. Rimbaud s'en souviendra quand il écrira *Un cœur sous une soutane*, en 1870 (LP I, 84-99).

1865 (octobre) Frédéric redouble sa 6e, tandis qu'Arthur entre en 5e. Leur camarade commun Ernest Delahaye croira se rappeler que les dons d'Arthur se sont révélés particulièrement cette année-là. À partir de la rentrée d'octobre 1866, le nouveau principal, Jules Desdouest, va suivre avec attention leur manifestation. De ces années semble dater ce qu'on a appelé assez improprement le « Cahier des dix ans » (OC, 57-89), enrichi de dessins, en particulier « Navigation ».

1866 (Pâques) Les deux frères Rimbaud font leur première communion. Une photographie a été conservée (PR, 26). Mme Rimbaud, très dévote, a veillé à leur éducation religieuse, dont Arthur se détachera violemment (voir « Les Premières Communions », LP I, 193-199). Elle a déménagé une nouvelle fois, à l'automne de 1865, dans une maison, au 20 de la rue Forest.

1867 (octobre) Arthur entre en 3e. C'est l'année où, selon Delahaye, il aurait fait ses premières tentatives poétiques. On peut penser qu'elles furent plutôt des tentations. En mars 1868, en tout cas, il a pris l'initiative d'adresser des vers latins au Prince impérial, Louis, à l'occasion de la première communion de celui-ci.

1868 (octobre) En classe de seconde, Arthur a pour professeur de lettres Paul Duprez, qui à son tour remarque le goût de son élève pour les vers français et latins, au détriment, semble-t-il, des mathématiques. L'élève doué obtient le premier prix de vers latins au concours académique de Douai. Ses vers latins seront donc les premiers à être publiés dans le *Bulletin officiel*, et à plusieurs reprises (voir OC, 91-125).

1869 (octobre) Il entre en rhétorique (première) et a pour professeur de lettres un jeune homme, Jules Feuillâtre, qui, malade, cède la place en janvier 1870 à Georges Izambard, venu de Douai et âgé de 21 ans. Ce dernier ne tarde pas à remarquer le plus doué de ses élèves, qui vient de publier, à des coupures près, le poème qu'il avait adressé à une revue familiale chère à sa mère, la *Revue pour tous*. Le 2 janvier 1870 avait ainsi paru le premier poème en vers français de Rimbaud, « Les Étrennes des orphelins » (LP I, 47-50).

1870 (4 mai) Mme Rimbaud écrit à Izambard, inquiète de voir *Les Misérables* « de V. hugot [*sic*] » entre les mains de son fils.

(24 mai) Arthur écrit à Théodore de Banville, aux bons soins d'Alphonse Lemerre, l'éditeur, passage Choiseul à Paris, du *Parnasse contemporain* et des Parnassiens. Il lui confie trois poèmes, qu'il date du 20 avril 1870 (« *Par les beaux soirs d'été* », qui sera par la suite intitulé « Sensation », LP I, 54, 108), du 15 mai (« Ophélie », LP I, 55-56) et du 29 avril (« *Credo in unam* », LP I, 59-61, appelé à devenir « Soleil et Chair », LP I, 126-131).

(19 juillet) La France déclare la guerre à la Prusse.

(27 juillet) Première version de « Vénus anadyomène » (LP I, 83).

(1er et 2 août) Bataille de Sarrebrück, interprétée par l'empereur Napoléon III comme une « éclatante victoire » où, pour la première fois, se serait illustré son fils, Louis (voir LP I, 134-135).

(13 août) La revue satirique *La Charge* publie un poème de Rimbaud, « Trois baisers » (LP I, 51-52), qui, par la suite, sera intitulé « Comédie en trois baisers », puis « Première soirée ».

(15 août) « Ce qui retient Nina », poème qui deviendra « Les Reparties de Nina ».

(25 août) Longue lettre à Izambard, qui a regagné Douai sans attendre la distribution des prix et donc sans assister au triomphe de son élève favori.

(29-31 août) Rimbaud fait une fugue vers Paris en passant par Charleroi. N'ayant pas un titre de transport en chemin de fer suffisant, il est arrêté à la gare du Nord et, comme mineur en état de vagabondage, il est conduit au dépôt, puis à la prison de Mazas, où il est enfermé quand Napoléon III est vaincu à Sedan (le 2 septembre) et quand il renonce à l'Empire (le 4). Rimbaud date lui-même du 3 septembre son sonnet « *Morts de Quatre-vingt-douze* » (LP I, 105-106).

(5 septembre) Après avoir écrit à sa mère, il lance par lettre un appel à Izambard. Celui-ci l'accueille à Douai, dans la maison des trois sœurs Gindre, qui lui ont servi de mères et tiennent un magasin de confection au centre-ville. Izambard l'associe à son action politique locale et lui fait connaître un jeune poète du lieu, Paul Demeny, dont Rimbaud avait lu sans l'estimer beaucoup le recueil publié à Paris, *Les Glaneuses*.

(20 septembre) « Les Effarés » (LP I, 110-112). C'est un poème nouveau qui doit trouver sa place dans le recueil que Rimbaud essaie de mettre au point en remodelant et en complétant ses vers de l'année 1870.

(26 septembre) Izambard, ayant reçu une lettre de Mme Rimbaud, accompagne Arthur en train jusqu'à Charleville.

(29 septembre) « Roman » (LP I, 112-114).

(7 octobre) Nouvelle fugue, le jour-même où il écrit « Rêvé Pour l'hiver » (LP I, 136). Rimbaud gagne Charleroi, où il écrit des poèmes de « l'aise » (LP I, 133, 134, 136, 137). Il arrive à Douai le 11, s'installe sans crier gare chez les sœurs Gindre, et complète son recueil, avec en particulier « Ma Bohême » (LP I, 137-138), quintessence de ses errances. Izambard est cette fois contraint de remettre le fugueur à la police, comme l'a demandé sa mère. Arthur, avant de se laisser reconduire à Charleville, dépose son manuscrit, sans titre, au domicile de Demeny. Il écrira pourtant à Izambard quand il sera de retour, le 2 novembre (OC, 223). La lettre est signée « Ce “sans cœur” de A. Rimbaud ».

(31 décembre) Bombardement de Mézières par les Prussiens.

1871 (24 ou 25 février) Rimbaud, las d'être bloqué dans Charleville occupé, fait une nouvelle fugue vers

Paris, la capitale ayant été libérée de son siège depuis le 28 janvier. Il fait le tour des librairies et constate que leurs devantures sont occupées par une littérature de circonstances (voir sa lettre à Demeny du 17 avril, écrite au retour, LP I, 141-143). Il n'est pas impossible qu'il ait pourtant cherché à en faire autant, à sa manière, qui est beaucoup plus grinçante (« Paris se repeuple », LP I, 200-202). Il a cherché aussi à entrer en contact avec des journalistes satiriques, comme Eugène Vermersch, ou des caricaturistes, comme André Gill. Sa manière va donc évoluer vers le portrait-charge.

(10 mars) Il indique lui-même cette date comme celle de son retour à Charleville. Il ne regagne pas le collège, qui rouvre enfin ses portes. Frédéric pas davantage : il va vendre des journaux à la criée. Arthur trouve un emploi provisoire et précaire au siège du journal local, *Le Progrès des Ardennes*, jusqu'à la suspension de celui-ci, le 17 avril.

(13 et 15 mai) Rimbaud écrit à Izambard, puis à Demeny deux lettres, l'une brève, l'autre très longue, qui témoignent d'un bouleversement intérieur et d'une mutation brutalement affichée. Est-ce parce qu'il est revenu une nouvelle fois à Paris et qu'il a participé à la Commune ? Le doute l'emporte ici sur la conviction. S'il couvre de son mépris les « imbéciles de collège » qu'il fréquente à Charleville et par lesquels il prétend se faire entretenir, ses espoirs se tournent vers Paris insurgé, vers une poésie « objective » qui briserait avec le lyrisme fade de la poésie « subjective ». Le poète doit se faire *voyant* et, comme Prométhée, voler le feu pour le donner aux hommes (LP I, 143-158).

(22-28 mai) C'est la Semaine sanglante au cours de laquelle le gouvernement de Thiers, installé à Versailles, réprime sans pitié les insurgés. Rimbaud date du 26 mai « Les Poètes de sept ans » (LP I, 159-161), un poème qui semble sans rapport avec les événements, mais qu'il place, le 10 juin, en tête d'une nouvelle lettre à Demeny. Une page va être tournée avec une dernière lettre à Izambard, le 12 juillet, à Demeny, le 28 août. Plus que vers Banville (son envoi du 15 août est chargé d'ironie), c'est du côté de Paul Verlaine qu'il se tourne. Il lui adresse plusieurs messages, grâce à une connaissance commune, Auguste (*alias* Charles) Bretagne dit « le Prêtre », en réalité contrôleur des contributions indirectes à Charleville. Verlaine, qui a cru prudent de s'éloigner de Paris puisqu'il travaillait à l'Hôtel de Ville, trouve à son retour les lettres et les poèmes qui leur étaient joints.

(vers la fin de septembre) Verlaine, qui a enfin répondu à Rimbaud, l'accueille à Paris après lui avoir envoyé un billet de chemin de fer. Il croit pouvoir l'installer dans l'hôtel particulier de ses beaux-parents, rue Nicolet, à Montmartre. Il y vit avec sa très jeune femme, Mathilde, qui attend un enfant. Mais M. Mauté, qui rentre quelques jours après d'une partie de chasse, ne tolère pas l'intrus.

(octobre) Rimbaud est introduit par Verlaine aux dîners des Vilains Bonshommes, puis dans le Cercle zutique, que Charles Cros et ses frères viennent de fonder. Il va collaborer à l'*Album zutique*. Et le siège du club, à l'hôtel des Étrangers, sera l'un de ses logis d'une semaine ou d'une nuit, comme l'appartement de Charles Cros, puis la chambre mise à sa disposition par Banville.

(30 octobre) Naissance de Georges, le fils de Verlaine et de Mathilde Mauté.

(décembre) Rimbaud est logé chez le dessinateur et peintre Jean-Louis Forain, rue Campagne-Première, à Montparnasse. Il y dort sur une paillasse, mais ce sera le plus durable de ses logis parisiens.

1872 (janvier) La présence de Rimbaud est en partie à l'origine de scènes violentes entre Verlaine et sa femme. Théodore Mauté protège sa fille qui, sur son conseil, se réfugie dans un hôtel de Périgueux avec son enfant.

(2 mars) Rimbaud a fait scandale lors d'un dîner des Vilains Bonshommes, blessant même le photographe-poète Étienne Carjat avec une canne-épée. Verlaine

demande à Rimbaud d'aller se faire oublier quelque temps à Charleville. Un échange de correspondance entre eux va suivre.

(mai) Retour de Rimbaud à Paris. Forain ayant déménagé pour l'île Saint-Louis, il est logé dans différents hôtels du Quartier latin.

(16 mai) Banville rend compte du Salon de l'année, et en particulier du tableau d'Henri Fantin-Latour qui s'y trouve exposé, *Un coin de table* : on y voit Rimbaud assis à côté de Verlaine.

(mai-juin) Nouvelle floraison de poèmes, au moment où, parallèlement, Verlaine écrit les *Ariettes oubliées* et publie deux d'entre elles dans *La Renaissance littéraire et artistique*, la revue fondée en avril par son ami Émile Blémont.

(7 juillet) Rimbaud et Verlaine prennent la brusque décision de quitter Paris, d'abord pour Arras, puis pour Bruxelles, où ils s'installent à l'Hôtel Liégeois.

(21 juillet) Mathilde débarque à Bruxelles avec sa mère et passe des moments de délices avec son mari dans le même Hôtel Liégeois. Elle essaie de ramener Verlaine qui, d'abord docile, leur fausse compagnie à la frontière.

(7 septembre soir) Les deux compagnons s'embarquent à Ostende pour l'Angleterre. Le séjour en Belgique leur aura inspiré des poèmes, et toujours parallèlement : les « Paysages belges » et « *Birds in the Night* » pour Verlaine (deuxième et troisième section des futures *Romances sans paroles*) ; « *Plates-bandes d'amarantes* » et « *Est-elle almée ?* » en juillet, « Fêtes de la faim » en août, pour Rimbaud (LP I, 246-250).

(8 septembre) Arrivée à Londres. Le « jeune ménage » (voir LP I, 243-244) va s'installer au 34-35 Howland Street, Fitz-Roy Square, fréquenter des communards exilés comme le dessinateur Félix Régamey, mais plus encore les *pubs*.

(14 septembre) Un troisième poème de Rimbaud,

« Les Corbeaux », est publié dans *La Renaissance littéraire et artistique*. Ce sera le dernier.

(fin de l'année) Rimbaud rentre dans sa famille pour des raisons qui restent mystérieuses. Mais on sait qu'à la suite de lettres anonymes, Mme Rimbaud était venue en novembre rendre visite à Mme Verlaine mère à Paris et avait sommé son fils de revenir (voir JJL, 547-549).

1873 (début de l'année) Verlaine, malade, ou déprimé, demande à Rimbaud de venir le rejoindre à Londres, toujours dans le même garni. Sa mère est aussi venue veiller sur lui.

(25 mars) Rimbaud prend une carte de lecteur à la bibliothèque du British Museum.

(4 avril) Verlaine prend le bateau Douvres-Ostende (voir « *Beams* ») pour rentrer dans sa famille, à Jéhonville dans le Luxembourg belge, chez une tante paternelle. Rimbaud, un peu plus tard, regagne Roche, et la ferme que possédait sa mère, canton d'Attigny, dans les Ardennes.

(mi-mai) De Roche, Rimbaud écrit à Delahaye pour lui dire son dégoût de la campagne française, pour lui demander des livres, mais aussi pour lui annoncer qu'il travaille à un « Livre païen » ou « Livre nègre », dont il attend beaucoup.

(18 mai, 24 mai) Rendez-vous manqué, puis rattrapé, à Bouillon. Le 25, Verlaine et Rimbaud repartent pour Londres, où ils arrivent le 27.

(29 mai) Ils s'installent au 8 Great College Street, Camden Town, vivant des subsides de Mme Verlaine mère et de quelques leçons.

(3 juillet) À la suite d'une scène du « jeune ménage », Verlaine prend le bateau et se réfugie à Bruxelles où vont le rejoindre successivement sa mère, puis, après un échange de messages, Rimbaud. Ce dernier arrive le 8.

(10 juillet) Verlaine, pris de boisson, tire sur Rimbaud deux coups de revolver, dont l'un l'atteint au poignet gauche. La scène se passe vers 14 heures à l'hôtel

de Courtrai. Le soir, alors que Rimbaud s'apprête à partir et se dirige vers la gare du Midi avec Verlaine et sa mère, qui doivent l'accompagner jusque sur le quai, il se croit de nouveau menacé et alerte un agent de police. Verlaine va être arrêté, jugé et condamné le 8 août à deux ans de prison.

(août) Retour à Roche. Rimbaud y achève le « Livre païen », qui devient *Une saison en enfer.*

(octobre) *Une saison en enfer* paraît chez l'imprimeur Jacques Poot (L'Alliance typographique), à Bruxelles. La diffusion va être moins que confidentielle. Pour le financement de la publication, on en est réduit à des hypothèses.

(novembre) Rimbaud va à Paris et se lie de camaraderie avec Germain Nouveau, avant de regagner les Ardennes, où il passe l'hiver.

1874 (fin mars) Rimbaud et Nouveau partent pour Londres, où ils s'installent 178 Stamford Street.

(4 avril) Ils prennent une carte à la bibliothèque du British Museum. Rimbaud va travailler à la mise au net de ses poèmes en prose. Nouveau met la main à la copie. Ce même mois, la séparation officielle de Verlaine et Mathilde est prononcée, et Forain, avant de partir pour le service militaire, remet à l'un de ses amis des manuscrits de Rimbaud, *Les Déserts de l'amour* (LP I, 208-211), « Les Douaniers » (LP I, 189), « Les Sœurs de charité » (LP I, 191-193), et le quatrain « *L'étoile a pleuré rose...* » (LP I, 188).

(6-31 juillet) Séjour à Londres de Mme Rimbaud et de sa fille Vitalie, qui tient un journal. Arthur leur fait visiter la ville, mais garde son indépendance. Nouveau est reparti pour la France.

(décembre) Las de chercher une place ou un emploi, à Reading entre autres lieux, et inquiet de sa situation militaire, Rimbaud rentre à Charleville.

1875 (février) Rimbaud se rend à Stuttgart, pour, semble-t-il, y apprendre l'allemand. À la fin de février, il a la surprise de voir revenir Verlaine, qui a bénéficié d'une libération anticipée, le 16 janvier. Au cours de cette brève rencontre, qui semble avoir été plutôt agitée, Rimbaud remet à Verlaine une liasse, que celui-ci doit adresser à Nouveau et qui contient sans doute le manuscrit des futures *Illuminations*.

(mai-juin) Voyage à Milan.

(14 octobre) À Charleville, Rimbaud croit devoir être appelé prochainement au service militaire. Il a écrit à Delahaye une lettre, contenant un « Rêve » de chambrée, suivi d'une « Valse » : ces couplets et refrains, chansons non simplement « niaises », mais idiotes, apparaissent comme la dérision de la poésie qu'il a définitivement abandonnée ou, pour reprendre l'expression de Mallarmé, dont il s'est opéré vivant.

(18 décembre) Mort de sa sœur Vitalie, âgée de 17 ans, à la suite d'une synovite.

1876 (avril) Premier voyage vers l'Orient, interrompu à Vienne (Autriche), où Rimbaud s'est fait dévaliser par un cocher.

(mai) À Rotterdam, il s'engage dans l'armée coloniale hollandaise. Le régiment part pour Batavia le 10 juin.

(août) À Java, il déserte, et revient en Europe par Le Cap.

1877 (mai) Il est en Allemagne, à Brême, et veut s'enrôler dans la marine américaine.

(juin) Il est à Stockholm, accompagnant peut-être le cirque Loisset.

1878 (19 novembre) Il s'embarque à Gênes pour Alexandrie. Au même moment, mort de son père.

(décembre) À Chypre, il est chef de chantier dans une carrière.

1879 (mai) Atteint par la fièvre typhoïde, il rentre à Charleville pour se soigner.

1880 (mars) Il regagne Chypre, où il va surveiller les ouvriers sur le chantier de construction pour le futur palais du gouverneur britannique.

(juillet) Il cherche du travail dans les ports de la mer Rouge.

(août) À Aden, en Arabie, il est engagé par la compagnie lyonnaise Mazeran, Viannay et Bardey frères, pour surveiller le triage et l'emballage du café.

(décembre) Il est affecté à l'agence que cette firme vient de fonder à Harar, sur le plateau abyssin.

1881 (décembre) Rimbaud quitte Harar et rentre à Aden.

1882 Il s'équipe et se prépare pour l'exploration. Publication, à Paris, d'un roman à clefs de Félicien Champsaur, *Dinah Samuel*. Rimbaud y est représenté sous les traits d'Arthur Cimber et sont citées deux strophes de son poème « Les Chercheuses de poux » (LP I, 199).

1883 (mars) Il regagne Harar.

(octobre-novembre) Verlaine révèle plusieurs poèmes de Rimbaud aux lecteurs de la revue *Lutèce*. Sa présentation de Rimbaud, « Arthur Rimbaud », est la deuxième de la série *Les Poètes maudits*.

1884 (1er février) À Paris, la Société de géographie prend connaissance d'un « Rapport sur l'Ogadine » (région proche du Harar), texte rédigé par Rimbaud et transmis par l'un de ses patrons, Alfred Bardey. Ce rapport va être publié dans le bulletin de cette Société.

(mars) À la suite de la faillite de la compagnie Mazeran, Rimbaud quitte Harar et regagne Aden.

(19 juin) Il est réengagé par la nouvelle société, qui a pris le nom des frères Bardey.

1885 (octobre) Il rompt avec les Bardey, « ces ignobles pignoufs » (OC, 639), et il signe un contrat avec un autre négociant, Pierre Labatut, pour aller vendre des armes d'occasion à Ménélik II, roi du Choa. Le convoi va rester longtemps immobilisé dans l'un des ports de la mer Rouge, Tadjoura.

1886 Publication à Paris, dans la revue *La Vogue*, et sans qu'il le sache, du poème « Les Premières Communions » (avril), des *Illuminations*, mêlées de poèmes de 1872 (mai-juin), et réédition d'*Une saison en enfer* (septembre). Les *Illuminations* constituent une plaquette tirée à part, avec un ordre différent.

(octobre) La caravane Labatut quitte enfin Tadjoura.

1887 (février-mai) Labatut étant mort, Rimbaud est aux prises avec les problèmes de sa succession, entre la veuve et Ménélik, à qui les armes sont cédées dans des conditions désastreuses.

(25-27 août) Rimbaud, qui est arrivé au Caire en portant sur lui tout son or, publie dans *Le Bosphore égyptien* une longue lettre concernant les pays qu'il a traversés en Abyssinie.

1888 (mai) Il renonce au trafic d'armes et fonde à Harar une agence commerciale. Ses principaux correspondants sont César Tian, négociant français à Aden, et Alfred Ilg, ingénieur suisse, conseiller de Ménélik, qui va devenir empereur d'Abyssinie en 1889.

À Paris, affaire des « faux » Rimbaud, ce que Bruce Morrissette a appelé « *The Great Rimbaud Forgery* » (voir Bibliographie).

1889 (février) Il est, à Harar, aux prises avec les indigènes, à la suite d'une affaire de chiens empoisonnés.

1890 (1er mars) Il se dit très endetté et semble par la suite avoir de vagues projets de mariage, mais aussi de trafic d'esclaves (point controversé).

1891 (avril) Souffrant d'une violente douleur au genou droit, il est transporté à Aden dans des conditions très pénibles. À l'hôpital européen, le médecin consulté décide de le faire rapatrier.

(27 mai) Rimbaud, qui a été admis à l'hôpital de la Conception, à Marseille, y est amputé d'une jambe. Un cancer de l'os a été diagnostiqué. Sa mère est présente.

(23 juillet) Il quitte Marseille et passe un mois à Roche, où les douleurs le reprennent. Sa sœur Isabelle va le raccompagner à Marseille et veiller sur lui.

(10 novembre) Il meurt à 10 heures du matin et sera inhumé le 14 au cimetière de Charleville.

(11 novembre) Rodolphe Darzens obtient l'exécution de la saisie de *Reliquaire, Poésies*, recueil de Rimbaud qu'il a fait paraître chez Genonceaux, l'éditeur ayant, selon lui, défiguré sa Préface.

BIBLIOGRAPHIE

I

Éditions complètes

1. Avec la correspondance complète

Notre référence :

Œuvres complètes, éd. de Pierre Brunel, Librairie Générale Française, La Pochothèque, 1999 (OC).

Autres éditions :

Œuvres complètes, éd. d'André Rolland de Renéville et Jules Mouquet, Gallimard, Bibliothèque de la Pléiade, 1946 (la première Pléiade, où les *Illuminations* sont placées avant *Une saison en enfer*).

Œuvres complètes, éd. d'Antoine Adam, Gallimard, Bibliothèque de la Pléiade, 1972 (la seconde Pléiade, où les *Illuminations* sont placées à la fin de l'œuvre poétique, Bouillane de Lacoste étant passé par là).

Œuvre / Vie, édition du Centenaire, sous la direction d'Alain Borer, Arléa, 1991.

Opere, éd. de Mario Richter, Milan, Einaudi / Gallimard, 1992.

Œuvres complètes. — Correspondance, éd. de Louis Forestier, Robert Laffont, Bouquins, 1992.

2. Œuvres des « années littéraires »

Poésies complètes, Le Livre de Poche classique (LP I), éd. de Pierre Brunel, 1998 ; *Une saison en enfer, Illuminations et autres textes*, même éditeur, même date (LP II).

Poésies complètes, Vanier, 1895.

Œuvres de Jean-Arthur Rimbaud. — Poésies, Illuminations, Autres Illuminations, Une saison en enfer, préface de Paterne Berrichon, Mercure de France, 1898.

Œuvres. — Vers et prose, préface de Paul Claudel, Mercure de France, 1912.

Œuvres, éd. de Paul Hartmann, Club du meilleur livre, 1957.

Œuvres, éd. de Suzanne Bernard, Garnier, 1960, rééd. Avec des compléments d'André Guyaux, 1981, plusieurs rééd. jusqu'à 2001.

Poésies, Une saison en enfer, Illuminations, éd. de Louis Forestier, préface de René Char, Gallimard ; Poésie / Gallimard, 1972, rééd. 1984.

Œuvres poétiques, éd. de Cecil Arthur Hackett, Imprimerie nationale, Lettres françaises, 1986.

Œuvres, éd. de Jean-Luc Steinmetz, Flammarion, GF, trois volumes, 1989 (tome I, *Poésies* ; t. II, *Vers nouveaux. — Une saison en enfer* ; t. III, *Illuminations*).

Rimbaud. — L'Œuvre, commentée par Claude Jeancolas, Textuel, 2000.

3. Avec fac-similés

L'Œuvre intégrale manuscrite, avec les transcriptions de Claude Jeancolas, Textuel, 1996 (un coffret de trois fascicules).

Les Lettres manuscrites de Rimbaud, rassemblées et transcrites par Claude Jeancolas, Textuel, 1997 (un coffret de quatre fascicules).

4. CDrom

Œuvres complètes, éd. de Jean-Michel Gliksohn, Cédérom Champion Électronique, 1999.

II

ŒUVRES

1. Les poèmes en vers

Reliquaire, poésies, L. Genonceaux, 1891.

Les Manuscrits des maîtres. — Rimbaud, Poésies, Messein, 1919.

Poésies, éd. critique de Henry de Bouillane de Lacoste, Mercure de France, 1939, nouvelle édition, 1947.

Poésies, éd. de Marcel A. Ruff, Nizet, 1978.

Poésies, éd. de Frédéric Eigeldinger et Gérald Schaeffer, Neuchâtel, À la Baconnière, Langages, 1981.

Œuvres complètes. — I. Poésies, éd. critique de Steve Murphy, Champion, 1999.

2. *Une saison en enfer*

Édition originale, Bruxelles, Alliance typographique, 1873 ; reprint, Genève, Slatkine, Ressources, 1979.

Rééd. dans la revue *La Vogue*, trois livraisons de septembre 1886 ; reprint Slatkine, 1971.

Éd. critique de Henry de Bouillane de Lacoste, Mercure de France, 1943.

Éd. commentée de Pierre Brunel, José Corti, 1987 (avec les avant-textes).

3. *Illuminations*

(En revue) *Les Illuminations*, livraisons de *La Vogue*, mai-juin 1886 ; reprint Slatkine, 1971.

(En plaquette) *Les Illuminations*, publications de *La Vogue*, avec une notice de Paul Verlaine, 1886 ; reprint Slatkine, 1979.

Cinq textes ajoutés dans l'éd. Vanier des *Poésies complètes*, en 1895.

Éd. critique de Henry de Bouillane de Lacoste, Mercure de France, 1949.

Éd. critique d'Albert Py, Genève-Paris, Droz-Minard, Textes littéraires français, 1967, revu 1969.

Éd. critique et commentée d'André Guyaux, À la Baconnière, Langages, 1985.

Éd. en fac-similé L'Œuvre manuscrite, *Illuminations*, Bibliothèque de l'image, 1998.

4. Autres œuvres

Un cœur sous une soutane, éd. critique de Steve Murphy, Charleville, Bibliothèque sauvage du musée-bibliothèque Arthur-Rimbaud, 1991.

Lettres du voyant, éd. critique de Gérald Schaeffer, Genève, Droz, 1975.

« La faim des haricots » : la lettre de Rimbaud du 14 octobre 1875, éditée et commentée par Steve Murphy dans la revue *Parade sauvage* n° 6, 1989, p. 13-54.

Correspondance [avec Alfred Ilg] *1888-1891*, éd. de Jean Voellmy, Gallimard, 1965, rééd. L'Imaginaire, 1995.

5. En collaboration,

Album zutique, fac-similé du manuscrit original, présentation, transcription typographique et commentaires de Pascal Pia, deux volumes, Cercle du livre précieux, 1961 ; reprint Slatkine en un volume, 1981.

6. Sur la question des « faux Rimbaud »

Bruce MORRISSETTE, *The Great Rimbaud Forgery*, Saint-Louis, Washington University, 1956 ; trad. *La Bataille Rimbaud*, Nizet, 1959.

III

TÉMOIGNAGES

Paul VERLAINE, « Arthur Rimbaud », dans la revue *Lutèce*, octobre-novembre 1883, repris dans la première série des *Poètes maudits*, Vanier, 1884. Cette série et la seconde (1887) ont été rééditées dans un volume publié aux éd. SEDES par Michel Décaudin en 1981. Voir *Rimbaud raconté par Paul Verlaine*, éd. de Jules Mouquet, Mercure de France, 1934 ; *Rimbaud vu par Verlaine*, textes présentés par Henri Peyre, Nizet, 1975.

Félix FÉNÉON, « *Les Illuminations* », dans *Le Symboliste*, 7-14 octobre 1886.

Stéphane MALLARMÉ, « Arthur Rimbaud », dans *The Chap Book*, 15 mai 1896, repris dans *Œuvres complètes*, éd. H. Mondor et G. Jean-Aubry, Gallimard, Bibliothèque de la Pléiade, 1945, p. 512-529.

Ernest DELAHAYE, *Souvenirs familiers à propos de Rimbaud*, Messein, 1925, et voir le dossier réuni et commenté par Frédéric Eigeldinger et André Gendre, *Delahaye témoin de Rimbaud*, Neuchâtel, À la Baconnière, 1974.

Georges IZAMBARD, *Rimbaud tel que je l'ai connu*, Mercure de France, 1947.

Aujourd'hui Rimbaud, enquête conduite par Roger Munier, Minard, Archives des Lettres Modernes, 1971.

Alfred BARDEY, *Barr Adjam, souvenirs d'Afrique orientale (1880-1887)*, éd. du CNRS, 1981.

IV

DOCUMENTS ET ALBUMS

Autour de Verlaine et de Rimbaud, dessins inédits de Verlaine, Nouveau et Delahaye, classés et présentés par Jean-Marie Carré, Gallimard, 1949.

Album Rimbaud, iconographie réunie et commentée par Henri Matarasso et Pierre Petitfils, Gallimard, Bibliothèque de la Pléiade, 1967.

Arthur Rimbaud, Portraits, dessins, manuscrits, Les Dossiers du musée d'Orsay, 1991.

Les Voyages de Rimbaud, présentation de Claude Jeancolas, Balland, 1991.

Rimbaud, Cahier de l'Herne dirigé par André Guyaux, éd. de l'Herne, 1993.

Alain BORER, *Rimbaud, l'heure de la fuite*, Gallimard, Découvertes, 1998.

Jean-Jacques LEFRÈRE, *Les Saisons littéraires de Rodolphe Darzens*, suivi de *Documents sur Arthur Rimbaud*, Fayard, 1998.

Passion Rimbaud, album réuni par Claude Jeancolas, Textuel, 1998.

L'Afrique de Rimbaud, album de photographies réuni et présenté par Claude Jeancolas, Textuel, 1999.

Rimbaud à Aden, puis *Rimbaud à Harar*, photographies, Jean-Hugues Berrou ; textes, Jean-Jacques Lefrère et Pierre Leroy, Fayard, 2001 et 2002.

On pourra ajouter à ces albums deux tentatives de dictionnaire :

Claude JEANCOLAS, *Dictionnaire Rimbaud*, 1991.

Pierre CHAVOT et François de VILLANDRY, *L'ABCdaire de Rimbaud*, Flammarion, 2001.

V

BIOGRAPHIE

Jean BOURGUIGNON et Charles HOUIN, « Poètes ardennais. — Arthur Rimbaud », dans la *Revue d'Ardenne et d'Argonne* [1896-1901], rééd. en un volume par Michel Drouin, *Vie d'Arthur Rimbaud*, Payot, 1991.

Enid STARKIE, *Rimbaud en Abyssinie*, Payot, 1938 ; *Rimbaud*, Londres, Faber et Faber, 1938, nouvelle éd., 1947, 1961 ; trad. d'Alain Borer, Flammarion, 1982.

Pierre PETITFILS, *Rimbaud*, Julliard, 1982.

Jean-Luc STEINMETZ, *Arthur Rimbaud. — Une question de présence*, Tallandier, 1991 ; *Les Femmes de Rimbaud*, Zulma, 2000.

Pierre BRUNEL, *Ce « sans cœur » de Rimbaud. — Essai de biographie intérieure*, éd. de l'Herne, 1999.

Claude JEANCOLAS, *Rimbaud*, Flammarion, Grandes biographies, 1999.

Jean-Jacques LEFRÈRE, *Arthur Rimbaud*, Fayard, 2001.

En marge de la biographie, on situera les ouvrages suivants, pleins d'imagination et de ferveur rimbaldienne :

Alain BORER, *Un sieur Rimbaud se disant négociant*, Lachenal et Ritter, 1984 ; *Rimbaud en Abyssinie*, éd. du Seuil, 1984 ; *Rimbaud d'Arabie*, éd. du Seuil, 1998.

Alain JOUFFROY, *Arthur Rimbaud et la liberté libre*, éd. du Rocher, Les infréquentables, 1991.

Henry MILLER, *The Time of the Assassins, a Study of Rimbaud*, New York, New Directions, 1956, trad. fr., *Rimbaud, le temps des Assassins*, P. J. Oswald, 1970.

VI

ÉTUDES

Pierre ARNOULT, *Rimbaud*, Albin Michel, 1943, nouvelle éd., 1955.

Danielle BANDELIER, *Se dire et se taire. — L'écriture d'*Une saison en enfer, Neuchâtel, À la Baconnière, 1988.

Yves BONNEFOY, *Rimbaud par lui-même*, éd. du Seuil, coll. « Écrivains de toujours », 1961, puis *Rimbaud*, nouvelle éd., 1994.

Henry DE BOUILLANE DE LACOSTE, *Rimbaud et le problème des Illuminations*, Mercure de France, 1949.

Gabriel BOUNOURE, *Le Silence de Rimbaud. — Petite contribution au mythe*, Fata Morgana, 1991.

Pierre BRUNEL, *Arthur Rimbaud ou l'éclatant désastre*, Seyssel, Champ Vallon, 1983 ; *Rimbaud. — Projets et réalisations*, Champion-Slatkine, 1983 ; *Rimbaud sans occultisme*, Bari-Paris, Schena-Didier, 2000.

Michel BUTOR, *Improvisations sur Rimbaud*, La Différence, 1989.

Alan R. CHISHOLM, *The Art of Arthur Rimbaud*, Melbourne University Press, 1930.

Bruno CLAISSE, *Rimbaud ou le « dégagement rêvé »*, Charleville, Parade sauvage, 1990.

Yves DENIS, « Glose d'un texte de Rimbaud : Après le Déluge », dans *Les Temps modernes*, 1968, p. 1261-1276.

ÉTIEMBLE et Yassu GAUCLÈRE, *Rimbaud*, Gallimard, 1936, nouvelle éd. 1950 ; « À propos de Michel et Christine », dans *Les Cahiers du Sud*, décembre 1936, p. 927-931.

ÉTIEMBLE, *Le Mythe de Rimbaud*, Gallimard, 1952-1967 ; *Le Sonnet des Voyelles*, Gallimard, 1968.

Antoine FONGARO, « Les échos verlainiens chez Rimbaud et le problème des *Illuminations* », dans la *Revue des Sciences humaines*, avril-juin 1962, repris dans *Sur Rimbaud. — Lire* Illuminations, Publications de l'Université de Toulouse-Le-Mirail, 1985, p. 9-20.

Louis FORESTIER, « La mort dans les *Poésies* de Rimbaud », dans *Cahiers de l'Association internationale de littérature française*, mai 1984, n° 36, p. 205-222.

Jacques GENGOUX, *La Symbolique de Rimbaud*, éd. du Vieux Colombier, 1947 ; *La Pensée poétique de Rimbaud*, Nizet, 1950.

Jean-Pierre GIUSTO, *Rimbaud créateur*, Publications de la Sorbonne, Presses Universitaires de France, 1980.

Jean-Marie GLEIZE, *Arthur Rimbaud*, Hachette supérieur, 1993.

Colonel GODCHOT, *Arthur Rimbaud, ne varietur*, 2 volumes, publ. chez l'auteur à Nice, 1936 et 1937 ; en un seul volume, 1938 (une simple curiosité).

Robert GOFFIN, *Rimbaud vivant*, Corréa, 1937.

Pierre GROUIX, *Une saison en enfer, Illuminations*, Ellipses, 2001.

André GUYAUX, « À propos des *Illuminations* », dans *Revue d'Histoire littéraire de la France*, septembre-octobre 1977, p. 795-811 ; « Rimbaud et le Prince impérial », dans *Bérénice*, n° 2, 1981, p. 89-97, n° 5, 1982, p. 143-146 ; *Duplicités de Rimbaud*, Champion-

Slatkine, 1991 ; *Poétique du fragment*, Neufchâtel, À la Baconnière, 1985.

Jean HARTWEG, « *Illuminations* : un texte en pleine activité », dans *Littérature* n° 11, octobre 1973, p. 78-84.

Albert HENRY, *Contributions à la lecture de Rimbaud*, Bruxelles, Académie royale de Belgique, 1998.

Atle KITTANG, *Discours et jeu : essai d'analyse des textes d'Arthur Rimbaud*. Presses Universitaires de Grenoble, 1975.

Jean-François LAURENT, « "Le Dormeur du Val" ou la chair meurtrie qui se fait verbe poétique », dans *Hommage à C.-A. Hackett, Parade sauvage*, colloque n° 2, 1990, p. 21-26.

James LAWLER, *Rimbaud's Theatre of the Self*, Harvard University Press, 1992.

Claude-Edmonde MAGNY, *Arthur Rimbaud*, Seghers, Poètes d'aujourd'hui n° 12, 1967.

Mario MATUCCI, *Les Deux Visages de Rimbaud*, Neuchâtel, À la Baconnière, 1986.

Bernard MEYER, *Sur les « Derniers vers »*, L'Harmattan, 1996.

Roger MUNIER, *L'Ardente Patience d'Arthur Rimbaud*, José Corti, 1993.

Michel MURAT, « À propos de *Mouvement* », dans *Parade sauvage*, n° 4, septembre 1986. — « Rimbaud et le vers libre », *RHLF*, 2000 — *L'Art de Rimbaud, étude sur le vers et le poème en prose*, José Corti, 2002.

Steve MURPHY, *Le Premier Rimbaud ou l'apprentissage de la subversion*, Presses Universitaires de Lyon et éd. du CNRS, 1990 ; *Rimbaud et la ménagerie impériale*, même éditeur, 1991 ; « Autour du manuscrit de "Mémoire" », dans *Parade sauvage*, n° 11, 1994, p. 67-83 ; « L'autographe et son double : Fêtes de la faim », dans *Le Manuscrit littéraire*, volume dirigé par Luc Fraisse, Klincksieck, 1998, p. 293-314 ; « *Les Illuminations* manuscrites. — Pour dissiper quelques malentendus concernant la chronologie et l'ordre du dernier recueil de Rimbaud », dans *Histoires littéraires*, n° 1, 2000, p. 5-31.

Yoshikazu NAKAJI, *Combat spirituel ou immense*

*dérision ? — Essai d'analyse textuelle d'*Une saison en enfer, José Corti, 1987.

Émilie NOULET, *Le Premier Visage de Rimbaud*, Bruxelles, Palais des Académies, 1973.

Pierre PETITFILS, *L'Œuvre et le visage d'Arthur Rimbaud. — Essai de bibliographie et d'iconographie*, Nizet, 1949.

Jacques PLESSEN, *Promenade et Poésie. — L'expérience de la marche et du mouvement dans l'œuvre de Rimbaud*, La Haye-Paris, Mouton, 1967 ; « Marine », dans *Neophilologus*, nº 1, janvier 1971, p. 16-31 ; « Trouver une langue », dans *Arthur Rimbaud : Poesia e Avventura*, actes du colloque de Grosseto (11-14 septembre 1995), dir. Mario Matucci, Pise, Pacini, 1996, p. 69-79.

Lionel RAY, *Arthur Rimbaud*, Seghers, Poètes d'aujourd'hui, 2001.

Antoine RAYBAUD, *Fabrique d'*Illuminations, éd. du Seuil, 1989.

Yves REBOUL, « À propos de l'Homme juste », dans *Parade sauvage*, nº 2, 1985, p. 44-54.

Jean-Pierre RICHARD, « Rimbaud ou la poésie du devenir », dans *Poésie et profondeur*, éd. du Seuil, Pierres vives, 1955.

Mario RICHTER, *Les Deux Cimes de Rimbaud : « Dévotion » et « Rêve »*, Genève, Slatkine, 1986.

Jacques RIVIÈRE, *Rimbaud*, Kra, 1930, rééd. dans *Rimbaud, dossier 1905-1925*, réuni par Roger Lefèvre, Gallimard, 1977.

André ROLLAND DE RENÉVILLE, *Rimbaud le Voyant*, Au sans pareil, 1929, version revue et augmentée, éd. du Vieux Colombier, La Colombe, 1947.

Marcel A. RUFF, *Rimbaud*, Hatier, Connaissance des Lettres, 1968.

Victor SEGALEN, *Le Double Rimbaud*, dans le *Mercure de France*, 1906, repris dans les *Œuvres complètes*, éd. de Henry Bouillier, Robert Laffont, Bouquins, t. I, 1995.

Salah STÉTIÉ, *Rimbaud, le huitième dormant*, Fata Morgana, 1993.

Vernon Philip UNDERWOOD, « Rimbaud et l'Angleterre », dans la *Revue de littérature comparée*, janvier-mars 1955 ; *Rimbaud et l'Angleterre*, Nizet, 1976.

Gisèle VANHÈSE, « Reflets ardennais dans l'œuvre de Rimbaud », dans *Saggi e Ricerche di letteratura francese*, vol. XXII, Bulzoni, 1983.

VII

OUVRAGES CONCERNANT PARTIELLEMENT RIMBAUD

Yves BONNEFOY, *L'Improbable*, Mercure de France, 1959 ; *Le Nuage rouge*, Mercure de France, 1977. Et sur « Madame Rimbaud », *La Vérité de parole*, Mercure de France, 1988.

Michel COLLOT, *L'Horizon fabuleux*, José Corti, deux volumes, 1988.

Claude COLOMER, *Ernest Cabaner*, Perpignan, Terra Nostra, 1993.

Benoît DE CORNULIER, *Théorie du vers : Rimbaud, Verlaine, Mallarmé*, éd. du Seuil, 1982.

Julien EYMARD, *Ophélie ou le narcissisme au féminin*, Lettres Modernes, Thèmes et mythes n° 14, 1977.

Shoshana FELMAN, *La Folie et la chose littéraire*, éd. du Seuil, 1978.

Hugo FRIEDRICH, *Die struktur der modernen Lyrik*, 1956, Reinbek bei Hamburg, Rowohlt, 1985, *Structure de la poésie moderne*, trad. Michel-François Demet, Gonthier, Médiations, 1976, rééd. Librairie Générale Française, Le Livre de Poche « Références » n° 555, 1999.

Henri GUILLEMIN, *Henri Guillemin parle de Rousseau, Rimbaud, Vallès*, Bruxelles, Cercle d'éducation populaire, cahier 20, 1974.

Daniel HUGUENIN, *Poésie et monde humain. — Essai sur les cheminements de l'imagination dans la poésie française moderne*, Le Soleil dans la tête, 1960.

John E. JACKSON, *La Poésie et son autre*, José Corti, 1998 ; *Souvent dans l'être obscur*, José Corti, 2001.

Michel Jarrety (dir.), *La Poésie française du Moyen Âge à nos jours*, PUF, 1997.

Michaël Riffaterre, *La Production du texte*, éd. du Seuil, 1979.

Jean-Luc Steinmetz, *Le Champ d'écoute*, Neuchâtel, À la Baconnière, 1985.

André Vial, *Verlaine et les siens. — Heures retrouvées*, Nizet, 1975.

VIII

Revues et collectifs spécialisés

Numéros de revue :

Europe, n° 529-530, mai-juin 1973 ; *Littérature*, n° 11, octobre 1973 ; *Revue de l'Université de Bruxelles*, 1982 ; *Cahiers de l'AIEF*, mai 1984 ; *RHLF*, mars-avril 1987 et novembre-décembre 1992 ; *Parade sauvage*, dirigée par Steve Murphy ; *Rimbaud vivant*, Bulletin de l'Association des Amis de Rimbaud.

Actes de colloque et recueils collectifs :

Rimbaud, Hachette, coll. Génies et réalités, 1968 ; *Minute d'éveil*, dir. Louis Forestier, SEDES-CDU, 1984 ; *Arthur Rimbaud : poesia e avventura*, Pisa, Pacini, 1987 ; *Rimbaud à la loupe*, dir. Steve Murphy, Charleville, Parade sauvage, 1990 ; *Rimbaud cent ans après*, Charleville, Parade sauvage, 1992 ; *Rimbaud 1891-1991*, Champion, 1994 ; *Dix études sur* Une saison en enfer, dir. André Guyaux, À la Baconnière, 1994.

À signaler l'intérêt tout particulier, pour une ouverture, du volume collectif *Le Millénaire Rimbaud*, préfacé par Jacques Rancière, et réunissant des textes de Jacques Rancière, Michel Deguy, Patrice Loraux, Denis Hollier, François Regnault et Alain Badiou, Belin, L'Extrême contemporain, 1993.

CHRONOLOGIE DES ÉCRIVAINS DU XIXe SIÈCLE PRÉDÉCESSEURS, « MODÈLES », TÉMOINS, OU CONTEMPORAINS DE RIMBAUD

(les noms d'écrivains étrangers ont été imprimés en italique)

Goethe (Johann Wolfang) 1749-1832
Blake (William) 1757-1827
Chateaubriand (François René de) 1768-1848
Hölderlin (Friedrich) 1770-1843
Fourier (Charles) 1772-1837
Lamartine (Alphonse de) 1790-1869
Scribe (Eugène) 1791-1861
Vigny (Alfred de) 1797-1863
Belmontet (Louis) 1798-1879
Littré (Émile) 1801-1881
Hugo (Victor) 1802-1885
Bertrand (Aloysius) 1807-1841
Nerval (Gérard de) 1808-1855
Poe (Edgar Allan) 1809-1849
Borel (Pétrus) 1809-1859
Musset (Alfred de) 1810-1857
Guérin (Maurice de) 1810-1839
Gautier (Théophile) 1811-1872
Pontmartin (Armand, comte de) 1811-1890
Ackermann (Louise) 1813-1890
Veuillot (Louis) 1813-1883
Gobineau (Arthur, comte de) 1816-1882
Leconte de Lisle (Charles-Marie) 1818-1894
Melville (Herman) 1819-1891
Baudelaire (Charles) 1821-1867
Banville (Théodore de) 1823-1891

VERNE (Jules) 1828-1905
CARJAT (Étienne) 1828-1906
CROS (Antoine) 1833-1903
RENAUD (Armand) 1836-1895
SILVESTRE (Armand) 1837-1901
DIERX (Léon) 1838-1912
BLÉMONT (Léon-Émile Petitdidier, dit Émile) 1839-1927
GLATIGNY (Albert) 1839-1873
SULLY PRUDHOMME 1839-1907
HERVILLY (Ernest d') 1839-1911
MÉRAT (Albert) 1840-1909
VALADE (Léon) 1841-1884
CROS (Charles) 1842-1908
HEREDIA (José Maria de) 1842-1905
MALLARMÉ (Stéphane) 1842-1898
NIETZSCHE (Friedrich) 1844-1900
VERLAINE (Paul) 1844-1896
DEMENY (Paul) 1844-1918
SIEFERT (Louisa) 1845-1877
LAUTRÉAMONT (Isidore Ducasse, dit comte de) 1846-1870
PELLETAN (Camille) 1846-1915
LEPELLETIER (Edmond Lepelletier de Bouhélier) 1846-1913
IZAMBARD (Georges) 1848-1931
AICARD (Jean) 1848-1921
NOUVEAU (Germain) 1851-1920
RICHEPIN (Jean) 1849-1926
DELAHAYE (Ernest) 1853-1930
LAFORGUE (Jules) 1860-1887

INDEX DES NOMS

INDEX DES TITRES DE RIMBAUD
ou attribués à Rimbaud,
ou, en l'absence de titre, des *incipit*

Table des illustrations

Table

Anthologie

I. — Naissances

II. — « EN AVANT »

III. — L'autre Rimbaud ?

IMPRIMÉ EN ALLEMAGNE PAR ELSNERDRUCK
Dépôt légal Éditeur 24581-08/2002
LIBRAIRIE GÉNÉRALE FRANÇAISE - 43, quai de Grenelle - 75015 Paris
ISBN : 2 - 253 - 90594 - 1
42/0594/4